Zolang er leven is

Van Renate Dorrestein verschenen eerder

*Buitenstaanders* 1983
*Vreemde streken* 1984
*Noorderzon* 1986
*Een nacht om te vliegeren* 1987
*Het perpetuum mobile van de liefde* 1988
*Korte metten* (columns) 1988
*Voor alles een dame* 1989
*Het Hemelse Gerecht* 1991
*Ontaarde moeders* 1992
*Heden ik* 1993
*Een sterke man* 1994
*Verborgen gebreken* 1996
*Want dit is mijn lichaam* 1997
*Een hart van steen* 1998
*Het geheim van de schrijver* 2000
*Zonder genade* 2001
*Het duister dat ons scheidt* 2003

Annie Romein Prijs 1993
www.renatedorrestein.nl
info@literairsecretariaat.nl

Renate Dorrestein

# Zolang er leven is

2005
*Uitgeverij* Contact
Amsterdam/Antwerpen

Eerste druk (gebonden), november 2004
Tweede druk (paperback), november 2004
Derde druk (paperback), december 2004
Vierde druk (paperback), februari 2005
Vijfde druk (paperback), juli 2005


Omslagontwerp Via Vermeulen/Rick Vermeulen
Foto auteur Harold Pereira
ISBN 90 254 2761 8 (gebonden)
90 254 2651 4 (paperback)
D/2004/0108/867
NUR 301

www.boekenwereld.com

*En de hoop is een krijtwit kind, dat lacht*
*tegen de rover, die het slacht.*

Gerrit Achterberg

# Deel I

## *Zomer*

## *Kannibalen*

Achter in de verwilderde tuin, op de grens met het bijenveld, waren de kinderen verwikkeld in een opgewonden spel waarvan ze de regels al doende bedachten. Bezweet joegen ze elkaar tussen de manshoge heesters achterna. Met de pollepels die ze in de keuken hadden gevonden, ranselden ze overhangende takken opzij. Ze zaten onder de schrammen en brandnetelbulten.

De vier meisjes waren in het voordeel: zij kenden het terrein. Ze wisten precies wat de sluiproutes waren en op welke plekken je je het best kon verstoppen. Regelmatig moesten Laurens' jongetjes hun achtervolging staken om verdwaasd om zich heen te kijken, de oren gespitst op gegiechel achter de struiken. Hijgend hielden ze elkaar bij de hand. Niels, de oudste van de twee, bleef zijn broertje zenuwachtig geruststellen. Wij gaan winnen, hoor. Wij gaan het zeker winnen.

Op het terras bij het huis zaten hun ouders al sinds de lunch over koetjes en kalfjes te praten, op de lome manier van mensen die alle tijd hebben. Het was warm, ze schonken hun glazen voortdurend bij. Timo hield het bij water. Hij moest, zei hij bij herhaling, tegen het donker nog even een korfvolk overplaatsen naar een kast, en van de lucht van alcohol werden de bijen dol. Zijn vrouw Gwen dronk sap, aangezien ze de baby nog zoogde. Alleen Laurens was aan de witte wijn.

Ze zaten in hun korte broek op gammele houten stoelen rond een tafel die vroeger dienst had gedaan als iets heel anders dan tuintafel, iets veel waardigers. Tegen de nieuwe rol in de buitenlucht uitte het tafelblad zijn protest door in gemene kraters op te bollen. De poten lieten zich evenmin onbetuigd: blote benen raakten vol splinters als ze erlangs streken. Zelfs onder de tafel had het ogenschijnlijk fluweelzachte mos dat uit de kieren tussen de terrastegels puilde iets onverzettelijks, bijna iets agressiefs. En in het ongemaaide gras sloten vergeten knuffels en plastic poppetjes dreigend de rijen.

Maar wat een onzin! Zo was het bij Timo en Gwen immers altijd geweest: een huishouden van Jan Steen. Klimop groeide hier onbelemmerd in de dakgoten, op de vensterbanken stonden verdroogde boeketten, tijdschriften hingen over stoelleuningen, en waar je ook liep knarste of plakte er iets onder je voeten, gemorste suiker, koekkruimels, een stukgetrapt doosje rozijnen, een met stofvlokken beplakte olijf. Gwen en Timo maalden er niet om. Misschien was dat wel een van de geheimen van een lang en geslaagd huwelijk: dat je bijzaken bijzaken kon laten.

Het was maar een terloopse gedachte, maar ze bracht een bijna splijtend gevoel van eenzaamheid bij Laurens teweeg.

Tegenover hem schroefde Timo de fles mineraalwater maar weer eens open. Hij begon opnieuw over zijn bijen. Hij praatte snel, bijna struikelend over zijn woorden. Hij leek op een ijverige kleine jongen die een spreekbeurt hield. Maar ergens was Timo altijd een kind. Hij had dat onuitroeibaar geestdriftige, dat verwonderde ook, van iemand van zes. Zelfs als hij met straffe tegenwind langs het kanaal fietste, floot hij nog een enthousiast deuntje. Een fluitende man op de fiets langs het water, het blonde haar wapperend in de wind: hij kon zó in een promotiefilmpje van de vvv.

Dankbaar voor de afleiding hoorde Laurens hem aan. Zo nu en dan knikte hij om blijk te geven van zijn belangstelling. Onderwijl bestudeerde hij de uitgebloeide rododendrons, de door de slakken aangevreten lupines, de molshopen in het gras. De zorgeloze Timoheid ervan, de laconieke Gwenheid. Hij begon zich alweer wat beter te voelen. Misschien moest hij gewoon nog een glas wijn nemen en kon hij dan overal om lachen. Op de zonbeschenen tafel stond de fles in de koeler klaar voor het grijpen. Maar drank bracht zekere risico's met zich mee, en als gast had je je fatsoen te houden. En bij dat besef stak de herinnering aan zijn uitbarsting bij de lunch weer de kop op. Dat hij zich zo van zijn stuk had laten brengen. Abrupt stond hij op, beschaamd en boos op zichzelf.

Onzeker glimlachte Gwen hem toe van onder haar vettige, blonde pony. 'Wat bezielt jou opeens?'

'Even kijken wat de kinderen uitspoken.'

'Die houden elkaar heus wel heel,' zei Timo.

'Joh, laat Laurens lekker de benen gaan strekken,' zei Gwen. 'Geef hem even vrij. Jij zit nu al uren te oreren over die bijen van je.'

Goeie Gwen. Als er oorlog uitbrak, zou je je geen moment bedenken, dan dook je bij haar onder. Zelfs onder de meest barre omstandigheden zou er op haar fornuis altijd een pan soep staan te pruttelen, en ergens diep binnen in Gwen zouden ongeboren kinderen al even onverstoorbaar bezig zijn met het vouwen en plakken van kleurige stroken papier, kwebbelend en kwetterend. Gwen wierp in paren. De recente baby was haar eerste eenling.

Laurens schudde zijn spieren los, die stijf waren van het lange zitten. 'Zouden ze nog terugkomen?' vroeg hij opeens. 'Wat denken jullie?'

Timo zweeg, van zijn apropos gebracht. Gwen begon aan haar kuit te krabben.

'Wat ziet Beatrijs in die kwal,' zei Laurens, weer nijdig wordend op de ongewenste indringer in hun gezelschap.

Gwen sputterde tegen: 'Ach, hij is alleen maar wat...'

'Bespaar je de moeite, schat,' zei Timo. 'De man is een ontzettende lomperik.' Het was onduidelijk of hij de kwal bedoelde of Laurens.

'We merken het vanzelf,' zei Gwen. 'Ze weten hoe laat we aan tafel gaan.'

'Hun spullen staan nog hier,' bracht Timo te berde.

'Dan is er dus geen ontkomen aan.' Laurens stak de handen in de zakken en liep het gazon op, resoluut zijn zinnen verzettend. Hij slaagde er nog net in een berg legoblokjes te omzeilen.

Nu hij toch op pad ging, kon hij net zo goed echt achter de kids aan. Een doel, hoe nietig ook, verschafte het leven zin en betekenis. Vooruit. Waar zouden ze zitten, die lekkere schooiers? Het kon overal en nergens zijn. De oude boerderij van Gwen en Timo was niet opzienbarend groot, maar er waren tal van bijgebouwen en de lap grond eromheen was in de ogen van een stadsmens kolossaal. Bij de Sluis heette het bezit vanouds, en dat was ook de naam van hun bedrijf. Op het erf, aan het kanaal, stond een bord met een getekende honingvette bij die enthousiast voor De Sluis cirkelde. Het kunstwerk werd onverschillig gadegeslagen door passerende binnenschippers en de bemanningen van pleziervaartuigen. Op fietsers en wandelaars had het meer effect. Die onderbraken hun tocht graag voor een bezoek aan het piepkleine winkeltje in het voorhuis, voor de aanschaf van een potje ambachtelijk geslingerde honing, of een paar kaarsen die Gwen had beplakt met bloeiend onkruid waar de aarde nog aan kleefde.

Over het grindpad tussen de al jaren niet gesnoeide heesters liep Laurens langs de kaarsenmakerij. De geur van was die door de openstaande deur naar buiten kwam was zo doordringend dat hij ook zonder naar binnen te kijken de rijen en rijen bleke kaarsen in de houten droogrekken voor zich zag. Op een warme dag als vandaag was verderop het zoemen van de bijen goed te horen, een laag, aanhoudend gebrom, alsof er iemand tussen de klaver en de tijm geduldig aan het stofzuigen was.

Wat hadden ze het hier met z'n allen toch altijd naar hun zin gehad, iedere zomer weer. En dan zaten ze nu opgescheept met die betweter met wie Beatrijs tegenwoordig haar leven verkoos te delen. Uitgerekend nu. Alsof niet iedereen nog moeizaam bezig was te wennen aan de lege plek die Veronica had achtergelaten, of beter gezegd, aan de talloze leemtes waarin die zich kenbaar maakte. Telkens de schok van het gemis. Haar traditionele chocoladetaart voor het dessert van de eerste avond, die nu had ontbroken. Haar schuine limericks aan tafel, de liedjes waarmee ze de kinderen door de reusachtige afwas heen hielp, haar hilarische verhalen bij de late glazen wijn die maar werden bijgevuld en bijgevuld: ze hadden het zonder dat alles moeten stellen. Ieder moment, iedere handeling, iedere onderling gewisselde blik hamerde haar afwezigheid er dieper in. Juist door er niet meer te zijn was zij in zekere zin aanweziger dan ooit: achter elke deur werd haar stem of voetstap nog steeds half verwacht. Wat had een wildvreemde daarbij te zoeken, iemand die Veronica niet eens had gekend?

In het struikgewas kraakte iets, en Laurens stond stil, afgeleid.

Gwens tweelingen waren berucht om hun hinderlagen. Het zou de eerste keer niet zijn dat ze zich uit een boom op hem lieten vallen. Behoedzaam begaf hij zich tussen de heesters. Onder zijn voeten knapten takken. Een valkuil, dat zou hun kunnen evenmin te boven gaan. Het waren woestelingen, vooral de twee achtjarigen die Timo, ongewoon sardonisch, de Engelen noemde. Hoe zo'n zachtaardige man aan zulke dochters kwam was Laurens een raadsel. Tot in hun uiterlijk waren het roverskinderen, met wenkbrauwen die tussen hun ogen in een dikke streep doorgroeiden. Het enige dat hen van elkaar onderscheidde, was dat Marleen in haar onverzettelijke kin een spleetje had en Marise een kuiltje. 'Waar zitten jullie, laffe slampampers?' riep hij uit. Hij vond het een geweldig stel.

In het kreupelhout klonk opnieuw gekraak. Hij meende uit zijn ooghoek een glimp van een hardroze T-shirt te zien. Dat moest dan een van de kleinere zusjes zijn, Klaar of Karianne. Het jongste duo was deze zomer hard bezig hun malse armpjes en ronde knieën kwijt te raken. Ze begonnen stakerig uit te groeien, en hun brede, besproete snuitjes vertoonden niet langer een permanente trek van verbazing over hoe groot de wereld was: zij maakten zich in volle vaart op om in de verzengende voetsporen van de Engelen te treden.

Laurens haastte zich erachteraan, takken en twijgen opzij slaand. Hier, op de rand van het veld waar de bijen de honing binnenbrachten, was Gwens Hof van Eden op z'n wildst. Iedere vage poging tot cultiveren was er gestaakt, of gestrand op het vastberaden verzet van de oude bomen en struiken. Je waande je er in een ondoordringbaar woud in plaats van achter op het erf van een boerderij waarlangs een kaarsrecht, door mensenhanden gegraven kanaal liep. Elk jaar kwam het hem voor dat de betoverde wildernis weer verder was opgerukt, maar dat kon verbeelding zijn.

Maaiend met zijn armen brak hij door de volgende bosschage heen. Hij verwachtte een open plek, met zonlicht dat gespikkeld door het gebladerte zou vallen. Maar het lover was zo dicht dat hij even bijna niets meer zag. Hij moest de handen uitstrekken en van boom naar boom tasten. De basten voelden door het gebrek aan daglicht enigszins slijmerig aan. Ze gaven een zurige, gronderige lucht af. De zomer leek opeens heel ver weg. Hij stond al op het punt om te keren toen hij met een galm tegen iets opliep. Het was een grote ijzeren ketel, die zowat tot aan pijpen van zijn korte broek reikte, zo een als Gwen in de kaarsenmakerij gebruikte.

Bevreemd nam hij het gevaarte op, al was het natuurlijk typisch Gwen om oud roest onbekommerd in de bosjes te mieteren. Hij raakte de rand aan. Het ijzer was koud. Het ding stond vol water. Je zou er een forse big in kunnen koken.

Ineens klonk verderop een schrille kreet. De ketel vergetend haastte hij zich de richting van het geluid uit, het zonlicht tegemoet. Op de grens van het bijenveld hield hij zijn pas in: aan de overkant renden zijn zoontjes gevaarlijk dicht langs de kasten.

'Niels! Toby! Voorzichtig aan daar!'

Ze hoorden hem niet. Luidkeels schreeuwend stoven ze verder, verdiept in zichzelf, twee schriele ventjes in zwembroek.

Ze moeten dringend naar de kapper, dacht Laurens, en ze hebben nieuwe schoenen nodig, en er was trouwens ook iets met die T-shirts die hij laatst op de markt voor ze had gekocht, ze waren niet goed genaaid of zo, je koopt zomaar kleren die niet blijken te deugen. Moedeloosheid daalde over hem neer. Toch was het louter en alleen voor zijn kinderen dat hij het 's ochtends opbracht om zijn bed uit te komen, iedere pijnlijke dag opnieuw. In zijn dromen leefde Veronica meestal nog. Het was ook zo onverwacht gebeurd, of misschien verzette zijn geest zich gewoon uit alle macht tegen het onvermijdelijke. In elk geval was het contrast tussen slapen en ontwaken zo wreed dat hij iedere ochtend maar één ding wilde: zich voorgoed naast haar uitstrekken en vergeten wat er was gebeurd.

Zijn jongetjes waren uit het zicht verdwenen. De bijen zoemden voort.

Had hij dit jaar wel naar Bij de Sluis moeten komen? Hij had zijn vrienden momenteel niet veel te bieden. Maar zijn zoontjes hadden zo naar de logeerpartij uitgekeken. Na de begrafenis had Niels hem in tranen gevraagd: 'Nou gaan we zeker nooit meer op vakantie, pap?' Verbazend hoe duidelijk iemand van zeven zijn gevoelens onder woorden kon brengen. Want wat betekende die vraag anders dan: wordt het leven ooit weer gewoon, ooit weer gezellig? Bezwerend dacht hij: Ik trek het heus wel. Drie maanden was nog maar zo kort, eerst moest het eerste jaar eroverheen. Maar dan, hoorde je soms, begon het pas echt. Want wat kon gemis, op de keper beschouwd, anders doen dan zich opstapelen, zich eindeloos opstapelen in de tijd?

Die gedachte beklemde hem zó dat hij zich haastig weer in beweging zette. Hij besloot de lange weg terug te nemen, via het oude zomerhuis. Het grindpad was omzoomd door geel onkruid waarvan hij de naam altijd vergat. Als je de stengels knakte, kwam er feloranje sap uit dat je bijna niet meer van je handen af kreeg. Veronica had het hun jongetjes elk jaar weer enthousiast gedemonstreerd. Ontelbare keren had zij hier gelopen, op die lange stelten van haar, die spillebenen, zei ze zelf. Ontelbare keren ook hadden hij en zij hier samen gelopen, kletsend en lachend of juist in gepeins verzonken, misschien zelfs nukkig zwijgend. Zouden de kiezels zich haar voeten nog herinneren, met de zijne ernaast, gewoon een echtpaar, dat herkende zo'n pad natuurlijk meteen, een lichte tred naast een wat zwaardere: kijk eens aan, een stel. Het leek zo doodnormaal.

Hij stond stil en liet het grind onder zijn voetzolen knerpen door langzaam heen en weer te wiebelen. Hij hield er pas mee op toen het hem daagde dat hij in stompzinnige hoop op een of ander antwoord wachtte. Op een ijle stem, zeker: Hallo meneer, hier spreekt die ene kiezel daar linksonder, nee, ietsje meer naar rechts, ja die, dat ben ik, en ik ben nog door uw vrouw betreden, neemt u mij maar mee als aandenken.

Hou nou op, Laurens, hou op!

Ze had hier al gelopen zonder hem. De traditie van deze zomerweek op de imkerij stamde immers al van voor zijn tijd. Al sinds hun schooltijd hadden Veronica, Gwen en Beatrijs ieder jaar een gezamenlijke week gepland om bij te kletsen en te lachen, dronken te worden en samen grote pannen spaghetti te koken. Daaraan was geen einde gekomen toen ze trouwden: hun mannen en later hun kinderen waren gewoon onderdeel van de jaarlijkse week geworden, ze waren in de traditie geschoven zoals Gwen een blik broodjes in de oven schoof. En aangezien de imkerij geen zeven dagen voor zichzelf kon zorgen, was Bij de Sluis, waar je met zo'n groot gezelschap ook veel meer armslag had dan bij een van de anderen thuis, van meet af aan de vaste stek geweest.

Op de talloze foto's die in de loop der zomers waren gemaakt, stonden de drie vriendinnen er altijd even prominent en brutaal op, de armen om elkaar heen geslagen, gekke gezichten trekkend, ontspannen en vertrouwd. Gwen: Moeder Aarde, allicht, groezelige blote voeten, zongebleekte jurk, een veeg vuil over haar voorhoofd. Beatrijs: nooit anders dan op naaldhakken, haar gedrongen figuur in de meest wufte creaties geperst, enigszins verbluft voor zich uit blikkend, alsof haar net een gedachte was ingevallen die haar verstand te boven ging. Veronica: de sterretjesogen half verborgen achter het donkere haar, mysterieus, ogenschijnlijk afstandelijk, maar onveranderlijk met mondhoeken die krulden van plezier. Achter hen doemden de contouren van hun dierbaren op. Je zag de brede schouders van een echtgenoot, of de bollewangenhapsnoet van een kind dat het hoofd tussen volwassen knieën door had gewrongen. Maar zelfs aan de foto's waarop ze met z'n allen als één grote Italiaanse familie aan tafel zaten, was te zien dat de mannen en de kinderen in deze ene week per jaar maar bijzaak waren. Figuranten, of toevallige voorbijgangers in het leven van de vrouwen.

Waarover hadden de vriendinnen al die jaren gesproken? Welke geheimen hadden ze elkaar toevertrouwd? Laurens wilde het niet eens weten. Vastberaden beende hij voort en ging hij de hoek van het pad om.

Pal voor de deuropening van het zomerhuis zat Timo's zuster Bobbie in de late middagzon tuinbonen te doppen.

'Bobbie!' riep hij uit.

Ze keek niet op of om. Met heftige gebaren ging ze door de peulen open te breken. 'Ik eet vanavond mijn eigen eten, hoor, in mijn eigen huis! Ik ga niet meer met die man aan tafel!' prevelde ze strijdlustig voor zich uit.

Laurens aarzelde even. Ging het over hem of over de kwal? Toch liep hij op haar toe en ging naast haar op het bankje zitten.

Ze smeet een handvol bonen in het pannetje op haar schoot. 'Ik heb hard gewerkt. Ik heb recht op mijn rust.' Toen merkte ze hem pas op, en ze lachte naar hem.

'Drukke middag gehad?' vroeg hij. Bobbie leefde in de veronderstelling dat zij het was die de kost voor iedereen verdiende, in het winkeltje in het voorhuis. De klanten daar betaalden tenminste met echt geld, en dat kon je niet zeggen van de mannen die voortdurend in bestelbusjes af en aan reden om hele pallets honing en kaarsen mee te nemen. Het was Bobbies opinie dat haar broer en schoonzuster niet goed bij hun hoofd waren om dag in dag uit zoveel weg te geven zonder er ooit een tastbare euro voor terug te zien. Iedere middag om klokke zes bracht ze de kassalade naar de boerderij om hun de munten en bankbiljetten te laten zien die zij die dag, als enige, had verdiend. Die twee boften maar met haar.

'Beredruk.' Ze blies haar wangen op en rolde even met haar ogen. 'Drie, nee, víér keer mensen over de vloer. Komt door het weer.'

Laurens pakte een tuinboon uit het pannetje en stak hem in zijn mond. 'Maar nu is het zaterdagavond. Nu heb je vrij. Nu heb je zin in iets gezelligs, en niet in het gezelschap van een onbekende die nota bene...'

'Laurens!' Ze sloeg naar zijn hand toen hij nog een

boon wilde pakken. ‘Daar krijg je iets van, hoor, als je die rauw eet!’

‘Ik niet. Ik krijg nooit wat. Ik ben een man van staal.’

Ze nam hem fronsend op. ‘Waar zit dat staal dan?’

Hij klopte op zijn borstkas. ‘Hier. Vanbinnen.’ Hij was haar ridder, hij had het vanmiddag bij de lunch voor haar opgenomen. Zoiets hoefde je jezelf niet kwalijk te nemen, je hoorde er juist tevreden over te zijn.

‘Dat kan niet,’ zei ze pertinent. ‘Ik geloof er niks van. Wil je een biertje?’ Ze stond op en ging naar binnen.

Hij hoorde haar in de keuken op lichtelijk verontwaardigde toon tegen zichzelf praten: ‘Hij neemt je in de maling, je moet er niet naar luisteren, je doet gewoon je oren dicht, hoor je me?’

Toen ze weer naar buiten kwam, met een blikje bier in de hand, zei hij vlug: ‘Hé Bobbie, ik heb nog een keer gevoeld, maar je had gelijk, er zitten hier alleen maar botten. Ik vergiste me daarnet.’

‘Zo, mooi is dat.’ Ze trok het blikje open en overhandigde het aan hem, terwijl ze met de andere hand haar dikke haar achter de oren streek.

Om haar gunstig te stemmen vroeg hij: ‘Waarom heet het hier eigenlijk nog steeds het zomerhuis? Dat is toch een naam van vroeger?’

Vertrouwelijk boog ze zich naar hem toe. ‘Omdat bij mij de zon altijd schijnt. Bij mij,’ en opeens begon ze te schateren, ‘bij mij gaat het donker nooit aan.’

‘Goed gesproken,’ zei Laurens, nippend aan zijn biertje.

‘Ach,’ zei Bobbie op relativerende toon. Ze pakte het pannetje tuinbonen weer op en zette het op haar schoot.

Gwen was naar binnen gegaan om haar dochter in de babykamer een schone luier te geven. Het was een vredig karweitje, maar toch moest ze er een zucht bij onderdrukken. Het wilde maar niet gewoon worden, het bleef zo onaf lijken, één baby, eentje maar: een meisje dat er haar leven lang alleen voor zou staan. Timo vond het onzin, en dat stak haar. Voor anderen was het immers óók zichtbaar dat er iets niet helemaal klopte. Laatst nog had Bobbie bijvoorbeeld zoiets wonderlijks gezegd. Op die trage, heldere manier van haar had ze ineens opgemerkt: 'Een baby is nog geen mens. Maar het is natuurlijk ook geen dier. Wat is het nou eigenlijk wél?' Bij de Engelen had zij die vraag nooit opgeworpen, en bij de kleintjes ook niet.

Veronica had vast een passend antwoord geweten. Ze zou iets zots hebben gezegd dat niettemin logisch en verstandig zou hebben geklonken.

Gwen maakte de luier vast, tilde haar meisje op en gaf haar een zoen op de kruin. Toen legde ze haar in de wieg. Ze liet het uitgelubberde elastiek, waaraan kleurige plastic eendjes bungelden, even heen en weer schommelen. Daarna trok ze aan het touwtje van de muziekdoos. Slaap kindje slaap.

Ze wachtte tot de klare kijkertjes dichtvielen. Ze moest nodig aan het eten beginnen. Maar eerst een douche. Met dit weer wilde je wel drie keer per dag.

In de badkamer gooide ze haar kleren in de altijd uitpuilende wasmand. Ook in de machine zat nog een was, als ze het zich goed herinnerde. Die moest eruit, straks, voordat hij ging stinken. Met haar voet schoof ze een lege shampoofles opzij, een paar sponzen en een brandweerautootje, en stapte onder de douche. De harde waterstraal deed haar hoofdhuid tintelen. Ze dacht: Dood is maar één staat van zijn, slechts een van de vele. Ergens in de kosmos leefde Veronica voort, in het twinkelen van de sterren, het ruisen van de zee, of misschien zelfs in de damp die nu in de douchecabine begon op te stijgen. Maar als ze gewoon op aarde was gebleven, zou Gwen nooit zijn bevallen van zoiets kwetsbaars als een enkel kind, dat wist ze met een duistere zekerheid. Door te sterven richtte je, onbedoeld, in andermans leven van alles aan. Dat zag je ook aan Beatrijs.

Gwen droogde zich af. Ze bond haar natte haar in een paardenstaart. Op haar blote voeten liep ze naar de slaapkamer. En al die tijd zag ze Beatrijs voor zich, verliefd en stralend. Als een van je beste vriendinnen op haar zesendertigste zomaar opeens aan een hersenbloeding overleed, aldus Beatrijs, dan keek je jezelf eens diep in de ogen. Je vroeg je af waarmee je zelf nu eigenlijk bezig was. En dan had je plotseling de moed om knopen door te hakken en een stap te zetten die allang gezet had moeten worden. Dan bleef je kortom niet langer hangen in een huwelijk waarvan de houdbaarheidsdatum al ruimschoots was verstreken. Je wierp je zonder aarzeling in een nieuw paar armen.

Beatrijs met een nieuwe man. Gwen wist precies wat Vero zou hebben gezegd. Als er iemand was die een beetje geluk verdiende, was Bea het wel. Enigszins schuldig dacht ze aan Frank, die zo onverhoeds door Beatrijs was gedumpt, en die ze nu vermoedelijk nooit meer zou zien, na al die gedeelde zomers. Frank was weliswaar nooit de gangmaker van het gezelschap geweest, maar wat je gezamenlijk had, dat had je.

Ofschoon de dag al ten einde liep, was het nog steeds warm. Met tegenzin opende ze haar kleerkast. Ze besloot een jurk aan te trekken waarvan ze wist dat Timo haar er graag in zag, die met de zonnebloemen. Dat zij tweeën nu het enige stel waren dat was overgebleven... Het zou wel wennen. Alles wende. Maar opeens, zonder overgang, was ze ongewoon korzelig gestemd. Mensen gingen maar dood of zadelden je op met hun nieuwe partners! Iedereen dacht dat zij onverstoorbaar was en alles aankon. Hoe kwamen ze erbij? Ze wilden gewoon met z'n allen op haar leunen en steunen. Kom maar bij Gwen, en alles komt goed. Kom maar bij Gwen, en alles zal je worden vergeven.

Om te kalmeren ging ze naar het open raam en haalde een paar keer diep adem. Beneden haar, op het terras, zei Laurens net iets tegen Timo. Ze boog zich voorover. '... overal gekeken, maar ik zie ze nergens,' ving ze op.

Timo zei: 'Dan ga ik er zo nog wel even achteraan.'

'De jongens wel, die waren op het bijenveld, maar die...'

Gwen stak haar hoofd naar buiten. 'Laurens! Hoe vaak moet ik het je nog zeggen: dat moet je ze verbieden! Zelfs ónze kinderen mogen niet bij de bijen in de buurt komen! Timo, ga ze alsjeblieft meteen halen!'

De beide mannen keken omhoog. Timo kwam overeind van zijn stoel, wuifde even naar haar en ging de tuin in. Laurens bleef haar schaapachtig aanstaren, het hoofd in de nek. 'Sorry, Gwen,' zei hij na enkele ogenblikken. Toen wendde ook hij zich af.

Ze keek naar zijn rug, terwijl hij doelloos over het terras scharrelde. Ze dacht: Jij leefde dag en nacht met haar, jij had iets moeten opmerken, een of ander voorteken, hoofdpijn, duizeligheid. Weer eens te druk met je werk zeker, zeker weer een of andere onnozele crisis op je drukkerij? Denk maar niet dat ik niets van je weet! Maak je geen illusies over hoe vriendinnen over hun mannen praten!

Aan de rand van het grasveld bukte hij zich en raapte een T-shirt op.

Geen enkel gevoel voor prioriteit, had Veronica altijd lachend gezegd: zich druk maken om niks, en als het erop aankomt, juist staan te dromen, echt, bij Laurens weet je de helft van de tijd niet waar zijn gedachten zijn.

Met het shirtje in de hand draaide hij zich om. En ineens trof de uitdrukking op zijn gezicht haar. 'Joh, Laurens! Wat is er?' riep ze uit het raam.

Als betrapt keek hij op. Hij hield het kindershirtje omhoog. Het leek heel klein in zijn grote mannenhanden. 'Die mouwtjes zijn zo strak,' bracht hij uit. 'Kijk dan, ze rimpelen helemaal. Dat kan toch niet lekker zitten?'

Terstond vloog haar hart bijna uit haar borst, zo ging het naar hem uit. 'Dat fiks ik wel voor je. Dat maak ik zo in orde, jongen.' Ze schoot een paar slippers aan en rende naar beneden over de houten trap die Timo een paar maanden geleden had geschuurd, maar nog steeds niet opnieuw had gelakt. Er was nooit genoeg tijd om de projecten af te maken waar zij beiden aan begonnen.

Buiten zat Laurens met het shirtje voor zich uitgespreid aan de tuintafel. 'Zie je wat ik bedoel?' vroeg hij. Onbeholpen trok hij aan de naden.

'Ja. Maar dat kan ik wel verhelpen.'

'Zij kleedde ze altijd zo leuk aan. Dat zal mij nooit lukken. Dankzij haar heb ik twee prachtige jongens, Gwen. Maar dankzij mij lopen ze er straks als debielen bij. Ik weet niet eens wat ik tegen de kapper moet zeggen.' Zijn ogen werden vochtig.

'Ik zet die mouwtjes er vanavond zo opnieuw voor je in, heus.' En bij die woorden voelde ze hoe ze als het ware weer met zichzelf samenviel, met haar aardse zelf. Dit was vertrouwd, dit was overzichtelijk: straks nog even een naaiwerkje doen, en de wereld zou weer rustig kunnen doordraaien.

De zon was gedaald tot achter de hoogste takken van de oude eiken. Het was vast al over zevenen. En de kinderen moesten nog in bad of onder de douche, iedereen moest nog van alles. 'Ik ga maar eens gauw naar de keuken.'

'Ik ga met je mee,' zei Laurens. 'Hakken en snijden kan ik als de beste.'

Toen ze opstonden, raakte zijn arm de hare. Beschroomd dacht ze: Vero's man.

In de keuken bleek de afwas van de lunch nog op het aanrecht te staan. Werktuiglijk begon ze bordjes en bestek af te spoelen. 'Ik moet er nog even inkomen,' zei ze. 'Ik ben bang dat het hier elk jaar een beetje chaotisch begint. Om een of andere reden kan ik nooit verder denken dan de eerste avond.'

'Maar die had je perfect in de knuisten.' Laurens liet nooit een kans lopen om je een compliment te maken: een heerlijke eigenschap. Ze nam het zich nog steeds kwalijk dat ze er gisteren niet aan had gedacht voor een chocoladetaart te zorgen.

'Waar vind ik een theedoek?'

In de wasmachine, vermoedelijk. Ze zei: 'De vaat druipt wel uit in het rek. Misschien kun jij de tafel vast dekken.'

'Voor hoeveel personen?'

Over haar schouder wierp ze hem een blik toe. 'Wat dacht je?'

Ostentatief keek hij op zijn horloge. 'Je verwacht toch niet dat ze nu nog...'

'Anders had Beatrijs wel gebeld. Of ons door dinges een telepathische boodschap laten sturen.'

'Door Leander.'

'O ja. Leander.' Misschien was 'koriander' een bruikbaar ezelsbruggetje.

Ze zette een pan water op het vuur, maar draaide het gas meteen weer uit. Het kon nog wel een uur duren voordat de kinderen allemaal schoongeboend klaarzaten. Eerst de saus maar, die werd alleen maar lekkerder als hij inkookte. Gehaast goot ze een flinke scheut olijfolie in de bakpan. Tot haar ergernis kon ze nergens een pollepel vinden.

'Gwen!' riep Timo van buiten. 'Mogen ze nog even onder de tuinslang?'

'Vijf minuutjes,' riep ze door het raam terug. Met een beetje geluk liep het niet uit op een moddergevecht.

Ze concentreerde zich op de saus. Ze raspte de kaas. Ze waste de sla. Voor de Engelen trok ze een blikje worstjes open. Haar oudste dochters hadden recentelijk aangekondigd nog uitsluitend vlees te willen eten. Als je je tegen zoiets verzette, had je geen leven meer. Elke dag dat de twee kleintjes nog tot een hap groente te verleiden waren, was winst.

Waar waren die verhipte pollepels toch? Waren ze misschien in het zomerhuis beland? Ze nam de hoorn van de telefoon die naast de koelkast hing en draaide Bobbies nummer. Het duurde even voordat haar schoonzusje opnam. 'Bobbie, heb jij soms...'

'Ik zit net te eten!'

Verbouwereerd zei Gwen na een moment: 'Maar we gaan zo aan tafel.'

'Eet smakelijk, dan.'

'Wat krijgen we nou? Je zit daar toch niet alleen te eten?'

Met een grafstem zei Bobbie: 'Die man is veel te donker voor mij.'

'Joh.' Als iedereen zo moeilijk deed, was er voor Beatrijs zo meteen niets meer aan. Die koriander moest het voordeel van de twijfel worden gegund. Hij had vast ook plezierige kanten. Een vriendin die je bijna levenslang als redelijk had gekend, op haar manier dan, die maakte niet plompverloren een verkeerde keuze. En het zei toch al genoeg over hem dat hij zo gek op Bea was dat hij haar bij iedere stap die ze zette met zijn ogen volgde? Nou dan. 'Ik ga wel naast hem zitten om ervoor te zorgen dat hij niet weer iets engs tegen je zegt.'

Bobbie maakte een geluid alsof ze een kat wegjoeg. 'Jij bent te goed voor de wereld. Dat heb ik je al zo vaak gezegd.' Meteen verbrak ze de verbinding.

Ook Gwen hing op. Ze draaide het vuur onder de sauspan laag en ging naar buiten.

Op het inmiddels beschaduwde grasveld hield Timo de tuinslang op hun gillende dochters gericht. Ze waren allevier spiernaakt. Het haar hing in klissen tegen hun schedel geplakt. De knieën hoog optrekkend spetterden ze uitgelaten rond. Om hen heen lagen hun kleren, in het natte gras. 'Nog even, mama, nog heel even,' riepen ze in koor toen ze haar in het oog kregen.

Bij de tuintafel keken de twee jongetjes met een mengeling van ontzag en verlangen toe. Laurens stond tussen hen in, de armen om hun schouders geslagen. Hij was een man die zijn kinderen voortdurend aanhaalde, beetpakte, in de lucht gooide. Het sneed Gwen opeens weer zo door de ziel hoe hij er daarnet met dat shirtje bij had gezeten, dat ze vergat dat ze bij Bobbie poolshoogte had willen nemen. 'Hé, mannen,' zei ze. 'Willen jullie ook niet lekker onder de tuinslang spelen?'

Laurens zei: 'Er is voor vandaag geloof ik genoeg gespeeld. Ze zijn bekaf.'

'Laten we in dat geval maar gauw aan tafel gaan.' Ze klapte in haar handen. 'Timo!'

Haar man draaide haar zijn roodverbrande gezicht toe. Kijk nou, zeiden zijn lachende ogen, kijk nou Gwen, naar dat mieterse spul van ons. En groeien ze op in het paradijs of niet? Laat de mensen maar lullen. Er is niks mis met een ouderwetse imkerij. Wij hebben het goed, en onze kinderen ook.

Die blikken van verstandhouding, over kinderhoofden heen, die heerlijke trots op je gezin, die je alleen maar met je eigen partner kon delen. Als ze Laurens daarmee nu maar niet de ogen uitstaken. 'Doe dat ding uit, Timo! Het wordt veel te laat!' riep ze. 'Meiden, vaart maken! Over tien minuten eten we.' Toen hurkte ze bij de jongetjes en vroeg: 'Zo, en wat hebben jullie gespeeld?'

Ze hadden allebei Laurens' regelmatige, scherpe trekken, als uit ivoor gesneden beeldjes. Knappe kinderen.

'Het is nog niet klaar,' zei Niels.

'Nog niet klaar?'

Laurens stootte haar aan. 'Moeten die natte kleren van de meiden niet naar binnen?'

Het feit dat iedereen altijd voor alles haar akkoord nodig had, maakte andermans behulpzaamheid in zekere zin alleen maar tot een last. Maar misschien kon Laurens meteen de was voor haar uit de machine halen en in de droger stoppen. 'Als je je toch over die kleren ontfermt,' begon ze. Op dat moment klonk er vanaf het voorerf het geluid van fietsbellen.

'Daar heb je ze,' zei Laurens gelaten.

Een ogenblik later kwamen ze gedrieën de tuin in lopen: Beatrijs en Leander hand in hand, zij zo klein en mollig en in een turquoise mantelpak, hij zo lang en tanig en in een vormeloze grijze joggingbroek, en achter hen, met hangend hoofd, Leanders broodmagere dochter Yaja in haar sleetse zwarte spijkerjack.

Yaja! Gwen was haar bestaan even helemaal vergeten. Je kreeg niet alleen een wildvreemde man in je midden, maar ook nog eens zijn minstens zo vreemde en gemelijke kind, en dat louter vanwege de bezoekregeling. Benard dacht ze: Hoe gaan we haar de hele week gelukkig houden? Ze is te oud voor die van ons, maar nog veel te jong om de hele tijd met volwassenen te moeten optrekken, ze gaat zich hier doodvervelen. Dertien. Een wandelend ongeluksgetal.

Met een glimlach gaf Beatrijs de sla door aan Timo, de wijn aan Laurens, de worstjes aan de Engelen. Ze haalde extra stokbrood uit de keuken, zodat Gwen even kon blijven zitten. Onvermoeibaar maakte ze grapjes met de kinderen. De hele middag, tijdens de fietstocht, had ze zich hartstochtelijk voorgenomen dat ze zich vanavond zou gedragen alsof er geen vuiltje aan de lucht was. Het was maar een onnozel meningsverschil geweest, bij de lunch, of misschien zelfs alleen maar een misverstand. Kwam je op zoiets terug, dan werd het alleen maar groter dan het was.

'Wat is je pasta weer lekker,' zei ze tegen Gwen, terwijl ze haar bord nogmaals volschepte. Het werd altijd geapprecieerd als je goed toetastte, en er stonden nu belangrijker zaken op het spel dan haar taille.

Gwen lachte haar toe. 'Variant honderdzestien.'

Beatrijs ontspande zich wat. Als ze Gwen toch niet had. Straks, onder de afwas, als ze eindelijk even alleen met haar was, zou ze haar uitleggen dat Leander nu eenmaal iemand van grote gevoelens was. Het was ongelooflijk, het was haast onvoorstelbaar, maar het bestond toch: een man met emoties, een man met het vermogen, nee zelfs met de behoefte eindeloos over alles te praten, een man die zich met hart en ziel en zonder een enkel voorbehoud aan je wilde geven en niets anders van je verlangde dan je nabijheid. Een spirituele man, bovendien. En dat laatste was precies de dimensie die zij haar huwelijk lang, zonder het zelf te beseffen, had gemist.

Haar vrienden zouden vast ook weleens hebben gedacht: Wat ziet Beatrijs toch in die saaie Frank? Misschien waren ze haar inwendig wel dankbaar dat ze niet meer met hem opgescheept zaten. Het was een ietwat pijnlijke gedachte, maar ze ging ook gepaard met een gevoel van trots: Geloof het of niet, mensen, maar ik ben een man als Leander waard. Ik ben zijn godin, zijn aanbedene, zijn zon, zijn alles.

Hij had haar niet alleen uitverkoren en uit haar ingedutte situatie verlost, hij had haar ook *nodig*. Daardoor was ze niet langer de zoveelste persoon op aarde die er uiteindelijk weinig toe deed. Ze was nu iemand die een ander gelukkig maakte, een taak zo groots en simpel tegelijk dat het haar dagelijks verbaasde.

Even had ze de aanvechting zich tot in haar tenen uit te rekken. Het zou een heerlijke avond worden. De atmosfeer was zwoel, het gras geurde, in de vijver bij de rododendrons kwaakten zomerzotte kikkers, en ze was omringd door haar beste vrienden. Ze voelde dat ze van blijdschap een kleur kreeg.

Over de tafel keek ze naar Leander. Hij zat met de armen over elkaar geslagen te luisteren naar iets wat Laurens te berde bracht over een ketel die hij in het struikgewas had gevonden. Haar minnaar straalde rust en kracht uit. Geen mens zou kunnen raden hoe moeilijk het voor hem was om in het gezelschap van vreemden te vertoeven, tussen al die onbekende energieën. Gaven zoals de zijne waren een geschenk voor de mensheid, maar een zware last voor de bezitter.

'Weet je,' zou ze straks aan Gwen uitleggen, 'soms komen er mensen op aarde die van Sirius of van de Plejaden afkomstig zijn, dat klinkt wel idioot, maar toch is het zo, met geestelijke bagage waarvan iedereen mag meeprofiteren. Uitvinders, bijvoorbeeld. Of Moeder Teresa's. Of mensen zoals Leander. Ze lijken groter dan de rest van ons, maar ze zijn ongelooflijk kwetsbaar.'

Gwen was iemand die zulke dingen begreep. Gwen *oordeelde* niet.

Bevreemd vroeg Timo aan Laurens: 'Een ketel? Je bedoelt een ketel uit de kaarsenmakerij? Waar stond die dan?'

'Achter in die wildernis van jullie. En hij was tot aan de rand gevuld met water.' Laurens pakte de wijnfles en keek Timo vragend aan.

'Nee, dank je, ik moet straks nog naar mijn bijen. Jezus, Engelen, zit niet zo te klieren.' Timo greep zijn dochters in het nekvel en trok ze uit elkaar. Meteen begonnen de beide meisjes eendrachtig te loeien.

Beatrijs keek vlug naar Leander.

'Je bent een zure zult, papa!'

'Ja, een echte Van Zeikenstein, hoor pap, zo zielig!' Het meisje schudde het hoofd.

Genietend zei Timo: 'Wat een vocabulaire, hè?'

'Stil eens. Hoor ik de baby?' Gwen tikte hem aan. 'Jouw beurt.'

Timo stond op. 'Ik begrijp het niet. Jij hoort haar altijd eerder dan ik.'

'Moederlijke intuïtie, jongen.'

'Hebben vaders dan geen intuïtie?' vroeg Laurens op onzekere toon.

Beatrijs dacht: Ik moet hem die scène van vanmiddag *vergeven*, ik zie toch zelf hoe ongelukkig hij is?

Alsof hij gedachten kon lezen, wat hij natuurlijk ook werkelijk deed, boog Leander zich voorover en zei: 'Iedereen heeft intuïtie, Laurens. Ook jij. Iedereen kan namelijk...' Zorgvuldig als hij was zocht hij even naar de juiste woorden, terwijl hij zijn vingers voor zijn neus kruiste. Voor zo'n grote man had hij opvallend sierlijke, expressieve handen. Handen die door Holbein geschilderd leken.

Botweg zei Laurens: 'Dus je begrijpt, ik dacht: Wat doet een ketel vol water hier, midden tussen de struiken? Heb jij daar een verklaring voor, Gwen?'

Beatrijs hapte naar adem. Hij had net zo goed kunnen zeggen: die man daar is lucht voor mij. Zo gingen ze hier toch niet met elkaar om! Verhit dacht ze: Leander heeft meer recht om hier te zijn dan jij, hij hoort bij *mij*, en jij hoort bij niemand van ons meer, dat had je zelf ook wel eens kunnen bedenken in plaats van je doodleuk aan ons te blijven opdringen. De felheid van haar gevoel bracht haar enigszins van haar stuk. Ze was toch altijd erg op Laurens gesteld geweest?

'Ik heb geen idee hoe die ketel daar kan zijn beland,' zei Gwen. 'Misschien... o, daar is mijn schat.' Ze strekte haar armen uit naar de baby die Timo op zijn heup aandroeg.

'Mag ik haar even?' riep Yaja uit, opverend uit haar landerige gehang.

'Natuurlijk,' zei Timo. Hij zette de baby bij haar op schoot.

Omdat ze het niet verdroeg Leanders gekwetste gezicht te zien, nam Beatrijs nog wat sla. Dezelfde spanning die de lunch voor haar had bedorven, nam ook nu weer bezit van haar. Zo zou het toch niet bij elke maaltijd gaan? Heel deze komende week lang? Dan zat ze liever gewoon in de Spiegelstraat tussen haar zeventiende-eeuwse gravures.

'Wat zonde toch,' zei Gwen zachtjes, 'dat Vero onze kleine meid nooit heeft meegemaakt. En wat jammer dat zij nu zonder tante Veronica moet opgroeien. Het is allemaal zo vreselijk zonde en jammer.'

Er viel een korte stilte, waarin de volwassenen allemaal even naar de baby keken, enigszins begaan, alsof in haar twee maanden oude lijfje al het onrecht van de wereld was opgeslagen. Yaja wiegde haar heen en weer, zachtjes tegen haar koerend.

'Ja,' zei Timo. 'Het is zonde, Laurens. Ik wou dat ik het beter kon uitdrukken, jongen, maar...'

'Zonde is precies goed,' zei Laurens snel.

Beatrijs was hem dankbaar dat hij er niet meer van maakte. Het moest voor Leander ongemakkelijk zijn, telkens die emoties, reminiscenties en bespiegelingen die hem tot buitenstaander bestempelden. Hij voelde de dingen zo hevig, hij *leed* zo snel. Hij kreeg soms migraineaanvallen die haar doodsbang maakten. Ook in *zijn* hoofd kon een bloedvat knappen. Hun leven lang waren ze naar elkaar op zoek geweest, en net nu ze elkaar hadden gevonden...

'Ze lacht naar me,' zei Yaja.

''t Is zo'n lekkere allemansvriendin,' zei Timo vertederd.

'Let je op haar hoofdje?' vroeg Beatrijs. Sinds kort vermoedde ze angstaanjagende krachten in Leanders dochter. Ze was laatst een keer mee geweest naar de manege, waar het meisje zonder enige moeite een kolossaal, bokkig paard in bedwang had gehouden. Het beest had hoeven zo groot als kolenkitten gehad, en een nek waarin spierbundels dreigend golfden. Maar Yaja had met het monster rondgetut alsof het een dwergkonijntje was.

Beatrijs was altijd dol geweest op de kinderen van haar vrienden. Ze compenseerden haar eigen gemis een beetje. Ze had niet anders verwacht dan dat het ook met Yaja vanzelf zou gaan. Misschien was het de leeftijd waardoor dat was mislukt. Of wellicht lag het aan de hondenriem met puntig ijzerbeslag die het meisje om de hals droeg en aan haar T-shirts met doodshoofden en Dracula's erop. Gothic heette dat, wist ze sinds kort. Er hoorde een witgekrijt gezicht bij, met kohl omrande ogen, sluik, zwartgeverfd haar dat in het midden was gescheiden, en een koele arrogantie jegens de rest van de wereld.

Op de toon die ze ook tegen haar paard had gebruikt, fluisterde Yaja tegen de baby: 'Ga je mee? Ga je met me mee?'

'Dat kan niet, want ze is van ons, hoor,' zei kleine Klaar. Haar tweelingzusje lag met het hoofd op tafel een liedje te neuriën, de wangen rood van de slaap.

Met bedtijden werd het in dit huishouden niet nauw genomen. Het had Beatrijs vroeger nooit gestoord. Maar toen had ze ook nog niet geweten hoe onontbeerlijk structuur is voor innerlijke harmonie. Opnieuw keek ze tersluiks naar Leander. Hij at met aandacht van zijn pasta.

'Ik houd haar,' zei Yaja uitgestreken. 'Yo, reken maar, ik neem haar lekker mee naar huis.'

'Mam! Mama! Die goochem zegt...'

Gwen suste: 'Ze plaagt je alleen maar, joh.'

'Ik ben bloody serious,' zei Yaja gebelgd. 'Jullie hebben elkaar, maar ik heb niemand. Ik ben thuis alleen met mijn moeder.'

'Wat een heerlijk rustig leven moet dat zijn,' zei Timo. Hij schoot in de lach.

Koud nam Yaja hem op.

'Nou ja, ik bedoel alleen maar: aan veel situaties zit ook altijd nog een goede kant.'

'Zeg, we gaan toch niet opeens positief denken, hè?' vroeg Laurens. Hij klonk oprecht ontzet.

Er verscheen een klein, gretig lachje om Yaja's bloedrode mond. Ze nam Laurens op alsof ze in hem, een volwassene nog wel, een bondgenoot zag. 'Ja, want als we zo gaan beginnen! Dan zullen jullie ook wel vinden dat ik bof dat ik tegenwoordig twee moeders heb. Bedankt, pa, maar niet heus.' Toen wijdde ze haar beste krachten weer aan de baby.

Beatrijs beet op haar lippen. Hier zat niemand op te wachten, en het bracht Leander ook in zo'n vervelende positie. Haar vrienden zouden nu vast verwachten dat hij zijn dochter tot de orde zou roepen.

Gwen zei: 'Tja, we krijgen het helaas niet altijd precies zoals we het willen hebben.' Ze gaf Beatrijs een bemoedigend knipoogje.

Dankbaar sprong ze op en begon borden in elkaar te stapelen. 'Zal ik het toetje halen, Gwen?'

'Laat mij dat maar doen, godin.' Bedaard kwam Leander overeind, nam de borden van haar over en liep naar de keuken. Zagen de anderen het ook? Hij was domweg niet vatbaar voor manipulaties. Hij liet zich niet door Yaja op stang jagen.

Na enige tijd merkte Laurens op: 'Wat je noemt een aanwinst.'

'Waar slaat dat nou weer op?' Haar stem sloeg over.

'Ja, Laurens,' zei Gwen. 'Hij is heel wat behulpzamer dan jij.'

'Waarom doe je de hele tijd zo naar tegen hem? Leg dat eens uit!' zei Beatrijs.

'Laurens, jongen, neem nog wat wijn.' Timo reikte naar de fles.

'Of liever water.'

'Maak je geen zorgen, Gwennie,' zei Laurens. 'Maak je absoluut geen zorgen over mij. Ik heb het helemaal onder controle.' Op zijn schoot was kleine Toby in slaap gevallen.

Boos wendde Beatrijs haar blik van hem af. Haar stemming werd er niet beter op toen ze zag dat Yaja nog steeds als een paardenfluisteraar in het roze oorschelpje van de baby zat te mompelen. De beide Engelen hadden zich aan de tafelrand opgehesen om het beter te kunnen volgen. 'Wat zeg je? Wat zeg je?'

Yaja snoof even. Ze had fijne, geciseleerde neusvleugeltjes. Ze zou er best leuk en fris kunnen uitzien, als ze daarvoor haar best deed. 'Ik zeg: Het kan jou ook gebeuren. Van de ene dag op de andere ben je ineens iemands freaking stiefkind.'

'Ben jij een stiefkind, dan?'

'Ja. Van haar.' Yaja bewoog haar hoofd een fractie opzij.

Zo grappig mogelijk zei Beatrijs: 'Lease-kind lijkt me een betere term.' Eén keer per maand een weekend en twee keer per jaar een week vakantie, dat was al gedurende bijna Yaja's gehele leven de afspraak. Stomme pech dat een van die vakantieweken nu net moest samenvallen met de jaarlijkse reünie. Maar iedereen zou het er toch over eens zijn dat ze Leander moeilijk samen met die kleine spinnenkop thuis had kunnen laten. Hij haatte het sowieso als zij zonder hem iets ondernam, hij *verdroeg* het gewoonweg niet als ze zich buiten zijn blikveld begaf. En ze had hem al helemaal niet kunnen achterlaten met dat kind dat hij amper kende, dat kind dat er voortdurend op uit leek te zijn hem te vernederen en te straffen voor het feit dat hij haar had verwekt.

Haar minnaar kwam het terras alweer op, met een schaal vla en een mand kersen. Hij zette alles op tafel. Ze glimlachte naar hem.

'Dank je wel, eh,' zei Gwen. Er verscheen een geconcentreerde trek op haar gezicht, alsof ze zich iets probeerde te herinneren. Toen begon ze vla en kersen uit te delen.

'Mam, wat is een lease-kind?'

'Ach liefje,' antwoordde Gwen, een duim vol vla aflikkend, 'waarom moet ík altijd alles weten?'

'Ik moet zo nog even naar de bijen. Hoe lang zijn we nog bezig, Gwen?'

'Dat zeg ik net, Timo, waarom moet ik altijd alles weten?'

'Waarom is oom Frank er eigenlijk niet?' vroeg een van de Engelen, Marleen, aan haar kin te zien.

'Omdat hij niet meer met mij getrouwd is,' zei Beatrijs geduldig. Gisteren was dit ook al doorgenomen, maar goed, opvoeden was herhalen, of andersom. Ze dacht: Evenzogoed was de seks tot op het allerlaatst geweldig. Hemel, hoe kwam ze aan die gedachte?

'Bobbie is er ook niet,' ontdekte Marise. Ze maakte een toeter van haar handen. 'Bob-bie!' brulde ze in de richting van het zomerhuis.

'Tief een eind op met die herrie,' riep Marleen terwijl ze haar zusje een duw gaf, zodat Marise van haar stoel tuimelde. In haar val sloeg ze Leander de lepel uit de hand. De vla droop langs zijn shirt. Even zat hij roerloos. Op zijn verweerde gezicht met de hoge jukbeenderen viel geen enkele emotie af te lezen. Toen pakte hij zonder een woord zijn servet.

'Meiden!' waarschuwde Timo. Het leek alsof hij moeite had zijn lachen in te houden.

Van het kabaal was Laurens' zoontje wakker geschoten. Lodderig keek hij om zich heen, totdat zijn blik op Klaar en Karianne viel, die elkaar met kersenpitten zaten te bekogelen. Meteen klaarwakker deed hij een graai in de schaal met kersen. Maar Beatrijs was hem te snel af. Ze griste de kersen uit zijn hand, het waren dubbele paren, en hing ze vliegensvlug aan haar oren. 'Kijk dan! Oorbellen!' Als Leander nu maar niet had gemerkt dat ook zij had gezien wat er was gebeurd.

'Bó-óbǃ' loeide Marleen voort. 'Waar blijft ze nou, die eikelien?'

Timo suggereerde vredig: 'Jullie kunnen er ook gewoon heen lopen, hoor.'

'Mam, waarom is Bobbie er niet?'

Luidop zei Yaja: 'Vast omdat mijn vader vanmiddag zo tegen haar zat te bullshitten.' Vanuit haar kohlgaten keek ze van de een naar de ander.

Beatrijs had het zonderlinge gevoel dat ze opeens helemaal poreus was en er niet in zou slagen zichzelf nog langer bij elkaar te houden. Alleen met beide vuisten op de tafel beuken zou haar misschien nog kunnen redden, heel hard en heel lang beuken.

Gwen zei: 'Bobbie wilde gewoon een keer in alle rust eten, in plaats van altijd maar tussen wilde beesten aan tafel te moeten zitten. Vooruit, uit mijn ogen, jullie. Het is voor vandaag wel weer welletjes geweest.'

De kinderen stuiterden van hun stoelen. Joelend, kibbelend en snaterend renden ze de tuin in en waren binnen een oogwenk uit het zicht verdwenen.

Pas nu durfde Beatrijs weer naar Leander te kijken. Hij liet zijn lange, gevoelige vingers over voorwerpen gaan. Hij betastte de rand van een bord, de zoom van een servet, de kromming van een vork. De hemel mocht weten wat hij in al die dingen las en welke verschrikkelijke informatie over haar vrienden hij eruit verzamelde.

'Was dat nou verstandig, Gwen, om ze van tafel te sturen?' vroeg Laurens beduusd. 'Nu kunnen we weer van voren af aan beginnen om ze allemaal bij elkaar en schoon te krijgen.'

'Ik probeer het alleen maar een beetje gezellig te houden, hoor!' Gwen stond op. Ze zag er ineens geërgerd uit. Ze pakte de baby van Yaja's schoot, mompelde iets over een voeding en liep naar binnen.

'Sorry jongens, maar als ik nu niet aan mijn bijen begin...' En weg was ook Timo.

Beatrijs schoof heen en weer op haar stoel. Daar zaten ze dan, met Laurens. Hoe ze haar hersens ook pijnigde, ze kon geen enkel gespreksonderwerp verzinnen.

Yaja wel. 'Laurens,' zei ze lijzig, haast *flirterig*, voor zover iemand die eruitzag alsof ze het liefst vers gedolven graven bezocht tenminste *kon* flirten, 'jij bent het toch met me eens dat mijn vader vanmiddag zwaar fout zat, die loser?'

Laurens begon met zorg zijn servet op te rollen.

Beatrijs was hem zo erkentelijk dat hij niet op Yaja inging, dat haar op slag allerlei Laurens-kwaliteiten te binnen schoten: zijn hartelijkheid, zijn oprechte interesse, de manier waarop hij altijd voor je klaarstond, de complimenten waarin hij zo goed was en die hij zo gul uitdeelde, zijn nooit verflauwde verliefdheid op Veronica, zijn blijdschap en trots bij haar triomfen, zijn medeleven met haar pech.

'Weet je,' begon ze, haar hand naar hem uitstrekkend.

Leander was haar voor. 'Laten we het uitpraten, Laurens,' zei hij, zijn stem warm en diep. 'Volgens mij was er sprake van een misverstand.'

Yaja lachte kort. 'Als-ie zo ranzig doet, moet je hem gewoon dissen.'

Wat ben je toch een loeder, dacht Beatrijs. Het luchtte haar even hartgrondig op. Het wicht dacht misschien dat ze haar vader voor schut zette, maar ze maakte alleen zichzelf belachelijk.

'Laurens?' Leander legde zijn handen open voor zich op het tafelblad. Zullen we...'

'Ik zal de kids eens bij elkaar gaan drijven,' zei Laurens, met vage blik langs hem heen kijkend. 'Ze hadden allang in bed moeten liggen.' Hij stond op en liep de tuin in.

Met een leeg gevoel besefte Beatrijs dat ze de kersen nog steeds aan haar oren had hangen. Ze haalde ze eraf. Het bleef enige tijd stil, nu zij alleen met Leander en Yaja was overgebleven. Een verdwaalde bij klauterde sloom over de laatste kersen op de bodem van de schaal. Af en toe probeerde hij op te vliegen en dan hoorde je het machteloze geronk van zijn kleverige vleugels. Zo klein en onbeduidend te zijn, zo helemaal niet in staat je eigen lot te beïnvloeden. Ze wilde haar hoofd op tafel leggen en om de hele schepping huilen.

Tegenover haar zat Yaja haar haarpunten te bestuderen. Ze bekeek een lok hier, ze bekeek een lok daar, en gaf er dan nuffige rukjes aan. 'Wat je noemt een vet chille boel, mensen,' zei ze na een tijdje.

'Ik wilde met hem práten.' Leander klonk perplex.

'Maar hij niet met jou. Waarom flip jij toch altijd meteen als je je zin niet krijgt? Die Laurens zit echt niet op jouw gezwets te wachten, hoor.'

'Je kunt Gwen vast wel helpen met de afwas,' zei Beatrijs afgemeten. Zweet had zich op haar bovenlip opgehoopt.

'Forget it.'

Leander rechtte zijn schouders. 'Wat wil je dan doen, Yaja?'

'Iets met de baby. Die lacht tenminste als ze me ziet.'

'Maar die is nu naar bed. Weet je wat, pak een boek. Of je gaat televisie kijken. Of je vraagt of je op de computer mag.'

'Je wilt me alleen maar lozen. Omdat je liever met háár alleen bent.'

'Of we kijken of er ergens een badmintonset ligt. Lijkt dat je wat?'

'Badminton? Ga een cactus beffen, man. Zie ik er soms uit als een kleuter of een bejaarde?' Yaja duwde haar stoel naar achteren en slofte er beledigd vandoor.

Beatrijs voelde iedere spier in haar lichaam zeven zuchten van opluchting slaken. De ervaring leerde dat je je nooit met de opvoeding van andermans kinderen moest bemoeien. Je kon alleen maar *denken*: Geef die etter toch een schop in plaats van je zo voor haar uit te sloven.

Ze schoof wat dichter naar Leander toe. Eindelijk samen. Zonder anderen erbij was hij altijd meteen een stuk ontspannener. Hij was niet degene die haar dat strakke, verscheurde gevoel bezorgde, het waren de mensen om hen heen, zoals Laurens, zoals Yaja… zoals wie niet, in feite? Toen ze samen voor de vakantie nog even wat nieuwe zomerkleren waren gaan kopen, had Leander het geweldig aan de stok gekregen met een verkoopster die haar al jaren hielp, hij *zag* immers wat haar stond, maar je kon moeilijk tegen mensen zeggen: 'Sorry mevrouw, ik heb me weliswaar al die tijd op u verlaten, maar nu heb ik mijn man en mijn man hier is een ziener, dank u wel.'

Ze pakte zijn hand en kneep in zijn vingers. 'Zullen we zo nog even een wandelingetje maken?'

'Vind jij soms ook dat ik vanmiddag onheus was tegen Bobbie?'

Ze aarzelde. Bobbie. Bobbiemans zeiden ze vroeger allemaal, of Bobbie de Beer. Ze kende haar al vanaf het moment dat Gwen op school verkering met Timo had gekregen. Bobbie was er altijd bij geweest, op feestjes, uitjes, verjaardagen. Leren breien, haken en naaien, dat was Bobs ambitie geweest. Als je kon handwerken, dan mocht je naar de sociale werkplaats. Maar het katoenen garen was in haar zweterige handen zo hard als steen geworden, en haar korte vingers waren te plomp gebleken voor het gepriegel met naalden. Ze had bitter gehuild toen ze haar droom moest opgeven. Als troost hadden Veronica en zij haar meegenomen om een jurk voor Gwens trouwerij uit te zoeken. Bobbie was weg geweest van een blauw zijden geval, waarin ze eruitzag als een lampenkap, zielsgelukkig. Bij de bloemist hadden ze met z'n drieën de rozenblaadjes ingeslagen die Bobbie later, op het bordes van het stadhuis, geconcentreerd over zichzelf zou uitstrooien in plaats van over haar broer en schoonzusje.

Maar reken maar dat Bobbie op haar eigen manier helemaal bij de les was. Zo helder als zij altijd kenbaar kon maken wat haar bewoog ('Weet je wat ik wel eens zou willen, Beatrijs? Ook eens ergens heel veel van weten.'). Met het gevoel dat ze haar verloochende zei ze: 'Ik geloof niet dat ze helemaal begreep wat je bedoelde.' Ze strekte haar hand uit om Leander door zijn haar te strijken.

Haar minnaar bewoog zijn hoofd nukkig naar achteren, buiten haar bereik. 'Ik was anders duidelijk genoeg. Bobbie is een zeldzaam mens met een bijzondere opdracht, dat is het enige dat ik vanmiddag tegen haar heb gezegd.'

Niels rende door de bosjes, Toby met zich mee trekkend. Het onafgemaakte spel lokte, en met een beetje geluk zouden de volwassenen nog uren natafelen. Onder de bomen was het al helemaal stikkedonker. Het was net alsof het spel daardoor ook duisterder werd, spannender, vreemder en enger.

Zo vlug als hij kon begon Niels het dode hout bijeen te slepen dat her en der onder de struiken lag. Puffend van inspanning hielp Toby mee. Ze stapelden de takken op rond de ijzeren ketel. Toen stapten ze achteruit om het resultaat in ogenschouw te nemen. Het was precies goed, zo.

Nu was het alleen nog maar een kwestie van tijd. En van toeval, natuurlijk. Misschien zou het Marleen worden, die immers altijd haantje de voorste was. Of anders Marise, of een van die kleine sproetenkoppen. Het lot zou bepalen wie zich hier het eerst in de buurt waagde. Het lot was er niet op uit eerlijk of rechtvaardig of zelfs maar logisch te zijn. Onverschillig en zonder aanzien des persoons sloeg het toe. Het ene moment was er nog geen vuiltje aan de lucht en het volgende moment was je in onuitsprekelijke rampspoed ondergedompeld. Dat was het enige waarvan je op aankon: dat het lot verzot was op het totaal onverwachte.

## *De picknick*

In paniek sperde Laurens zijn ogen open. Zijn hart hamerde. Hij zweette als een os. Pas na een paar benarde momenten herkende hij de hanenbalken weer, het verschoten behang aan de muren, en het spinnenwebberige haakwerkje dat Gwen met punaises voor het raam van het dakkapelletje had vastgezet. Hij ging rechtop zitten. Hij was helemaal niet op de intensive care. Het geluid dat hem had gewekt, was niet het gepiep van de monitor geweest, maar het gezang van de eerste vogels, die onbezorgd in de dakgoot zaten te kwetteren. Veronica zou hebben gezegd: Hoor je het verschil dan echt niet? Twiet! zegt de heggenmus. Piripiri! zegt de koolmees. En de tjiftaf roept zijn eigen naam. Het is zo simpel, schat. Je gaat me toch niet vertellen dat je zelfs het liedje van de merel niet herkent? Laurens! Kom hier, ik fluit het in je oor, ik blaas je omver, gek, kom eens hier met je oor.

'Veer,' fluisterde hij. 'Waar ben je?'

Ja, dat wist hij ook wel: diep onder de grond.

Opstaan nu, anders zat hij zo meteen weer gedurende het laatste restje van de nacht met prikkende ogen afwisselend naar haar en naar die verdomde monitor te staren.

In het stapelbed dat tegen de lange wand van de logeerkamer stond, draaiden zijn jongens zich om in hun slaap. Toby met de armen bungelend langs de matras.

Niels, weerloos op zijn rug beland, zachtjes snurkend. Zijn hart liep zo vol angst en liefde dat hij zijn blik moest afwenden.

Halfvijf? Vijf uur?

Hij trok zijn sandalen aan. Vreemd was het. Heel vreemd zelfs, dat je overdag competent een bedrijf leek te leiden, dat je onderhandelingen voerde en contracten tekende, papier inkocht en nieuwe persen bestelde, mensen aannam of ontsloeg, terwijl je je iedere nacht in complete, inktzwarte wanhoop afvroeg: wie ontfermt zich over mij, wie zorgt er voor mij?

De gedachte ergerde hem. Hij dacht: Ikzelf natuurlijk, wie anders?

Ontevreden over zichzelf ging hij de trap af. In de keuken pakte hij een boterham uit de broodtrommel. Traag kauwend liep hij naar buiten en bleef een moment op het terras staan.

De geur van bedauwde gewassen kwam hem tegemoet. Al kon hij geen eik van een iep onderscheiden, toch was hij graag buiten. Net was hij het gazon opgelopen om, het hoofd achterover, de frisse lucht diep in zijn stadslongen te zuigen, toen hij aan de nog bleke hemel iets raadselachtigs ontwaarde. Met grote vaart snorde er een zwermachtige substantie naderbij. Beducht voor Timo's bijen, die rond zonsop- en -ondergang het meest actief waren, wilde hij achteruit wijken, maar nee, het konden helemaal geen bijen zijn, die vlogen immers veel lager. Omhoogturend moest hij onwillekeurig even aan ufo's denken, aan graancirkels zelfs. Niemand zou hem ooit horen beweren dat er tussen hemel en aarde niets bestond. Misschien was dat juist wel zijn probleem.

Met een zwenkende beweging begon de wolk af te dalen. Tot zijn verbijstering werd nu zichtbaar dat die bestond uit ondefinieerbare, vrolijk gekleurde deeltjes. Blauw, groen en geel buitelden om elkaar heen. Het was een overrompelende aanblik. Had het opperwezen besloten het vanochtend uit zijn machtige hand confetti te laten regenen, speciaal voor hem?

Vlinders waren het niet, die hadden minder massa en die vlogen ook niet zo snel.

Al cirkelend vloog, met een merkwaardig rebbelend geluid, boven zijn hoofd de betoverende zwerm voorbij, zo te zien steeds doelgerichter dalend, en verdween toen achter een eik of iep uit het zicht. Laurens bedacht zich geen tel. Hij rende erachteraan. Hij voelde zich opgewonden, bijna alsof zijn meest wijze hersencel, die ene waarvan hij het bestaan meestal vergat, meteen een verband bevroedde tussen dit onverklaarbare, feeërieke fenomeen en zijn eigen leven. Alsof hem hier, in Gwens tuin, nieuwe inspiratie zou worden geboden, nieuwe motivatie, een glimp misschien zelfs, van een nieuwe toekomst.

Hij rende langs de rododendrons en daarna onder de bomenrij door, niet linksaf naar de kaarsenmakerij, maar over het andere pad. Die kant was de bui confetti opgegaan, in de richting van het zomerhuis.

Met gespreide armen stond Bobbie in een wit nachthemd roerloos op het gras voor haar huis, een gelukzalige glimlach op haar vollemaansgezicht. Om haar heen fladderden tientallen parkietjes, nu zag hij het pas, het waren parkieten of anders kleine papegaaien. Met wiekende vleugels pikten ze naar het voer dat Bobbie in haar handen had. Enkele waren zo stoutmoedig geweest om op haar schouders te landen, en eentje wandelde er met driftig vertoon heen en weer over haar hoofd. De zon stond net hoog genoeg om een breed lint van broos licht over het dak van het huis te werpen. Tegen de deemstere achtergrond van de bomen en heesters was het daardoor alsof er een schijnwerper op het tafereel was gericht.

Laurens stond als aan de grond genageld. De wereld deugde niet, het leven was een opgave, de mens was sterfelijk en doorgaans nog schokkend harteloos ook, maar dan kreeg je opeens dit: een zomerochtend met een vrouw in een witte nachtpon en een zwerm parkieten.

Bobbie zag hem staan: ze lachte geluidloos naar hem. Voorzichtig hief ze haar ene hand en bewoog haar vingers wuivend heen en weer.

En in een flits zag hij de rest van zijn leven voor zich, hier, in het zomerhuis waar het donker nooit aanging. Iedere ochtend zou het confetti regenen en iedere avond zouden Bobbie en hij samen de kassalade op de keukentafel omkeren en het geld tellen dat zij die dag had verdiend. Toby en Niels zouden het hele jaar door boomhutten kunnen bouwen, en nooit meer zou hij die ene gedachte hoeven te hebben: Mij mag niets overkomen, nu niet en nooit niet, want dan zijn mijn kinderen verloren.

'Bobbie!' zei hij, vooruitstappend.

Meteen vlogen de vogels op, in een warreling van kleur en gesnater.

'Sukkel!' zei Bobbie uit de grond van haar hart. Ze keek naar de wegzwermende parkieten en toen naar hem. 'Ja, nou, nee hoor, Laurens. Echt.'

Hij voelde zich opgelaten. 'Shit. Nu heb ik ze weggejaagd.'

'Ach.' Alweer laconiek haalde ze haar schouders op. 'Morgen komen ze weer.'

'Komen ze dan elke dag?'

'Ik zet er speciaal mijn wekker voor. Ik heb een wekker, hoor.'

'Maar waar komen ze vandaan? En sinds wanneer...'

Ze nam hem op met een mengeling van deernis en geamuseerdheid. 'Ik ga koffie zetten. Wil jij ook, of heb je al gehad?'

'Nee. Graag. Maar...' Het trof hem hoe onbevangen ze erbij stond, in haar verkreukelde pon, op haar blote voeten.

'Wat bedoel je nou, nee of graag?' Ze schoot in een meisjesachtig gegiechel. 'Je moet wel kiezen, Laurens, anders wordt het niks.'

'Koffie dan maar.' Misschien hoefde je ook niet alles te weten, alles te begrijpen. Het was een aangenaam, licht idee. Met de vogels nog op zijn netvlies liep hij achter haar aan naar binnen.

In het zomerhuis ging hij aan de keukentafel zitten, die bedekt was met rood-wit geblokt zeildoek. Dat was niet zomaar, want in het rek boven het aanrecht stonden, netjes om en om gerangschikt, rode en witte mokken. Het thema keerde, als streep, terug in de ovenwanten en theedoeken aan de haakjes naast het fornuis. Zelfs de fluitketel was rood. 'Volgens mij heb jij hier een binnenhuisarchitect over de vloer gehad,' zei hij.

Daar moest Bobbie geweldig om lachen.

Op de vensterbank stond een glazen pot met zaad. Bobbie op haar fiets met het mandje voorop, op weg naar de dierenwinkel om parkietenzaad te kopen. Bobbie de vogelfee, er blind op vertrouwend dat die beestjes zouden blijven komen, iedere dag weer. Bobbie voor wie het wonderlijke doodgewoon was, en het gewone juist wonderbaarlijk.

Ze zette koffie op de ouderwetse manier, met behulp

van de fluitketel en een filter. Ondertussen kletste ze honderduit over een poets die de Engelen haar laatst hadden gebakken. 'Ik trapte er natuurlijk weer in,' gnuifde ze.

'Je bent gewoon een supertante. Dankzij jou...'

Opeens begonnen haar lippen te beven. Ze barstte uit: 'Maar het is natuurlijk veel leuker als het je eigen kinderen zijn.'

Hij wist niet hoe hij moest reageren.

'Jemig, ik krijg er geloof ik een rooie kop van,' zei Bobbie, beide handen naar haar wangen brengend.

Onhandig zei hij: 'Dat geeft toch niet?'

Met haar rug naar hem toegekeerd begon ze met serviesgoed te redderen. Het kraagje van haar nachtpon zat naar binnen gedraaid. Er kleefde een klein geel donsveertje aan. Dat gaf de doorslag: de tranen sprongen Laurens in de ogen. Wat je niet bezat en nooit zou bezitten, kon net zoveel pijn veroorzaken als wat je had gehad en had verloren. In ieder leven was er wel verdriet om het een of andere gemis.

'Het is me wat,' zei Bobbie vermanend tegen zichzelf. Toen draaide ze zich om, met in elke hand een kopje koffie. 'Ik heb geen melk, maar wel suiker. Hé, heb je iets in je oog?' Zorgzaam boog ze zich voorover. Onder de dunne witte stof van het nachthemd bewogen haar borsten.

Hij ging rechtop zitten. 'Het is al weg.'

'Nu nog een koekje erbij.' Ze pakte een trommel uit een aanrechtkastje, haalde het deksel eraf en zette hem op tafel. Hij was rood met witte stippen.

'Ga nou eindelijk eens zitten, jij.'

'Ik kan werken als een paard,' zei ze trots. 'Dat zegt Timo zelf.'

'En dat vindt Gwen ook.'

Ze maakte een wegwerpend gebaar. 'Gwen is te goed voor deze wereld.'

'Volgens mij bestaat deze hele familie louter uit keien.' Hij dacht: Misschien kunnen ze mij en de jongens wel adopteren! De ongerijmdheid van die gedachte maakte hem weer bewust van zijn radeloosheid. Zou dit voortaan zijn leven zijn: bij elke stap langs de afgrond van zijn wanhoop scheren?

'Ik heb Gwen geholpen met alle baby's,' zei Bobbie dromerig. 'In bad doen, aankleden, ik en Gwen deden alles samen.'

'In bad doen? Dat vond ik altijd een levensgevaarlijk karwei.' Gewoon doorkletsen, gewoon doorademen, gewoon doordraaien.

'O, maar ze kunnen zwemmen, hoor. Dat verleren ze pas als ze één zijn.' Ze nam hem met een ietwat twijfelende blik op, alsof ze zich opeens afvroeg of zijn kinderen wel normaal waren en zo niet, door wiens schuld dan. Toen zei ze toegeeflijk: 'Maar wij geven ze natuurlijk ook koninginnegelei.'

Het werkte niet meer. Het moment was op, voorbij. Zelfs een tweede zwerm parkieten zou hem nu niet meer uit de put helpen. Hij moest weg, voordat ze iets aan hem merkte en dan zou denken dat het aan haar lag. Snel dronk hij zijn koffie op. 'Ik ga eens kijken of Toby en Niels al in het land der levenden zijn.'

'Die zijn vast allang uit bed. Om weer samen met de meisjes menseneter te gaan spelen. Zeker op zo'n mooie dag als vandaag.'

'Menseneter?'

'Ja, Marleen zei dat het zo heette.'

'Hoe gaat dat dan?'

Ze haalde de schouders op. 'Dat snappen wij toch niet, Laurens. Daar moet je fantasie voor hebben.' Ze sprak het woord met een zeker ontzag uit.

'Menseneter,' zei hij opnieuw, verbouwereerd. Moest je daar nou om lachen of moest je je er zorgen over maken? God, die wankelmoedigheid, tegenwoordig, die twijfel bij alles en niets, dat opblazen van iedere onzekerheid. Jongens, papa moet eens even een goed gesprek met jullie hebben. Leg mij eens uit wat jullie hier de hele dag uitvoeren, gewoon, voor de zekerheid... jullie zijn immers de enigen die ik nog heb.

Ze zagen hem al aankomen.

Als je op je kinderen ging leunen, was je pas echt een lul.

Ze waren gisteravond gezeglijk op zijn geroep komen aansjokken, en hij had Toby op zijn schouders gezet en Niels bij de hand gepakt en diens sluikharige hoofd tegen zijn blote arm gevoeld, twee jongetjes die vooral opgelucht hadden geleken dat ze eindelijk naar bed werden afgevoerd, niets anders dan dat. Ze waren bekaf geweest, maar ze raakten hier altijd wat over hun toeren doordat ze tegen de Engelen moesten opboksen, en tegen al dat onbegrijpelijke meidengedoe. 'Wijven,' zei Niels sinds kort met zevenjarige walging, zijn bovenlip scheef opgetrokken, zijn neus gerimpeld.

'Nou vooruit,' zei Bobbie. 'Ik schenk je nog een keer in. Op één been kun je niet lopen.'

Beatrijs was in een ongewoon vastberaden stemming wakker geworden. Deze dag had een *doel*, dat was aan alles te voelen. Er waren ochtenden, de meeste in feite, waarop je louter dacht: let's go with the flow, maar een enkele keer ging het anders en wist je bij het ontwaken meteen dat je juist dwars tegen de stroom in moest roeien om iets tot stand te brengen. Als met een scherpe etspen stond het dan onontkoombaar in je brein gegrift: tien pond afvallen, of iemand de waarheid zeggen, nou ja, al het soort dingen kortom dat normaal gesproken buiten je bereik lag.

Muisstil, om Leander niet te wekken, stapte ze uit bed en sloop ze naar de douchecel.

Ze waren samen met Yaja ondergebracht in het oude daglonershuisje achter op het erf van de boerderij. Op hun zorgeloze manier hadden Gwen en Timo het voor vakantiebewoning geschikt gemaakt: er waren bescheiden sanitaire voorzieningen aangebracht, plus een Ikea-keukenblok met daarin vier van alles – vier glazen, vier borden, vier lepels, vier eierdopjes. Het lukte hun meestal ook nog om het huisje te verhuren. Het lag immers ideaal: iedereen die het Pieterpad liep, kwam er pal langs, en kon dan besluiten later nog eens voor een week naar dit idyllische plekje terug te keren.

Frank had elke zomer gezegd dat ze Gwen en Timo schadeloos moesten stellen voor hun verblijf hier. En dan had zij, wegkijkend, geantwoord dat ze het geld allang had overgemaakt. Het was vast aardig van hem bedoeld geweest, maar ergens ook zo vreselijk ongepast. Geld mocht toch geen rol spelen in een vriendschap. Je nam liever een paar dozen wijn mee, en je zorgde er natuurlijk voor dat je samen met Gwen of Timo naar de supermarkt ging zodat je je razendsnel over de bon kon ontfermen: dat was stukken minder neerbuigend dan geld overmaken. *Arme* Frank.

Het stoorde haar dat ze aan hem dacht. Ze draaide de douche open en probeerde haar doelbewuste stemming terug te halen. Ze wilde Gwen vandaag eens lekker verwennen, om haar te laten merken wat hun vriendschap voor haar betekende. Daar was ze de afgelopen maanden, sinds ze Leander kende, een beetje laks in geweest. Zelfs bij de geboorte van Babette had ze nauwelijks echte aandacht betoond. Maar dat had Gwen hopelijk op haar eigen goedaardige wijze uitgelegd. Ze had haar vast al bij voorbaat geëxcuseerd.

Na de eerste miskraam had ze gezegd: 'Eerst goed uithuilen, Bea, en dan gewoon opnieuw beginnen.' Na de tweede hadden ze samen zitten janken. En toen het daarna opnieuw mis was gegaan, had Gwen zich met een lijkbleek gezichtje verontschuldigd voor haar eigen vruchtbaarheid. Hoe onzinnig dat ook was, het waren precies de juiste woorden geweest.

Beatrijs had gesmoord gezegd: 'Ik gap je volgende baby gewoon.'

Maar alles kreeg mettertijd zijn plaats. Je ging verder, wat er ook gebeurde. Je stelde je plannen bij en je maakte er het beste van. Er waren altijd ergere dingen. Soit. Van Veronica had ze toen een abonnement op een kuuroord gekregen, met de opdracht zich daar maandelijks te laten verwennen. Hoe je zonder vriendinnen ooit het leven moest overleven, was een groot mysterie. Zeker als je met iemand zoals Frank was getrouwd. Nu, met Leander, was het anders. Ze had nu een man met wie ze kon praten over wat haar bewoog. Een man die wist dat alles zin had en dat er in het universum nooit iets zoekraakte, zelfs onlevensvatbare kinderen niet. Haar onfortuinlijke drietal was nog ergens. Dat kon hij haar met de hand op het hart verzekeren.

Ze merkte dat ze haar schouders hoog opgetrokken hield en liet ze welbewust, rustig ademend, zakken.

Ze nam niet de moeite zich aan te kleden. In haar ochtendjas ging ze naar buiten en stevende door het nog natte gras naar Gwens keuken. Een ontbijt op bed, dat werd het, met versgeperst sap, een luchtige omelet en die grappige gestoomde broodjes waarover ze laatst iets had gelezen.

Ze vond meel en gist in een van de kasten. Als ze het deeg straks even op een zacht pitje in de oven zette, zou het zo gerezen zijn. Snel ging ze aan het werk. Iedereen dacht dat zij een onpraktisch warhoofd was, maar hier stond ze toch maar mooi voor het dagelijks brood te zorgen. Ze mengde en kneedde. En honderd meter verderop draaide Leander zich nu om in zijn slaap. Misschien had ze een briefje op haar kussen moeten achterlaten. Hij maakte zich zo gauw zorgen om haar. Blij en beklemd tegelijk begon ze fruit te snijden om er in de blender sap van te maken. Het kon haar minnaar *schelen* hoe het met haar ging.

'Jij bent er vroeg bij.'

Ze draaide zich om. De tevreden glimlach gleed van haar lippen. 'Jij anders ook.'

Laurens bleef een moment in de deuropening staan, alsof hij voelde dat hij niet welkom was. Hij zag er ongelukkig en verbeten uit.

Ze vermande zich. 'Ik ben net vruchtensap aan het maken. Wil je een glas?'

'Je bent vanochtend al de tweede die me wil laven. Het leven lacht me van alle kanten toe.'

Al viel het niet mee om vriendelijk te blijven tegen iemand die zo cynisch deed, toch schonk ze hem een glas sap in. 'Als je even geduld hebt, zijn er gestoomde broodjes.'

'Je pakt wel uit, zeg. Kan ik misschien een bijdrage leveren?'

'O nee, o nee, ik doe het liever...'

Hij schoot in een vreugdeloze lach. 'Zelf? Zonder mij, althans?'

Ze voelde zich in het nauw gebracht. 'Ach, Laurens. Drijf alles toch niet zo op de spits. Kunnen we niet gewoon...'

Hij deed zijn mond open om iets te zeggen, maar bedacht zich, alsof hij opeens verlegen was met zijn figuur. Tot haar verwarring liep hij op haar af, omvatte haar gezicht met beide handen en gaf haar pardoes een zoen op de punt van haar neus. 'Zo'n grote man tegen zo'n klein meisje, sorry Beatrijs, zo kennen we elkaar niet.'

Er streek iets zachts langs haar wang en uit haar ooghoek zag ze een geel veertje in zijn vingers. 'Wat heb je daar nou?' vroeg ze om haar tegenstrijdige emoties te verbergen: typisch Laurens om zijn charmes in de strijd te gooien en typisch Beatrijs om direct dankbaar te zijn dat hij weer een beetje prettig deed.

Tussen duim en wijsvinger hief hij het veertje. Hij kriebelde er even mee langs haar wang en toen langs de zijne. 'Geloof jij in tekens?'

'O ja!' zei ze uit de grond van haar hart. Deze wending gaf haar de kans om hem dichter bij Leander te brengen. Het was een godsgeschenk, het was niet minder dan een wonder, wat op zichzelf al aantoonde dat tekens bestonden, dat was immers dezelfde categorie.

'Goedemorgen,' zei Leander op dat ogenblik op droge toon.

Van de schrik maakte ze bijna een sprongetje.

Hij stond precies zo in de deuropening als Laurens daarnet had gedaan. Eén blik was genoeg om te beseffen dat hij die kus en dat gefrunnik met dat veertje had gezien. Ze kreeg de bijna onbedwingbare aanvechting de ceintuur van haar ochtendjas strakker aan te halen. Ze was nog niet eens behoorlijk aangekleed ook. 'Schat! We hadden het net over...'

'Ik ben blij je hier in goede gezondheid aan te treffen,' zei haar minnaar kalm. 'Voor hetzelfde geld was je bezig ergens in zeven sloten tegelijk te lopen, Beatrijs.' Hij draaide zich om en liep de tuin in.

'Goede gezondheid?' vroeg Laurens verbaasd. 'Heb je iets onder de leden, dan?'

Er waren nu, welbeschouwd, twee dingen die ze moest doen. Hem een knal voor zijn hoofd verkopen en vervolgens achter Leander aan gaan. Maar ze bleef staan waar ze stond, hulpeloos, geschrokken van het nodeloze verdriet dat ze had veroorzaakt, bang voor de repercussies die haar te wachten stonden. Uit de oven begon een schroeierige lucht op te stijgen.

Gwen rolde zich loom van Timo af. Haar linkerbeen, verstrengeld in het laken, liet ze over zijn heup liggen. Ze wachtte totdat haar ademhaling weer normaal werd en het zweet op haar huid begon op te drogen.

Timo pakte haar bij haar enkel. Hij lachte zachtjes.

'Wat?'

'Niks, mop.'

Gwen dacht: Thuis heet ik mop. Ze onderdrukte een glimlach. 'Zeg het nou maar.'

'Ik zag ineens voor me dat een van je vrienden hier naar binnen zou stormen met een zondags ontbijt op bed voor ons, terwijl wij...'

'Een van míjn vrienden?'

'Ja, wie anders?'

Ze stutte haar hoofd in haar hand. 'Tiem. Vind je het niet leuk dat ze er zijn?'

'Als jij er maar van geniet.' Hij liet haar enkel los, duwde haar been opzij en kwam overeind. Het bed wiebelde even. Het had maar drie poten, al jaren. Een stapel oude telefoonboeken verving de vierde. 'De dag roept.'

'De kop is er af,' zei ze.

'En hoe.' Hij bukte zich om haar een kus te geven.

'Hoor ik Babette daar? Haal haar maar, dan voed ik haar meteen.' Ze had hun jongste dochter Victoria willen noemen, een naam als een kasteel, een naam met een veilige slotgracht eromheen, maar dit keer was het Timo's beurt geweest om de knoop door te hakken.

Ze doezelde nog wat na, maar doordat Timo de deur van de slaapkamer wijd had laten openstaan, lukte het haar niet weer in slaap te vallen. Vanuit de logeerkamer klonken de stemmen van Laurens' jongetjes. Van beneden kwamen er geluiden alsof iemand met een rooster uit de oven stond te worstelen. Het was zo'n lastig fornuis, je wist nooit wat je moest doen om het... Ineens klaarwakker dacht ze: Vero, denk om je handen, brand je niet! Geschrokken ging ze rechtop zitten. Waar kwam die idiote gedachte vandaan? Veronica stond niet in de keuken, zij was dood.

Op de trap klonken voetstappen. Snel dook ze weer onder de lakens.

'Hé, Gwen!' zei Laurens verlegen, op de gang.

Het kwam natuurlijk door zijn aanwezigheid in huis dat ze haar vriendin opeens als in levenden lijve voor zich had gezien, dat gebeurde anders nooit. In zijn nabijheid verwáchtte je haar nog steeds elk moment. Niet dat Veronica nou zo'n volgzame, tuttige echtgenote was geweest. Bij leven niet althans.

'Ik kom kijken of de jongens al op zijn.'

'Ja. Jazeker, die zijn wakker.'

'Mooi, dan zal ik ze eens even gaan toespreken.'

Ze kwam wat overeind, het laken om haar borst klemmend. 'Laurens? Moet je horen...' Was het niet zo dat een plotselinge dood de ziel op een dwaalspoor kon brengen? Dat had ze toch ooit ergens gelezen? Wíst Veronica wel dat ze dood was? Klampte zij zich soms via Laurens vast aan het leven?

Afwachtend leunde hij tegen de deurpost.

Ze kreeg het niet over haar lippen. 'Ik bedoel, is alles oké met je?'

'Ja hoor, best. Ik liep me net af te vragen wat ik vandaag eens met Toby en Niels zou doen.'

'Laat ze toch gewoon lekker met de meiden spelen. Ze bedenken samen de gekste dingen en ze...'

Hij verstrakte. 'Ik wil af en toe ook iets als gezin ondernemen.'

Het klonk haar om een of andere reden als een voorwendsel in de oren. Iedere ouder was dolblij met kinderen die elkaar zo heerlijk bezig wisten te houden. 'O, nou ja. Waarom gaan jullie dan niet roeien? Als je langs het kanaal voorbij het dorp fietst, is er op een gegeven moment links dat botenverhuurbedrijf, weet je nog, van die man die zo slist.'

'Dat is een goeie. Merci, Gwen.' Hij scheurde zich los van de deurpost en verdween uit het zicht. Even later hoorde ze hem tegen zijn zoontjes praten.

Ze dacht weer aan Veronica. Wacht eens, ze zou een speciale kaars voor haar maken, vandaag nog. Een kaars om haar naar het licht te begeleiden. Het kon niet goed zijn als zij aan haar aardse leven bleef hangen. Maar misschien kwam dat doordat zelfs de doden gemis kenden. Doordat ook zijzelf pijnlijk rouwden om wat ze hadden verloren. Doordat het ook hun tijd kostte om zich van hun geliefden los te maken. Hoe ondraaglijk moest het niet zijn om te beseffen dat je kinderen zonder jou zouden opgroeien, dat je man op een dag een nieuwe vrouw zou kussen, dat alles maar doorging, doorging, doorging, totdat je zelf vergeten zou zijn.

'Wat peins je?' vroeg Timo terwijl hij Babette in haar armen legde.

'Niks bijzonders.' Ze hield veel van hem, maar hij was niet een man bij wie je moest aankomen met bespiegelingen over een leven na de dood. Compost, zei Timo, dat was alles wat er van je overbleef.

Terwijl hij in zijn kleren schoot en naar beneden ging, zoogde zij Babette, die dankzij een droge luier alweer in een opperbest humeur was. Het was onvoorstelbaar, maar ook dit pas begonnen leventje zou onherroepelijk eindigen in dood en vergetelheid. Ooit zou Babette belanden waar Veronica nu al was. Het had wel iets troostrijks dat Vero haar daar zou opwachten, verheugd eindelijk kennis met de baby te maken. Maar nee, wat een morbide gedachte. Babette zou een verschrompeld oud besje zijn tegen de tijd dat Veronica haar armen naar haar kon uitstrekken, zij had haar hele leven nog voor zich.

Al die muizenissen over haar dochtertje, het moesten de hormonen zijn.

Ineens had ze haast om aan het ontwerp van Veronica's kaars te beginnen. Ze liet de baby boeren en legde haar in de wieg. Na een douche ging ze naar beneden. Er was niemand in de woonkamer. Door de openslaande deuren liep ze de tuin in.

Op het gazon waren de Engelen onder veel geschreeuw aan het badmintonnen. Yaja zat met een boos gezicht aan de tuintafel haar nagels zwart te lakken. In de verte klonk het gefluit van Timo, op weg naar het bijenveld. Het was opnieuw een stralende ochtend.

Over het terras liep Gwen naar de keuken. 'O, zijn jullie hier,' zei ze tegen Klaar en Karianne. Haar dochtertjes zaten met bungelende benen vol schrammen naast elkaar op de rand van het aanrecht, allebei even blond en allebei even groezelig, boterhammen met chocoladepasta te eten van een grote stapel die Beatrijs bedrijvig aan het smeren was. Hun gezichtjes spleten open in een grijns toen ze haar zagen, maar ze hadden het te druk met hun ontbijt om haar de gunst van hun onverdeelde aandacht te verlenen.

Vijf jaar, maar zo groot alweer. Zo zelfstandig en onafhankelijk. Al had je dat natuurlijk algauw, als tweeling.

'Jij ook een boterham?' vroeg Beatrijs.

'Ja, lekker. Heb je goed geslapen? Hé, maar wat ruik ik nou?'

'Een mislukt experiment.'

Ze beet in de boterham die Beatrijs haar aanreikte. Ze kon maar beter niet verder vragen. Er rustte zelden een zegen op wat Beatrijs in de keuken ondernam, als was er iets duisters in haar relatie tot voedsel, iets wat verhinderde dat ingrediënten zich aan de regels hielden. In haar handen begon room spontaan te schiften, puddingen stortten ineen, zelfs simpele kippenpootjes veranderden in rubber knotsen. Een ander zou het al honderd keer hebben opgegeven, maar Beatrijs zette door. Ze knipte ambitieuze recepten uit de krant en bestudeerde kookboeken, ongebroken in haar enthousiasme. Vertederd dacht Gwen: Dappere Dodo. Zelf hoefde ze maar naar een bloemkool te kijken of hij was al gaar. Ze zei: 'Laten we vanmiddag iets leuks gaan doen, goed?'

Haar vriendin hield de punt van een theedoek onder

de kraan en boende met de natte lap aandachtig de chocoladegezichten van de tweeling schoon.

'Een eind wandelen,' drong Gwen aan. 'En dan een terrasje.'

Klaar keek schielijk op. Haar ogen begonnen gevaarlijk te blinken. 'Welk terrasje?'

'Met sorbets?' Dat was Karianne.

'Nou meisjes,' zei Beatrijs, 'jullie hebben de buit binnen.'

'Hé Bea! Ik bedoelde wij tweeën. Timo doet ondertussen wel iets met de kiddo's.'

Beatrijs hing de theedoek over de stang van het fornuis. Zonder op te kijken zei ze: 'Ik blijf liever hier. Ik moet Leander een beetje...'. Vaag bewoog ze haar handen. Het zonlicht fonkelde in de opzichtige ring die ze sinds kort droeg.

Teleurstelling welde Gwen als gal naar de keel. Wat was er met iedereen aan de hand? Eerst Laurens, die blijkbaar niet wilde dat zijn kinderen met de hare speelden, en nu Beatrijs weer, die er niet met haar op uit wilde. Ze was opeens zo nijdig dat ze het restant van haar boterham op het aanrecht kwakte en naar buiten beende.

Bij Bobbie koffiedrinken, dat was een probate opkikker. Maar net toen ze het pad naar het zomerhuis wilde inslaan, liep ze Leander tegen het lijf. Welja. Dat kon er ook nog wel bij, iemand die tegen haar schoonzusje had gezegd dat ze een mislukte incarnatie was, daar kwam het ondanks alle omhaal van woorden toch doodleuk op neer, dat was de boodschap van meneer de psychometrist geweest, God mocht trouwens weten wat dat was. En daarna onaangedaan een fietstocht van een uurtje of vijf gaan maken, wat ook alweer een openlijke verklaring was: ik ben overal liever dan bij Timo en Gwen en dat zootje ongeregeld van ze. Strijdlustig sloeg ze haar armen over elkaar.

'Ha, Gwen, goedemorgen,' zei hij warm. 'Jou zocht ik net.'

Perplex staarde ze hem aan.

'Heb je het weerbericht gehoord? Vandaag is het waarschijnlijk de laatste mooie dag. Dus ik dacht: Zullen we met z'n allen gaan picknicken?'

Ze kon haar oren niet geloven. Moest hij dan niet weer gezellig apart met Beatrijs iets ondernemen? Daar rekende Bea zelf toch ook op? 'Hoe bedoel je, met z'n allen?'

Hij leunde ietwat voorover. Het zou voor zo'n lange man wel lijken alsof al zijn medemensen dwergen waren. 'Waarom niet?'

Ze zweeg bedremmeld. Hij zocht aansluiting, dat zou het zijn. Hij voelde zich natuurlijk het vijfde wiel aan de wagen. En ze had de indruk dat hij er niet de man naar was om daar genoegen mee te nemen.

'Maar Beatrijs wil volgens mij liever...'

'Weet je, ik héb Beatrijs al helemaal voor mezelf. Dat beseffen jullie toch ook? Daar hoeven we niet meer om te vechten, dat is een gelopen race.'

Deze onverwachte wending bracht haar nog verder van haar stuk. Wat hij daar zo kalmpjes zei, bezorgde haar bijna kippenvel.

'Wat kan erop tegen zijn om de vrouw van wie je houdt, voor jezelf te claimen?' Hij lachte even.

Ze wilde gewoon dat het leven simpel en goed was. Dat je over en weer van elkaar genoot, daar ging het om. Toegeven aan die picknick, dat was het beste idee. 'Wat een goed plan,' zei ze. Na een moment voegde ze eraan toe: 'En ook leuk voor Yaja.'

Opnieuw boog hij zich voorover. 'Wat lief dat je aan haar denkt.'

'Het is zo'n lastige leeftijd. Je bent dan zo lastig voor jezelf.'

Hij hief zijn handen, die ondanks het mooie weer van de laatste weken nog steeds intens wit waren, en volkomen onbehaard. 'Dat wil ik nou maar zeggen, Gwen. Jij hebt echt oog voor een ander. Weet Timo wel wat een geluksvogel hij is?'

Opgewonden sleepten de kinderen plaids en koelboxen naar het weiland bij het kolkje. Het was een lieflijk plekje: er was water, er was volop zon en ook genoeg schaduw. In de verte stonden zwart-witte koeien sloom te herkauwen.

De beide tweelingen hadden de hele ochtend aardbeien geplukt en gewassen, boterhammen met leverworst gemaakt, eieren gekookt, plastic bekers en bordjes bij elkaar gezocht en flessen gevuld met ijsthee. De complete onderneming stond of viel met hen, die overtuiging stond op hun gezichten geschreven.

Niels deed zijn best zoveel mogelijk minachting voor het wijvengedoe tentoon te spreiden. Maar ook hij was opgetogen. Een picknick was heel wat aanlokkelijker dan het vooruitzicht met zijn lusteloze vader en zijn broertje in een roeiboot te moeten zitten.

Op het weitje was het nog rustig. Er zaten een paar families bij de waterkant, er werd wat met frisbees gegooid, dat was alles. Alle goeie plekken bij de bomen waren onbezet. Je zat er weliswaar dicht bij het drukke fietspad, maar het was er lekker koel. Ze besloten kwartier te maken onder de beschutting van een stokoude kastanje. Hier spreidden ze de plaids uit.

Verderop blafte een hond, hoog en verschrikt. Misschien was hij in het water beland, in de veronderstelling dat kroos hetzelfde was als gras. Het verschil kon je bij het kolkje amper zien. Over het fietspad raasde een peloton wielrenners voorbij, dicht op elkaar gepakt, de schouders gekromd, de benen malend.

Omdat er verder niets te doen was, dacht Niels aan zijn autokerkhof. Hij was er eerder in de zomer mee begonnen, thuis in de achtertuin. Hij wist niet precies waarom. Vaak werd hij wakker zodra de zon opkwam, terwijl Toby en zijn vader nog sliepen, en dan was het gewoon een uitgelezen moment om even een auto te gaan begraven. Op de plank boven zijn bed stond een hele rij dinky toys. Ze hadden allemaal hun eigen geschiedenis. Van ieder exemplaar wist hij nog precies bij welke gelegenheid hij het had gekregen: toen hij vijf werd, of toen hij een gat in zijn hoofd viel dat in het ziekenhuis moest worden gehecht, toen Toby werd geboren, toen hij voor het eerst naar de tandarts was geweest. Het waren niet zomaar autootjes, ze hoorden bij hém en bij niemand anders.

Met zijn ogen dicht ging hij voor de plank staan, strekte zijn hand uit en deed lukraak een greep. Het was op dat moment altijd alsof hij alle dingen preciezer kon voelen dan anders: hoe de ribbels van de biezen vloermat in zijn voetzolen prikten, hoe het eerste zonlicht al warm in zijn nek scheen. Het kon een oud barrel zijn dat hij zo meteen ging begraven, maar soms ook was de beurt voortijdig aan een fonkelnieuw exemplaar zonder een enkel krasje erop, een auto met nog honderdduizend kilometer voor zich, glanzend, in showroomconditie, zoals zijn lievelings-Mustang, van zijn zwemdiploma. Het blinde toeval bepaalde wat er in zijn hand zou belanden en dus gedoemd was om luttele tellen later uit de bocht te vliegen, in de vangrail te eindigen, een spookrijder te ontmoeten of anderszins te verongelukken. Hoe het toeging, was van geen belang. Het was al gebeurd als hij zijn ogen weer opende en met een mengeling van ontzetting en medelijden de ravage inspecteerde.

Het wrak tegen zich aan klemmend ging hij door de achterdeur naar buiten. Hun tuin was niet zo groot. Maar er stond een sering in waarvan de takken tot aan de grond hingen. Niels hoefde er maar onder te kruipen om uit het zicht te verdwijnen. Hij ging op zijn knieën in de nog vochtige aarde zitten en begon met Toby's schepje een gat te graven. Het moest goed diep zijn, zo diep dat je er nooit meer bij zou kunnen.

Zijn autootje stond klaar op de rand van de groeve.

Hij voelde hoe zijn keel dik werd bij de aanblik van het karretje dat vanochtend nog van geen gevaar had geweten en dat nu voor altijd onder de grond moest verdwijnen. Met moeite sprak hij de juiste woorden uit: 'Nu nemen we voor altijd afscheid.' Zo hoorde het. Er kwam snot uit zijn neus. Driftig veegde hij het weg, de tranen erbij. Man, als je daaraan begon! Waarvoor was je anders op een autokerkhof?

Boven zijn hoofd, hoog in de sering, schetterde een vogel een opgewonden liedje, kort en zelfverzekerd.

Hoorde je dat, Niels? Twiet! zegt de heggenmus. Daar kun je hem aan herkennen.

Opnieuw haalde hij zijn hand langs zijn natte neus. Hij duwde het verongelukte autootje in de kuil. Nu het graf nog dichtbulldozeren en er een steentje op leggen. Hij had mooie kiezelstenen in zijn broekzak, hij raapte ze overal speciaal op.

Niels schrok op uit zijn gedachten omdat Klaar, naast hem op de plaid, ineens siste: 'Daar is die leipo.'

Inderdaad kwam Yaja, als eerste van de groten, op haar gemak naar de picknickplek gesloft.

Hij zag de Engelen meteen in de oorlogsstand schieten: daar had je die miep die dacht dat je andermans zusje kon inpikken. Er verscheen een op actie beluste trek op hun gezichten die hem het spel van gisteren in de herinnering bracht, het spel dat nog afgemaakt moest worden, hoe dan ook, en bij die gedachte brak het zweet hem uit.

Zonder een woord ging Yaja midden op een plaid zitten en opende een koelbox.

'Geen gesnaai,' siste Marleen, zoals gewoonlijk de eerste. 'We wachten totdat iedereen er is. Dus pleur dat deksel er maar weer op.'

'Het was mijn vaders idee, hoor. Doe nou maar niet alsof jullie het bedacht hebben. En ik pletter om van de freaking honger.' Op haar gemak begon Yaja een ei te pellen. Aan haar ene oor bungelde vandaag een zilveren skeletje dat tot aan haar schouder reikte. Haar witgekalkte gezicht drukte niets dan verveling uit, een verveling zo immens dat je zelf bijna de aanvechting kreeg je maar met gespreide armen en benen achterover te laten vallen en je niet meer te bewegen totdat er betere tijden zouden aanbreken.

Niels voelde zijn haarwortels prikken van landerigheid. Wat zat hij hier eigenlijk te hangen, tussen de wijven? 'Echt een stom ouweknarrenidee, een picknick,' zei hij boos.

'Wat wil je. Het is ook een ouwe lul,' zei Yaja. Ze plantte haar scherpe tandjes in het ei en beet de kop eraf. Ze kauwde loom, haar kaken amper bewegend.

Juist op dat ogenblik naderde haar vader over het fietspad. Zijn rug was een beetje gebogen. Onder het lopen knikten zijn knieën tegen elkaar. Hij had wel iets weg van een dromedaris.

'Kijk dat nou,' zei Yaja vol walging. 'A walking, talking Alzheimer! Alleen al bij het idee dat iemand zin heeft om het met zo'n wandelend lijk te doen...'

'Wat te doen?' vroeg Karianne.

Niels schoof wat dichter naar Toby toe. Hier kwam wijvenpraat van, dat voelde hij aan zijn water. De wetenschap dat hij daar weer niets van zou snappen, maakte hem razend.

Achter haar hand vervolgde Yaja: 'Maar ja, die bejaarde rolmops van hem kon zelf natuurlijk ook niets beters krijgen.'

De Engelen schoten in een gier. Karianne en Klaar brulden mee, over elkaar heen rollend. Hun spikkelige gezichten stonden leep van de lol.

'Zo,' zei Yaja's vader bij wijze van groet, terwijl hij zich op zijn hurken liet zakken. 'Wat een hilariteit?'

Yaja wierp een blik om zich heen alsof ze wilde zeggen: Let op, dit wordt lachen, niet te kort. 'Dat komt, pa, we hadden het over morfologische velden.'

'Wat een doos,' smaalde Niels zachtjes tegen Toby. Je kon ook muts zeggen. Dat zeiden ze op het schoolplein, de handen in de zakken, de grote jongens.

'Nee maar.' Leander lachte verrast.

Yaja knipte met haar vingers. 'Jij kunt het beter uitleggen dan ik. Van die hamsters en zo. Toe dan. Get going.'

In de hoop eindelijk eens iets boeiends te vernemen spitste Niels zijn oren. Maar hij was algauw de draad kwijt. En te lachen viel er ook weinig. Het was een wonderlijk verschijnsel, het morfologische veld, zei Leander. Het bestond uit energetische krachten die scheppend en oorzakelijk werkten door middel van een nog onbegrepen synchroniteit. Onder het spreken kreeg hij kleine belletjes in zijn mondhoeken. Hij had bijzonder dunne, strakke lippen, alsof zijn vel te krap was.

'Even tempo maken,' zei Yaja, met geknakte pols haar hand heen en weer bewegend.

Wanneer bijvoorbeeld, vervolgde Leander op dubbele snelheid, ergens op aarde, zeg in Amsterdam, een hamster in zijn kooitje had geleerd om uit een omgekeerd flesje water te drinken, dan konden voortaan niet alleen zijn eigen nakomelingen moeiteloos hetzelfde, maar ook alle hamsters op de Veluwe, plus die in Tokio of Milaan. Het was een van die onverklaarbare dingen die...

Onmachtig van het lachen zakte Yaja ineen. 'Gottogot! Zie je het voor je?'

Al die stomme hamsters die wereldwijd aan hun flesjes zaten te lurken en die nog dachten dat ze bijzonder waren ook. Voor de slappe lach was wel minder nodig, Niels kon er niet omheen. Hij lachte mee. Met een onzekere blik nam zijn broertje hem op. Die kleine big snapte er de ballen van.

'Maar, o boy, het mooiste komt nog,' bracht Yaja hikkend uit. 'Het geldt niet alleen... het geldt niet alleen... niet alleen voor hámsters!'

'Zal ik maar even wachten totdat jullie uitgelachen zijn?' informeerde Leander.

'Nee, ga door, ga door!' De zwarte randen rond Yaja's ogen waren helemaal uitgelopen. Ze was net een druipsteengrot.

Op dat ogenblik doemde tante Beatrijs op. Op haar

hoge hakken zakte ze telkens weg in het gras. Al uit de verte riep ze op geagiteerde toon tegen Leander: 'Maar wás je hier al? Ik liep naar je te zoeken!'

Zonder haar een blik waardig te keuren zette Yaja's vader zijn betoog voort. Die gast kon een partij lullen, niet normaal. Je kon ook gozer zeggen, dat kwam op hetzelfde neer. Maar hij deed zijn mond tenminste open. Hij zat niet alleen maar te stamelen dat hij het óók niet wist. Hij wist het juist allemaal. En zo te horen wist hij het nog zeker ook.

'O, het morfologische veld,' begreep tante Beatrijs. Ze was, met angstvallig voor zich uitgestrekte benen, op een van de plaids neergedaald. Haar rok was zo hoog opgeschort dat te zien was dat er putjes in haar dikke bovenbenen zaten. 'Ja, dat ligt voorbij de logica.'

'Pas daar openbaart zich de waarheid, Beatrijs,' zei Leander koel tegen haar.

'Mensen! Zo schiet het niet op,' kermde Yaja. Ze boog zich voorover en stak een priemende wijsvinger uit naar Niels. 'Jij daar, shithead! Ja, zelfs jij kunt de evolutie al een handje helpen en de hele mensheid naar een hoger plan brengen! Hoef je alleen maar voor in te tunen op een morfologisch veld.' Haar schouders begonnen weer te schokken van het lachen.

'Het werkt uiteraard alleen maar,' ging Leander verder, 'als je met hart en ziel achter een doel staat. Je kunt het oefenen met een kleine wens. Dat heet van binnenuit aansturen. Je zult zien dat...'

'Dream on,' zei Yaja. Nog nagniffelend pakte ze een tweede ei.

Het was machtig imponerend, dat van die wens. Het was niet te begrijpen wat Yaja er zo lachwekkend aan vond. Maar dat hield je toch, met dozen, die hadden geen gevoel voor logica. Je kon ook bitch zeggen. Of muts. Of slet. Slet was het woord dat papa toen steeds had gebruikt.

'Hallo!' Daar kwamen de anderen aan. Oom Timo en tante Gwen liepen voorop, in korte broeken en hemdjes die door duizend keer samen te zijn gewassen dezelfde vale kleur hadden gekregen. Achter hen volgde Bobbie, trots voortstappend met Babette in de draagzak op haar buik en met een onwijs ouderwetse zonnebril op haar neus. Hun vader sloot de rij. Zijn haar hing in zijn ogen. Hij moest het nodig eens laten knippen.

'Niels!' zei tante Gwen een beetje buiten adem. 'Tobylief! Wat gezellig, hè?' Ze ging in het gras zitten, haar bruine benen gekruist. Onder haar oksels zaten zweetplekken.

Op zijn hoede keek Niels haar aan. Zijn gedachten tolden nog van de morfologische velden. De alledaagse aanblik van zijn tante was om een of andere reden een te grote overgang. Dit altijd wat vochtige gezicht had hem al toegeknikt toen hij nog in de wieg lag. Gwen had al bestaan toen Toby en hij er nog niet waren geweest: zij was vroeger samen met hun moeder naar school gegaan. Eens te meer nam de razernij bezit van hem. Het was allemaal zo gemeen. Zo intens, verschrikkelijk, onvergeeflijk gemeen. Kon je het maar iemand betaald zetten. Kon je maar. Kon je maar íets.

Op kwebbelige toon zei ze: 'Allemaal samen, dat vind ik nou toch zó leuk. Tiem, is er voor de groten wel aan een glaasje gedacht?'

Allemáál samen? Uit het oog, uit het hart, zo heette dat. Keihard was tante Gwen. Ze was nu al glad vergeten dat zijn moeder erbij had horen te zijn.

Zijn oom begon een rugzak uit te pakken. Glazen, een bedauwde fles, een kurkentrekker.

'Top,' zei papa. Hij stond nog steeds. Gelukkig had ook hij zijn zonnebril op, zo zag je zijn treurige ogen tenminste niet.

'Ze gaan weer zuipen,' zei Marleen tegen Marise. Prompt begonnen de kleintjes braakgeluiden te maken.

'Yaja ook wijn?' vroeg tante Gwen.

Nors keek de druipsteengrot de andere kant uit.

Dat moest je haar nageven, ze liet zich niet paaien. Ze dacht natuurlijk: Laat die doos met haar zweetplekken de pleuris krijgen! Het was een opzwepend idee dat iemand zoiets over hun tante Gwen durfde te denken. Die Gwen die je altijd probeerde in te palmen met haar zogenaamde vriendelijkheid, maar die ondertussen zo hard was als een spijker, zo gevoelloos als een steen. Dat was nu wel duidelijk.

'Yaja, meisje? Wil je niet een glaasje wijn?' vroeg Leander.

'Ik wel graag, Gwen,' zei tante Beatrijs. Ze zag eruit alsof ze zich opeens vreselijk over iets opwond. Met kortaffe gebaren begon ze in een van de koelboxen te rommelen.

'Bejaarde rolmops,' zei Niels in Toby's oor. Hij schrok even van dit onverwachte experiment, maar begon toen te lachen, duizelig van triomf. Opgetogen lachte zijn broertje mee.

'Alle eieren zijn al op!' riep Klaar uit. 'Die heeft Yaja opgegeten.'

'Jesus fucking Christ,' zei Yaja zonder haar stem te verheffen. 'Zit ik me hier half hersendood te vervelen, moet ik zeker nog verhongeren ook? En het waren er trouwens maar twee.'

Abrupt draaide tante Beatrijs haar hoofd om en vroeg: 'Hebben jullie je zwembroeken wel meegenomen, jongens?' Er was een pleitende uitdrukking in haar ogen gekomen. Zo keken volwassenen altijd als het niet ging zoals zij wilden. Alsof ze erop rekenden dat jij, zonder een flauw idee te hebben wat de bedoeling was, wel iets zou bedenken om te maken dat alles weer in orde kwam. Ze dachten blijkbaar dat je een morfologisch veld was. Wrokkig schudde Niels het hoofd.

'Zwemmen!' riep Toby enthousiast.

'Nou ja, we kunnen ze altijd nog gaan halen.'

'Maar eerst de wijn,' zei oom Timo. Hij schonk de glazen in.

Ook Bobbie en papa waren nu eindelijk gaan zitten. Ze hadden de baby uit de draagzak gehaald. Babette lag op haar rug met haar vuistjes te zwaaien en voor zich uit te pruttelen. Bobbie zette haar een knalgroen zonnehoedje op het hoofd en keek toen, loerend over de rand van haar zonnebril, naar Leander. 'Het is gewoon te zot,' zei ze luidop, 'dat je die man tegenwoordig overal tegenkomt.' Ze trok nog wat aan Babettes hoedje, met schielijke, zenuwachtige rukjes.

'Ciao Babette,' koerde Yaja. Op haar knieën kroop ze naar de baby toe. 'Dag lekker ding van me.'

'Ze is niet van jou,' begon Karianne terstond.

'Trap er toch niet telkens in, suffie,' zei oom Timo. Hij nam een slok uit zijn glas en ging toen languit op zijn rug in het gras liggen. 'Lekker, zeg,' mompelde hij, slaperig zijn ogen luikend.

Yaja pakte een babyknuistje en deed alsof ze eraan begon te knabbelen. 'Mm, ik kan je wel opeten. Met huid en haar vreet ik je op, lekker mals meisje!'

Bij de aanblik sloeg ontsteltenis Niels om het hart. Zijn

nek werd nat en zijn haar kwam overeind. Stel dat Yaja, die alles durfde, zich straks zou mengen in het spel dat nog steeds met wreed geduld op zijn voltooiing wachtte? Wat er dan zou kunnen gebeuren, was te griezelig voor woorden. Het was al erg genoeg geweest met alleen de beide tweelingen als mogelijke prooi. Maar Babette, die nog niet eens een wijf was, geen doos, geen muts, geen slet, alleen nog maar een baby... het zou te gemeen zijn, intens, verschrikkelijk, onvergeeflijk gemeen.

Om hulp zoekend keek hij naar zijn vader. Meteen zonk de moed hem in de schoenen: papa had er geen enkele slag van om rampen af te wenden. Wanneer het erop aankwam, deed hij geen ene moer.

Babette slaakte een kreetje, en iedereen lachte. Die spijkerharde Gwen nog het luidst van allemaal.

Maar straks zou Yaja echt bijten. Als een ei zou ze het babyvuistje verzwelgen, en dan was het te laat. En hij zou het machteloos hebben laten gebeuren, in plaats van Babette te beschermen. Hij zou net zo'n ezel zijn als zijn vader, die niets had gedaan om te verhinderen dat mama doodging. En net zo'n blinde kip als tante Gwen, die te egoïstisch was om op te merken dat haar kindje gevaar liep. Eigenlijk verdiende ze het dat Yaja Babette opvrat. Dan zou zij ook eens voelen hoe het was om iemand te moeten missen.

Was er hier dan niemand die hem kon helpen, niemand met spierballen, niemand met moed, met inzicht of ideeën? Ja, oom Timo, maar die sliep, de armen voor de borst gekruist, zijn ene schouder nat van het omgevallen glas wijn.

En Leander. Leander was er ook nog. Hij zat, met zijn knieën gekruist en de handen in zijn schoot gevouwen, in de verte te staren.

Niels probeerde zijn blik te volgen. Leander zag iets, dat kon je zó zien. En hij was niet de eerste de beste, hij was iemand die dingen wíst. Hij wist dat je alleen maar een wens hoefde te doen, een wens waar je met hart en ziel achter stond, om op slag zo machtig te worden dat je alles naar je hand kon zetten. Wie weet wat je allemaal zou kunnen vragen, met een beetje oefening. Van verlangen kromp Niels even in elkaar. Maar dood, dat was voor altijd. Daar kon geen morfologisch veld tegenop.

'We moeten vanavond niet vergeten alles van vandaag in het vakantiedagboek op te schrijven,' zei Gwen terwijl ze zich nog een keer inschonk. 'Wat jij, Niels? Dat doen we altijd.'

Hij zoog zijn adem naar binnen. Het vakantiedagboek was een idee van mama geweest, en niet van haar. Ze herinnerde zich blijkbaar niet eens meer dat zijn moeder ooit had bestaan. Meteen stond zijn besluit vast. Hij zou haar eens een lesje leren.

Achteraf zou Gwen zich nog duizend keer de haren uit het hoofd trekken. Had ze haar voorgevoelens maar serieus genomen. Had ze maar geluisterd naar de stem van haar hart. Maar toen ze dat tegen die ene rechercheur had gezegd, had hij haar alleen maar raar aangekeken.

Hij was overigens heel aardig geweest, en zijn collega die een hoektand miste ook, ze had steeds moeten denken aan de vriendelijke slisser van de bootjesverhuur in het kanaal. Zo gedetailleerd mogelijk had ze hun beiden verteld hoe de middag was verlopen, voor zover ze het tenminste overzag. Met zo'n groot gezelschap was er telkens wat. Kindergekibbel moest om de haverklap worden gesust, een meegenomen bal was zoek geraakt, er was een wijnglas gebroken. In elk geval stond vast dat Timo, nadat de koelboxen waren leeggegeten, met de Engelen naar het kolkje was gegaan om te zwemmen. Bobbie en de kleintjes waren verwikkeld geraakt in een wild spel waarbij het erom ging elkaar zo vaak mogelijk op de grond te gooien. Laurens had wat over het veld lopen slenteren, ongelukkig, gekweld. Zijn jongetjes waren in een van de grote kastanjes geklommen en tussen het lover verdwenen. Beatrijs was in de zon in slaap gevallen. Yaja zat onder een koptelefoontje naar het gekrijs van hoge vrouwenstemmen te luisteren. En zelf was ze op een gegeven moment met Leander naar de waterkant gewandeld om even de benen te strekken. Het was zo onaardig als niemand zich om hem bekommerde.

Op de speelweide was het inmiddels druk geworden, het was immers zondagmiddag. Je moest je een weg banen door de luierende mensen en hun rondhollende kinderen. Timo en de meisjes waren niet meer in het water, die waren ze blijkbaar net misgelopen.

Waarom Leander en zij zo lang waren weggebleven, kon ze niet goed verklaren. Ze had gewoon niet gemerkt hoeveel tijd er was verstreken. Misschien kwam het door wat hij haar allemaal over zijn werk had verteld, zo onverwacht interessant. Of misschien had ze het gewoon prettig gevonden om eens even van de hele horde verlost te zijn.

Toen Leander en zij eindelijk op hun schreden waren teruggekeerd, was Laurens als enige van het hele gezelschap over. Hij wist te melden dat Yaja als eerste was vertrokken, geeuwend van verveling. De kleintjes hadden er ook genoeg van gekregen en hadden Bobbie overgehaald naar huis te gaan om samen pannenkoeken te bakken. Daar hadden Toby en Niels eveneens oren naar gehad. Kort daarop was Beatrijs wakker geschoten en er als de wiedeweerga vandoor gegaan, naar later bleek omdat zij dacht dat Leander thuis al op haar zat te wachten. En een halfuur later had Timo de natte Engelen mee terug genomen omdat de lucht was gaan bewolken. Dat had alleen Laurens overgelaten.

Ze had natuurlijk lont moeten ruiken. Maar ze kreeg niet de kans haar gedachten te verzamelen, met Leander en Laurens zo dicht in elkaars buurt. Om te voorkomen dat zij elkaar in de haren zouden vliegen, praatte ze de hele wandeling naar huis aan één stuk door over de judolessen van Marleen en Marise. Zo nuttig als kleine meisjes leerden hoe ze zich moesten verdedigen, maar jammer dat het nodig was.

Pas thuis was het aan het licht gekomen, toen het tijd werd voor de voeding van de baby. Ze was er als vanzelfsprekend van uitgegaan dat Timo haar in de draagzak had meegenomen. Of Bobbie. Of Beatrijs. Of Yaja, die al als eerste was afgetaaid.

Maar even voetstoots had iedereen op zijn of haar beurt verondersteld dat Babette al die tijd bij háár was geweest.

## *Drie is een heilig getal*

Met de vuisten tegen de ogen gedrukt zat Laurens in de zelden gebruikte woonkamer op een voorwereldlijke bank die van Timo's ouders afkomstig was, in de beklemmende wetenschap dat hij de laatste moest zijn geweest die Babette had gezien, vrolijk pruttelend op de plaid, onder haar peterseliegroene zonnehoedje.

Hij had Gwen nog iets tegen haar horen zeggen voordat zij naar het water was gelopen. Mama is zo terug, iets in die trant. Kort daarna moest het dus zijn gebeurd, in elk geval voordat Timo met de Engelen naar de picknickplek was teruggekomen en er automatisch van uit was gegaan dat Gwen Babette op haar wandeling had meegenomen. Hij dacht, verpletterd: Hoe is het mogelijk dat ik niet heb gezien dat die kleine kruimel er niet meer was, waarom heb ik haar niet gemist?

Af en toe las je in de krant dat er op klaarlichte dag, uit een wandelwagen die een halve minuut onbeheerd bij een winkel had gestaan, een baby was gestolen, of soms zelfs uit een couveuse in een ziekenhuis. Zo moeilijk zou het dus niet zijn op een druk veld vol recreanten die in sport en spel waren verdiept, met een handig fietspad ernaast.

De daders waren meestal verwarde stakkers.

Wat deden die zielenpoten met een baby die niet van hen was? Ermee rondtutten als met een levende pop? Haartjes kammen, aan- en uitkleden, flesjes geven, en dan de moed verliezen als het kind maar bleef huilen en gieren, blèren en krijsen? En dan? Terugbrengen naar de vindplaats, zogezegd? Was iemand die zo gestoord was om andermans kind te roven, daartoe in staat?

Maar er waren nog meer scenario's. Er liepen niet alleen desperate onnozelaars rond, er bestonden ook kinderpornonetwerken, even doortrapt als efficiënt opererend vanuit de kelders van keurige villa's of vanuit onopvallende nieuwbouwwoningen, recht onder je neus maar onzichtbaar. En dan was er ook nog de orgaanhandel, niet in dit land misschien, maar een baby had je zo de grens over, compleet met haar nog kloppende hartje, haar kostbare, gezonde lever, haar gave huid en hoornvliesjes. Plus dat ze in Afrika golden als hét geneesmiddel tegen aids. Wie daar seks had met een baby, dat had hij eens uit een televisieprogramma opgestoken, achtte zich op slag weer schoon en onbesmet. Als je er met z'n zessen of zevenen eentje bemachtigde, was het…

Halt.

Interpol en de Schengenlanden waren al op de hoogte gebracht. Een kussensloopje en een slab van Babette waren meteen door de politie opgehaald, voor het laten maken van haar DNA-paspoort. Dat was standaard de eerste stap bij de verdwijning van een baby, zo was hun verzekerd door de rechercheurs, twee kundige, bekwame mannen die precies leken te weten wat ze deden. En die dus ook wisten dat zulke maatregelen geen overbodige luxe waren. Die het kwaad van de wereld kenden als hun broekzak.

Het wachten was nu op de hondenbrigade en op de duikers, want ook verdrinking in het kolkje was niet uitgesloten. Hij keek op zijn horloge. Het liep tegen halfacht. Elders in huis hoorde hij Gwens stem verwijtend uitschieten tegen Timo. Het greep hem vreselijk aan.

Waarschijnlijk waren de Engelen nu bezig met speren en bijlen de hele buurt af te stropen, met Klaar en Karianne in hun kielzog. De meisjes naar huis halen, hen kalmeren en naar bed brengen, dat was wel het minste dat hij kon doen. Kon hij zijn eigen zoons meteen ook instoppen. Terwijl hij overeind kwam, zag hij op de schoorsteenmantel een rij kiekjes staan.

Hier had je Babette, hooguit één uur oud, haar gezichtje nog vormeloos na de reis door het geboortekanaal. Ze had een punthoofd en veel te veel vel, als een gerimpelde peer. Later trok dat vanzelf bij, maar wat zat je als ouder niet stiekem te duwen en te kneden aan zo'n koppie. En daar had je Babettes eerste lachje, ook voor haarzelf een geweldige ervaring, zo te zien. En daar een klaarwakkere close-up onder de rand van een gebreid mutsje.

Ze deed hem aan Veronica denken. Het was hem nog niet eerder opgevallen, maar ze keek op dezelfde manier uit haar ogen als Veronica: vol heimelijke pret gluurde ze de wereld in.

Hij liet zich terugvallen op de bank. Nu zag hij zijn dode vrouw al terug in een pasgeboren baby. Veel verder moest het niet gaan. Was de waarheid niet dat hij de hele middag bij het kolkje nergens op had gelet omdat hij met zijn gedachten uitsluitend bij haar was geweest?

Plotseling ging de deur ging open. Beatrijs kwam de kamer binnen. Ze merkte zijn aanwezigheid niet op. Doelbewust liep ze naar de schouw en pakte de foto's van Babette. Zonder op of om te kijken verliet ze de kamer weer.

Laurens knipperde met zijn ogen. Hij voelde zich onzichtbaar, een merkwaardige, onplezierige sensatie. Of misschien voelde hij zich alleen maar hulpeloos. Hij stond op en ging Beatrijs achterna.

Het was in huis stil geworden. Nergens klonken meer beschuldigende of radeloze stemmen. De telefoon rinkelde één keer en werd toen meteen opgenomen.

In de keuken trof Laurens alleen Timo, die net de hoorn weer ophing. 'Het was niks. Een vriendinnetje van Marleen.' Zijn stem klonk schor. Zijn oogleden waren gezwollen. Hij had niets meer weg van een zorgeloze kleine jongen. 'Ik vraag me nog steeds af waarom ze geen helikopters inzetten.'

Ellendig zei Laurens: 'Omdat het al uren geleden gebeurd moet zijn. Die ene man zei immers dat ze dat alleen doen als...'

'Laurens, alsjeblieft, denk nou nog eens goed na!'

Hij verplaatste zijn gewicht van het ene been naar het andere. 'Het wemelde er van de mensen, overal speelden kinderen, jij hebt het in het water misschien niet zo gemerkt, maar het was stervensdruk, en overal een klereherrie, een hoop geroep en gelach en muziek en brommers, horen en zien verging je, echt.'

'Sorry,' zei Timo na een moment. Zijn mond vertrok van de inspanning die het hem kostte zich te beheersen. 'Niemand had jou als babysitter aangewezen, dus hou me ten goede en begrijp me niet verkeerd, maar, nogmaals, het zou toch kunnen dat je iets ongewoons hebt gezien, iets opvallends, iemand die al een tijdje in de buurt rondhing of zo.' Hij bracht een hand naar zijn ogen.

Timo, joh, je zult zien, zo meteen, zo gaat dat, laten we niet meteen het ergste denken, laten we... Tevergeefs zocht hij naar woorden. Zomer na zomer waren het de vrouwen geweest die 's avonds laat intieme onderwerpen hadden aangesneden, terwijl Timo, Frank en hij nog wat borrelnootjes uit de keuken haalden, zalm op toastjes legden, de glazen in de gaten hielden of gewoon alleen maar lekker achteroverleunden. Er was in dit huis vrijwel geen onderwerp onbesproken gebleven, maar zij, de mannen, hadden er hoofdzakelijk welwillend naar geluisterd, enigszins beducht voor de vraag die altijd op de loer lag: 'En jij? Hoe denk jij daar nou over? Hè, zeg nou ook eens wat!' Wat wist hij, na al die jaren, eigenlijk van Timo? Hoe goed kenden ze elkaar? Misschien wilde hij op dit moment wel het liefst alleen gelaten worden.

Laurens durfde niet naar hem toe te lopen en een arm om zijn schouders te slaan. Na wat een eeuwigheid leek, vroeg hij bedeesd: 'Heb je al iets gegeten?'

Toen Timo niet reageerde, ging hij, eveneens zwijgend, naar de koelkast en haalde er kaas en boter uit. Hij maakte een dubbele boterham klaar, zo een als zijn jongens het liefst aten. Hij sneed hem doormidden, en vervolgens, na een lichte aarzeling, nog een keer. Naast het bordje zette hij een glas melk op de tafel.

Opnieuw viel de doodse stilte in huis hem op. Maar ook vanuit de tuin kwam geen geluid. Niet alleen de lachende Babette leek van de aardbodem gevaagd, maar met haar alle anderen. Hij ging naar buiten om poolshoogte te nemen.

Aan de tafel op het terras zat Leander, de kiekjes van Babette voor zich. Beatrijs en Gwen stonden hand in hand naast hem, de ogen wijd opengesperd. Ook Bobbie was er, maar zij nam een veilige afstand in acht en schuifelde onzeker met haar voeten. Laurens stond stil en keek sprakeloos toe.

Leander liet zijn vingertoppen over de foto's glijden. Hij zag wasbleek. Langs zijn ene slaap parelde een dikke zweetdruppel. Van de inspanning leek hij gestopt te zijn met ademhalen. Hij hield zijn blik onbeweeglijk op een ver verwijderd punt gevestigd.

Het was zo stil dat nu zelfs op het terras het zoemen van Timo's bijen te horen was, tartend bijna, alsof ze te kennen wilden geven dat zíj er altijd zouden zijn en onverstoorbaar zouden doorgaan met honing maken en was produceren, wat er ook gebeurde.

Opeens zei Leander, met lichtelijk krakende stem: 'Ik zie water.'

'Water?' Gwen klonk gesmoord. 'Bedoel je het kolkje?'

Leander schudde zijn hoofd. Hij tastte de foto van de pasgeboren Babette af.

Beatrijs fluisterde: 'Wat voor water dan?'

'Ze kunnen anders goed zwemmen, hoor,' zei Bobbie luid. Ze sloeg de armen over elkaar en keek fronsend van de een naar de ander. 'Van een beetje water gaan ze echt niet...'

'Sst, Bob,' zei Beatrijs.

Maar Leanders trance, of hoe het mocht heten, was al verbroken. Enigszins glazig nam hij Bobbie op. 'Zwemmen?'

Bobbies armen vielen slap langs haar lichaam. Schichtig keek ze naar de grond.

Laurens stapte naar voren, vechtend tegen de aandrang de tafel met foto's en al omver te kieperen. De oplichter. De charlatan. 'Zeker kunnen ze zwemmen,' snauwde hij.

'Praat geen onzin,' zei Beatrijs angstig. 'We doen hier een serieuze poging om te helpen.'

'Gwennie,' zei Laurens, haar negerend, 'laat je hier alsjeblieft niet mee in. Van dit soort dingen komt alleen maar narigheid en paranoia en...'

Gwen keek naar hem alsof ze een wildvreemde zag. Haar brede, gulle mond beefde. Er zat een veeg grasgroen vuil op haar wang. Verwezen zei ze: 'Waar is Timo? Hij moet dit ook horen.' Meteen glipte ze langs hem naar binnen.

In het voorbijgaan rook hij haar zoutige lichaamsgeur. Alle strijdlust verliet hem. Ook hij wilde haar alleen maar helpen. Hoe kon hij het ooit goedmaken dat hij Babettes afwezigheid niet had opgemerkt? Hoeveel kostbare tijd was er door zijn toedoen niet verloren gegaan?

Leander streek het zweet van zijn slapen. 'Hoe zit dat dan, Laurens, met dat zwemmen?'

Hij haalde diep adem. 'Als ze pas geboren zijn, dat is van zuigelingen toch bekend, vraag me niet hoe, maar je leest het vaak genoeg, vandaar ook die onderwaterbevallingen, hoe zou dat anders kunnen...' De zelfgenoegzame trek die geleidelijk rond Leanders mond ontstond, ontging hem niet. De kwal had hem zover. Hij had hem zover dat hij een heel verhaal tegen hem stond af te steken.

'Mm,' zei Leander nadenkend. 'Je betrapt me op kennis die ik helaas ontbeer. Wat denk je, zou het ook kunnen dat ik water heb gezien omdat ik déze foto heb gebruikt, van vlak na haar geboorte? Hoe dan ook, dit is een constructieve bijdrage van je, Laurens. Want aan het begin van een sessie is het soms moeilijk te onderscheiden of je het heden of het verleden van je subject ziet. Ik denk dat je gelijk hebt, ik kan het beter met een recentere foto proberen. Dank je.' Hij pakte de foto met het gebreide mutsje van tafel en wendde zich tot Bobbie: 'Is dit de laatste, voor zover je weet?'

Bobbie kreeg een kop als een boei. Verschillende emoties trokken op haar gezicht voorbij. 'Voor zover ik weet,' zei ze ten slotte op boze toon, 'zijn alle baby's eerst vissen, voordat ze mensen worden.' Ze maakte een schamper geluid over zoveel domheid, draaide zich op haar hielen om en verdween op een holletje. Waarschijnlijk was ze zich doodgeschrokken van haar eigen vermetelheid.

Laurens kreeg het niet voor elkaar haar iets sussends na te roepen, paf als hij stond van de geoliede manier waarop Leander hem medeplichtig had gemaakt aan deze… deze seance, nota bene.

'Ach Bobbie, toe nou,' riep Beatrijs vruchteloos uit. 'Dit vind ik nou zo sneu!' zei ze tegen Laurens.

'Laat haar maar. Ze wordt gewoon een beetje schichtig van dit soort dingen.'

'Wie niet?' Leander legde zijn handen gespreid op tafel. 'God weet wat ik Timo en Gwen straks moet vertellen.' Hij boog zijn hoofd en verzonk in gedachten.

Beatrijs liet zich naast zijn stoel op haar hurken zakken. Tranen begonnen over haar wangen te stromen.

Onwillekeurig vroeg Laurens: 'Hoezo? Waarom ga je meteen uit van het ergste scenario? Je hebt toch nog helemaal geen bewijs?' Zijn eigen woorden brachten hem van zijn stuk. Maar misschien was het waar. Misschien lag Babettes lot in de handen van deze man. Misschien zelfs kon hij Laurens' onachtzaamheid op de speelweide als het ware uitwissen, door Babette ergens te lokaliseren, volkomen ongedeerd, klaar om in een van haar stralende lachjes uit te breken, haar grote kijkers vol heimelijke pret omdat niemand ooit te weten zou komen wat een enorm avontuur ze had beleefd. Een klein meisje met nu al een eigen geheim, een geheim dat ook voor haarzelf langzaam zou vervagen, want deden niet alle geheimen dat, op den duur, als je ze met niemand deelde?

Beatrijs veegde over haar wangen. 'Wat bedoel je met een bewijs? Wat moet er nou weer door Leander *bewezen* worden?' Er verschenen rode vlekken in haar hals.

Lang geleden had hij haar daar ooit eens gekust, in die mollige hals van haar, hier, op een zomeravond, in de bongerd die er toen nog was, niet eens zozeer uit lust, meer uit hoffelijkheid, omdat het hem had geleken dat je als vrouw een hoop te kort kwam bij zo'n altijd wat dorre boekhouder als Frank. Nou goed, al doende waren ze best op dreef gekomen. Ze hadden zelfs een beetje aan elkaars kleren staan sjorren. Ze had heel lekker geroken, bloemig, gezond, fris.

Op radeloze toon vervolgde ze: 'Jij hebt de spirituele diepgang van een... *ontbijtbord*, wist je dat? Eeuwenoude wijsheid, kennis en kunde zijn hier aan het werk, en jij spuugt er gewoon op, ontken het maar niet, jij *spuugt* erop, en ik zal je vertellen waarom!'

Hij dacht: Ze vecht alleen maar voor haar geluk. Zoals ieder ander. Hij voelde zich opeens zonderling ontroerd, en met haar verbonden.

'Uit angst, Laurens!'

'Weet je, Laurens, ik zou jou ook kunnen helpen,' zei Leander zachtjes, bijna alsof het er niet toe deed.

Hij schraapte zijn keel. 'Is het heus?'

'Je lijdt.'

Om zich een houding te geven haalde hij een hand door zijn haar.

'Maar je lijdt nodeloos.'

'Al is dat voor ons natuurlijk gemakkelijk praten,' zei Beatrijs vlug. 'Dat beseffen wij heus wel, Laurens.' Ze wierp hem een waterig, aanmoedigend glimlachje toe, en keek toen weer naar Leander, die met een bronzen klank in zijn stem vervolgde: 'Geen leven eindigt ooit zonder zin. Iedereen die we verliezen, verliezen we alleen maar omdat ze elders nodig zijn. Je moet het zo zien: die persoon was op aarde klaar en is naar boven geroepen om zich voor te bereiden op een nieuw project, een nieuwe opdracht. Kun je dat volgen? Geen mens gaat ooit vóór zijn of haar tijd.'

Een huivering trok langs zijn ruggengraat omhoog. Het was alsof hij Veronica's plagende nagels langs iedere afzonderlijke wervel voelde krassen. Dat wereldwijf van hem, die vrouw van wie er geen tweede bestond, de enige naast wie hij zijn leven lang wakker had willen worden, zo hadden ze het elkaar ook beloofd. Verdomme, Veer, dat was onze afspraak!

Zenuwachtig zei Beatrijs: 'Snap je? Zelfs Babette kan haar taak hier al hebben volbracht. En dan zal ze, met een nieuwe opdracht en in een nieuwe gedaante, onder ons terugkeren. Dat is de troost die we in het ergste geval altijd nog hebben. Zoals Leander altijd zegt: geen enkele ziel gaat ooit verloren.'

'Een geweldige troost,' zei Laurens tussen opeengeklemde tanden. 'Gwen en Timo zullen hun geluk niet op kunnen.' Zonder na te denken liep hij het terras af. Met grote stappen beende hij over het grindpad langs het huis. In een paar tellen had hij het terrein verlaten. Het kanaal strekte zich voor hem uit. Het was nog steeds niet donker, maar er zat regen in de lucht.

Er moest gehandeld worden, in plaats van gekletst en gefilosofeerd. Reïncarnatie was iets voor in je vrije tijd. Erg interessant, maar niet als de nood aan de man kwam. Hij wilde alles geloven, zelfs dat iedereen die een vorig leven claimde, toen vreemd genoeg nooit een alledaagse sul bleek te zijn geweest, maar altijd een nobele graalridder of een ten onrechte op de brandstapel gesmeten wijze kruidenvrouw. Oké, oké, dan was er in vorige levens maar geen normaal mens te bekennen geweest, maar die tóón waarop het altijd ging, dat heilige weten, terwijl er geen zeker weten bestond, geen enkel weten, en dat was nu precies waarmee je je moest zien te verstaan. En alsof het trouwens iets uitmaakte of je vrouw of kind in een nieuwe gedaante zou terugkeren. Wie had daar in vredesnaam iets aan?

Pas toen hij het fietspad had bereikt, ging hij langzamer lopen. In de verte doemde de speelweide al op. Het hele veld was met rood-witte linten afgezet. Een paar opgeschoten jongens zaten op hun fietsen toe te kijken. Laurens bedacht dat hij zijn eigen kinderen en de tweelingen in bed had willen stoppen. Misschien zat Yaja ze op dit moment wel voor te lezen uit *De terugkeer van de vampier*.

Dichterbij komend werd hij gewaar dat Bobbie tussen de jongens stond. Ze was, over het lint heen, in een heftig gesprek met een van de politiemensen verwikkeld. Hij repte zich naderbij en legde een hand op haar schouder. Ze keek hem aan alsof ze hem al veel eerder ter plaatse had verwacht. 'Leg jij het dan uit!' zei ze.

'Wat is het probleem?' vroeg hij aan de agent, een jonge vrouw met een rond, weerloos gezicht. Ze leek geen dag ouder dan zestien.

'Ook de familie mag er niet bij,' zei ze. 'Dat is u verteld, neem ik aan.'

'Maar jullie kénnen Babette niet eens,' riep Bobbie uit. 'Straks weten jullie niet eens of zij het wel is.' Ze hield een molton dekentje over haar arm geslagen.

Enigszins schaapachtig zei hij tegen de agente: 'Dat is

ons inderdaad gezegd.' Ze wilden niet dat je in de weg liep en sporen uitwiste. Ze wilden niet dat je zag waarmee de duikers boven water kwamen. Ze wilden gewoon hun werk doen.

'Maar vanaf hier zien we niets,' hield Bobbie vol. 'Kijk dan, iedereen is bij de kolk. Al die mannen met die...'

'Zo meteen komen er honden,' zei hij, om haar af te leiden. 'Dat is toch zo?' vroeg hij het geüniformeerde meisje. Waarom waren die honden er eigenlijk nog niet? Werden sporen niet snel koud, zo heette dat toch? Waar waren die twee verstandige rechercheurs gebleven? Wie had hier de leiding? Had er wel iemand de leiding? Bestond dit hele team soms louter uit piepjonge snotneuzen?

'Meneer, we doen wat we kunnen. Echt, u kunt beter naar huis gaan.'

Bobbie zei smalend tegen hem: 'Moet je nagaan, ze kent míj niet eens. Ze is niet van hier. Hoe moet ze Babette dan ooit herkennen?'

'We hebben een signalement, mevrouw,' zei het meisje ernstig.

Het nam Laurens enigszins voor haar in. Ze had ook kunnen zeggen: 'Er liggen hier heus geen twintig baby's, niet iedereen is zo stom als jullie.' Hij pakte Bobbie bij de arm. 'Laten we maar gaan, Bob.'

Halsstarrig bleef ze staan, met haar dekentje.

'We bellen direct als er nieuws is, dat beloof ik, meneer,' zei het meisje. Misschien dacht ze wel dat hij de vader was.

'Ik blijf hier,' zei Bobbie. Met een plof liet ze zich neer in het gras.

'Als u maar achter het lint blijft.'

Ook Laurens ging nu maar zitten.

Bobbie trok haar knieën op en omvatte met beide handen haar tenen. 'Als ik die bengel zie,' mompelde ze, 'dan knijp ik haar vast helemaal fijn. Misschien kun jij haar straks beter naar huis dragen.'

Om haar niet overstuur te maken knikte hij.

Een tijdje zeiden ze niets. Het was niet te zien wat er zich bij het water afspeelde. Af en toe kraakte de walkie-talkie van de agente die onverstoorbaar op haar post bleef staan, maar er kwam blijkbaar nooit een bericht door. De toekijkende jongens waren allang afgedropen. Zo nu en dan passeerde er een fietser, of iemand die een hond uitliet. Geen van hen legde veel belangstelling aan de dag. Maar er was ook weinig drama zichtbaar. Er stond niet eens een auto met een zwaailicht. Blijkbaar was het de bedoeling zo min mogelijk opzien te baren. Anders kreeg je maar mensenmassa's.

'Ze komt heus wel weer boven water,' zei Laurens.

'Ja, dat is wel het minste!' Bobbie was verontwaardigd. Vervolgens begon ze schamper te lachen. 'Merkte je het ook, daarnet? Die griezel weet helemaal niets van baby's. Niet eens dat ze eerst vissen zijn.'

'Alleen slimme mensen weten dat soort dingen.'

'Ik was misschien wel een goudvis. Jammer, hè, dat je daar later niets meer van weet. En gek dat je er soms toch zo naar terugverlangt.'

Hij keek haar aan. 'Heb jij dat dan?'

'O ja.' Er kwam een dromerige trek op haar gezicht, alsof ze zichzelf in ongeboren staat voorstelde, tevreden ronddrijvend in lauwe oersoep.

Langzaam zei hij: 'Bobbie, weet jij misschien ook wat mensen... daarna worden?'

'Waarna?'

'Na hun leven als mens, bedoel ik.'

Ze dacht even na. 'Een lijk, toch?'

'Ja, maar daarna?'

'O, dan. Dan verteren ze, en dan komen ze in allerlei beesten en bomen terecht en dan zijn ze eigenlijk overal.'

'Eigenlijk overal.' Hij voelde zijn keel droog worden. 'Ja, zoiets dacht ik al.'

'Dat heeft Timo me weleens uitgelegd. Zeg, denk je dat ik een stuk van dat lint mag hebben?'

Hij zag Veronica's ogen voor zich, glinsterend van de binnenpret. Je wist nooit of ze je niet in de maling nam.

Bobbie trok aan zijn mouw. 'Laurens! Heb je een zakmes bij je?'

'Ja.' Hij had haar zelf begraven, hij had althans haar kist gedragen en een handvol aarde in haar graf gestort. Kom Toby, doe ook maar wat aarde, hé rare aap, smeer het nou niet in je haar, hier met je handje, ik hou je vast, papa en jij nemen samen afscheid van mama. Afscheid. Dat had hij werkelijk gedacht.

'Dan bewaar ik het lint voor Babette, als aandenken.' Bobbie spreidde haar handen en hield ze een meter uit elkaar. 'Zo'n stuk, kijk dan, dat lijkt me wel genoeg.'

Babette. Haastig kwam hij overeind.

Het lint was opgespannen tussen ijzeren pinnen die inderhaast in de grond waren geslagen. Niet ver van waar hij stond bungelde er een los uiteinde boven het gras. Vlak ernaast keek de jonge agente stuurs voor zich uit.

'Zou ik misschien...' Hij maakte een gebaar met het zakmes.

Er verscheen een hoge blos op haar wangen. 'Nee, meneer, u mag er echt niet door.'

'Een stukje lint.' Het was te bezopen, hij leek wel een ramptoerist. Bijna voegde hij er als verklaring aan toe dat het een souveniertje voor Babette was, maar hij wist de woorden binnen te houden. Snel sneed hij een stuk van het loshangende lint af.

De agente zei niets. Ze keek alsof ze water zag branden.

'Merci,' mompelde Laurens. Hij klapte het mes zo snel in dat hij zich bijna sneed. Als een haas maakte hij zich uit de voeten.

Bobbie nam het lint onaangedaan in ontvangst. Ze rolde het op en stak het in de zak van haar vest.

Hij bleef staan. 'Laten we nu maar gaan.'

'Ik ga echt niet naar huis zonder Babette, hoor.'

'Maar ze zoeken hier eigenlijk alleen maar naar sporen. Ze zoeken hier naar... naar waar ze moeten gaan zoeken.'

'Wat een klungels!'

'Straks wordt het donker. En dan zit jij hier.' God, wat gemeen. Maar het werkte: ze begon zenuwachtig aan de zoom van het dekentje te friemelen en stond bijna dadelijk met hangend hoofd op. Haar gezicht sprak boekdelen: zelfs voor Babette kon ze het vooruitzicht niet aan.

Hij trok haar arm door de zijne, zich blind houdend voor haar schaamte. 'Wij gaan samen thuis bij de telefoon wachten. We blijven gewoon de hele nacht op, met alle lampen aan. Goed?'

Ze maakte een nors geluid. Schoorvoetend zette ze zich in beweging. Om de zoveel meter keek ze nog even terug over haar schouder. Waren we maar dapperder. Waren we maar perfect. O ja, hij wist precies hoe ze zich voelde: waren we maar geen armzalige stervelingen.

Op de weg langs het kanaal kwamen hen twee identieke, blauwe auto's tegemoet. Dat zouden vast de honden zijn, eindelijk. Precies op dat moment begon het zachtjes te motregenen.

Uitgeput zat Gwen naast Babettes lege wieg met de zachtgele biesjes. Ze hield een luierdoekje tegen haar pijnlijke borsten gedrukt. Ze liep al twee voedingen achter, ze lekte als de hel, maar dat was niets vergeleken bij de kolieken die haar kind van flessenvoeding zou krijgen. Als iemand haar nu tenminste voedde. Als…

Wat voor een moeder was ze, om haar kleine meisje onbeheerd op een drukke speelweide achter te laten?

Maar gelukkig had Babette ook nog haar papa. Timo zou alles oplossen, zo was Tiem wel. Hij had ook zo verstandig gepraat over infraroodcamera's en helikopters. Ze miste hem vreselijk, maar ze had hem zelf naar de dienstdoende apotheek gestuurd om zo'n handig apparaatje te halen waarmee je moedermelk kon afkolven.

Zo eenzaam als je uiteindelijk was.

Haar hele lichaam hunkerde. Iedere vezel, iedere cel jengelde om Babette. Babette die zij Victoria had moeten noemen. Waar was haar meisje nu, en met wie?

Stil, bonkend hart, wees stil. We zitten, we wachten. We zitten en wachten.

Dat je zelf helemaal niets kon doen!

Onstuimig dacht ze, zonder zelf precies te weten wie ze aanriep: Ontferm je over ons, neem ons op in je erbarmen.

Wacht. Als het om een losprijs ging, zou Beatrijs zeker helpen. Die verdiende geld als water in die kunsthandel van haar, en verder kind noch kraai. Ja, op Bea kon ze rekenen. Alleen, zou er wel om geld worden gevraagd? Hoe waarschijnlijk was dat? Dat gebeurde toch alleen in steenrijke gezinnen?

Ze staarde naar haar nagels die nog steeds wat brokkelig waren na haar zwangerschap. Babette had alle kalk uit haar opgezogen, voor een gezond ruggengraatje, voor stevige botten. Flinke dochter van me.

Haar kind kon net zo goed dood zijn.

Nee, dacht ze, dat zou ik hebben gevoeld, dat zou ik hebben geweten. En had Leander het niet bevestigd? Hij had gezegd dat ze nog leefde, dat had hij zelf gezien, zo duidelijk als wat. Haar teentjes die nog vrolijk krulden. Haar vuistjes die zich openden en sloten. 'Ze is nog onder ons,' had hij gezegd, dat had hij zonder de geringste aarzeling tegen Timo en haar gezegd. Zijn bedaarde stem klonk nog steeds na in haar hoofd. Ze is nog onder ons.

Ze hadden hem het elastiek met de plastic eendjes gegeven, en het pluchen konijn dat altijd bij Babette in de wieg lag. Die spulletjes zou hij meenemen in de nacht, zo noemde hij dat, dat was zijn werkwijze. Er een nachtje op slapen. Ze is nog onder ons.

Het geluid van roffelende voeten op de trap deed haar opschrikken. Daar zou Timo zijn, met de borstpomp. Haar hemdje was inmiddels vrijwel doorweekt.

Maar het was Yaja die met fonkelende ogen de babykamer binnenkwam. 'Babette was op de televisie!' riep ze uit.

Gwen stoof overeind. 'Hebben ze haar? Hebben ze haar gevonden?'

'Nee, natuurlijk niet, het was alleen een foto van haar. Die lieten ze zien in zo'n speciaal politiebericht. Moet je nagaan, net voordat *Costa!* begon!'

Gwen moest zich vasthouden aan de rand van de wieg, zo snel volgden wanhoop, immense opluchting en nieuwe radeloosheid elkaar op. Er kwam een waas voor haar ogen. Even dacht ze dat ze van haar stokje zou gaan.

Yaja's bloedrood geverfde mond bewoog nog steeds. '... prime time, dus reken maar dat heel Nederland het heeft gezien. Ik ging helemaal stuk, echt stuk! Voor je het weet, staan er hier journalisten op de stoep.'

Ze drukte een hand tegen haar klamme voorhoofd. 'Journalisten?'

'Jullie adres lekt natuurlijk zó uit.'

'Maar dat wil ik helemaal niet,' stamelde ze.

'De pers kun je maar beter te woord staan, hoor, die moet je niet tegen je krijgen.' Verdwenen was Yaja's lijzigheid, haar landerigheid. Ze knetterde van top tot teen van de energie.

Gwen begon te beven. Ze moest haar handen in elkaar klemmen om te voorkomen dat ze het kind in haar gretige, witte gezicht zou slaan. Het was gewoon pure sensatie voor die puber. Eindelijk gebeurde er hier wat. Eindelijk eens een beetje actie. Wist je veel wat zo'n louter in zichzelf geïnteresseerde meid niet gaf voor een verzetje. Ze kon Babette wel eigenhandig hebben verdonkeremaand om een beetje reuring in de tent te krijgen! Had ze niet voortdurend van die misselijke toespelingen gemaakt dat ze de baby… Verdomd! Ze was als eerste van de speelweide weggegaan, ze had Babette meegenomen en haar op haar gemak ergens verstopt! Gewoon voor de kick! Voor gillende sirenes, persfotografen en het journaal!

Buiten zichzelf greep ze het meisje bij de schouders en begon haar door elkaar te rammelen. 'Wat heb je met Babette gedaan? Waar is ze?'

Yaja gaf een gil. Haar haren zwiepten van links naar rechts, haar ene oorbel schoot los.

'Dit is godverdomme geen spelletje! Waar heb je mijn baby gelaten?'

Yaja wist zich los te rukken. 'Fuck off!' krijste ze. 'Laat je nakijken, bitch!' Ze grabbelde haar oorbel van de vloer, stootte de deur open en vluchtte de kamer uit.

Hijgend leunde Gwen tegen de commode. Haar hart dreunde pijnlijk tegen haar ribbenkast. Het kostte haar een paar minuten om zich in bedwang te krijgen. Toen de woede wat was weggeëbd, ging ze weer bij het wiegje onder het raam zitten. Met onzekere hand verschikte ze Babettes dekbedje met de beertjes erop. Als Yaja nu maar niet regelrecht naar Leander ging om haar beklag te doen. Hij zou haar uitbarsting hopelijk begrijpen. De spanning. De tergende onzekerheid. Maar die had hij toch juist weggenomen met zijn geruststellende boodschap? Straks dacht hij nog dat ze hem niet had geloofd. Ze sloeg haar handen voor haar gezicht en wiegde heen en weer. Ze kon zich niet veroorloven hem tegen zich te krijgen. Ze was van hem afhankelijk voor het terugvinden van haar kind.

Ze is nog onder ons. Hij had een stem waar je vanzelf kalm van werd. En ook mooie handen. Gevoelige handen.

Opeens wilde ze nog heviger dat Timo terugkwam. Hoe ver was het helemaal, naar die apotheek? Tegen hem was ze ook al zo onredelijk geweest. Dat was niemand van haar gewend, en zijzelf nog wel het minst. Mensen die ruzie maakten, daar had ze nooit wat van gesnapt.

'Zal ik nog maar een pot thee zetten?' vroeg Beatrijs, haar hoofd om de hoek van de deur stekend.

'O, Bea! Goddank. Nee, kom liever gewoon even bij me.'

Beatrijs ging in de vensterbank zitten en begon zonder omhaal Gwens schouders te masseren, rustig en stevig. 'Wat een nachtmerrie,' zei ze zachtjes. 'Wat een nachtmerrie, Gwen.'

'Hoorde je me net tekeergaan?' mompelde ze met gesloten ogen.

'Nee. Moest je het er allemaal even uit vloeken?'

'Zoiets, ja.'

'Geen hond die het je kwalijk zal nemen.'

Op de automatische piloot vroeg ze: 'Is het je gelukt de kinderen onder de wol te krijgen?'

'Het was wel even strijden. Ze wilden onder geen beding naar bed, totdat ik op het idee kwam om ze alle zes op de kamer van Marleen en Marise te leggen. Volop praatjes en wapengekletter, maar ondertussen natuurlijk gewoon kleine, bange hartjes. Dus ik heb heel wat matrassen versleept.'

'Aan jou heeft een mens tenminste wat. En een klein mens in het bijzonder.'

'Zal ik je voeten ook even doen?'

Zonder haar ogen te openen draaide Gwen zich om. Ze schopte haar slippers uit en legde haar voeten op Beatrijs' schoot. Die begon met zachte, aandachtige rukjes aan haar tenen te trekken, één voor één. Het effect was zo weldadig dat ze bijna kermde van genot.

'Wil je niet even gaan liggen? Een klein tukje doen?'

'Ik kan toch niet slapen.'

'Weet je wat Veronica nu zou zeggen?'

'Ja. Slaap je niet, dan rust je toch.'

Ze schoten allebei half in de lach.

'Nooit met lege handen naar de keuken!' citeerde Beatrijs. 'Al die geweldige ouderwetse uitdrukkingen van haar.'

'En die theorieën.' Ondanks zichzelf was Gwen even afgeleid. 'Kende je die van de kinderen? Volgens Vero lijken baby's na de geboorte altijd het meest op hun vader. Dat zou een trucje van de natuur zijn om mannen van hun vaderschap te overtuigen. Pas als kleuter, zei ze, krijgen kinderen hun eigen gezicht.'

'Nou, dat is niet opgegaan voor haar eigen stel. Niels en Toby zijn nog steeds Laurens' evenbeeld.'

'Rustig idee voor Laurens. Een vrouw om op te bouwen, onze Vero.'

'Mm,' deed Beatrijs.

Gwen opende haar ogen. 'Wat krijgen we nou? Vertel op.'

'Niks,' zei Beatrijs, maar ze keek erbij alsof ze aan een half duwtje genoeg zou hebben.

We gaan hier toch niet zitten te roddelen, dacht Gwen, over Veronica nog wel, en onder deze omstandigheden? Ontzet over zichzelf trok ze haar voeten van Beatrijs' schoot. Ze stond op. Ze liep naar de commode en begon een stapel rompertjes opnieuw op te vouwen. 'Als ze om losgeld vragen,' zei ze zonder haar vriendin te durven aankijken, 'dan moeten we misschien een beroep op je doen.'

'Dat spreekt voor zich. Dat had ik zelf al bedacht. Dus zit daar nou maar niet over in.'

'Echt?' Ze draaide zich om. 'Had je daaraan gedacht?' Het behoorde dus wel degelijk tot de mogelijkheden. Er kon ieder moment een brief komen, opgesteld uit losse woorden die uit krantenkoppen waren geknipt. Of er kwam een telefoontje vanaf een ontraceerbaar nummer. Het kon. Het kon heus.

Ze drukte haar handen tegen haar natte hemdje en begon te huilen.

Niels en Toby lagen op hun matrassen naast het bed van Marleen. Klaar en Karianne waren naast dat van Marise geparkeerd. Liggend op hun buik waren ze alle zes met viltstiften aan het werk, keihard.

Telkens als Niels even opkeek en de betraande wangen van de tweelingen zag, zonk er een steen naar zijn maag en werd hij tegelijkertijd halfdol van opwinding. Hoe het precies was gegaan snapte hij niet, maar het was hem gelukt. Op een bepaalde manier gelukt in elk geval, want het was per slot van rekening vooral zijn bedoeling geweest, met hart en ziel zelfs, om Babette uit Yaja's handen te houden. Had je die mutsen eens moeten horen als Yaja de baby als een karbonaadje had opgekluifd! Hij had Babettes leven gered. Hij zou voortaan bekendstaan als die heel speciale jongen die bij gevaar precies het juiste had weten te doen. Die stomme mutsen hoefden echt niet zo te snotteren. Een zusje kwijt, wat stelde het helemaal voor? Moesten Toby en hij soms de enigen zijn die iemand hadden verloren?

Maar het was niet zijn opzet geweest dat Babette zoek zou blijven, echt niet. Ergens moest hij toch iets fout hebben gedaan. Hij gaf een stomp op zijn kussen. Bedrukt zette hij zich weer aan het werk.

De Engelen hadden het bedacht, van de briefjes. Via die methode was hun poes het afgelopen voorjaar ook weer terecht gekomen. Langs het hele kanaal zou iedere boom en lantaarnpaal vóór morgenochtend met hun oproepen zijn beplakt. Een zaklantaarn lag al klaar. En de regenjacks ook, want het goot inmiddels, het goot werkelijk pijpenstelen.

De viltstiften en de taken waren met beleid verdeeld. Marleen en Marise schreven boven aan elk velletje, zo groot als ze konden: 'Wie heeft ons zusje gezien?' Daaronder tekenden Klaar en Karianne een portret van Babette, dat iedere keer een beetje anders uitviel. Niels voegde tot slot het telefoonnummer toe, en liet Toby, die nog moest leren schrijven, er een dikke streep onder zetten.

'Mooi hè?' vroeg zijn broertje elke keer.

'Prachtig,' zei hij, verstrooid en angstig.

'Tering,' zei Marleen, 'nou is het papier op.'

'We hebben er best al een hoop,' zei Marise.

Net begonnen de meisjes de al voltooide tekeningen in plastic mapjes te schuiven, toen de deur van de slaapkamer met een knal openvloog. Yaja kwam naar binnen. Met langzame, doelbewuste tred begaf ze zich tussen de matrassen. Hoog torende ze boven iedereen uit. Ze droeg puntige, zwarte laarsjes met afgetrapte hakken. Van die laarsjes die je er eens te meer van doordrongen waartoe zij allemaal in staat was. Ze was als iets wat Niels alleen kende uit dromen die hij het liefst snel wilde vergeten, dromen waarin achter iedere kierende deur en elk beslagen venster een belager op de loer lag.

'Wat moet jij hier?' vroeg Marleen op strijdvaardige toon.

Midden in de kamer stond Yaja stil. Ze zette haar handen in de zij. 'Jullie moeder is mega geflipt. Ze ging daarnet tegen me tekeer alsof ik Babette heb vermoord.' Nijdig boorde ze een schoenpunt in de eerste de beste matras, die van Karianne. 'Ze heeft mijn oorbel eruit gescheurd! Hier, moet je zien!'

Marleen zwaaide haar benen over de rand van haar bed en stormde op haar af. 'O ja? O ja? En wie zegt dat jij zo onschuldig bent? Je wou Babette toch ook mee naar huis nemen?'

Marise vloog eveneens overeind. 'En omdat je haar niet mocht hebben, heb je haar natuurlijk maar gelijk...'

'Holy shit, zeg! Beginnen jullie nu ook al?'

'Ja, jij hebt toch geen zusje? Daarom wilde je het onze inpikken!'

Yaja keek naar haar nagels. 'Wat heb ik er dan aan om die koter te mollen? Doe een beetje flex, zeg. Ik kan wel wat leukers met een baby verzinnen.'

De Engelen wisselden een woeste blik, de wenkbrauwen hoog opgetrokken. 'Bewijs het dan maar!'

'Wat bewijzen?'

'Dat je Babette niet hebt omgelegd!'

Er verscheen een glimp van een grijns op Yaja's gezicht. 'Get real. Omleggen, dat is iets voor Joego's. Met van die bivakmutsen op, weet je wel.' Ze maakte een vierkantje van haar handen en hield het voor haar ogen. Toen zei ze, alweer dodelijk verveeld: 'Oké, ik zal het wel bewijzen. Mij best.' Ze draaide haar hoofd om en liet haar blik zoekend door de kamer dwalen.

Niels trok Toby tegen zich aan. Zonder nog te durven ademhalen wachtte hij op het moment dat de druipsteengrotogen op hem zou vallen en dan gemeen blinkend zouden oplichten: hij daar. Hij zit erachter.

Maar Yaja vroeg, om zich heen speurend: 'Is hier ergens een glas?'

De Engelen waren zichtbaar in tweestrijd. Moesten ze die engerd niet een pak slaag verkopen? Blijkbaar won de nieuwsgierigheid het toch, want Marleen zei nors: 'Daar, op de wastafel.'

Yaja's laarsjes schampten zo rakelings langs zijn handen dat Niels zijn vingers moest intrekken. Er klonk wat gerinkel en geplens. Toen hij weer durfde op te kijken, stond Yaja met een schoongespoeld glas in haar hand. 'Maak eens wat ruimte voor die tafel,' zei ze zakelijk. En met die woorden was het pleit op de een of andere manier beslecht: zij had nu onomstotelijk de leiding.

Onwillig hielp Niels de matrassen uit de weg te sleuren. Daarna werd de houten tafel vol butsen, plakplaatjes en lijmvlekken naar het midden van de kamer versleept.

Yaja liet haar wijsvinger cirkelend rondgaan. 'Eromheen. Ja, jullie tweeën ook, suckers.'

Op wankele benen ging Niels bij de zusjes staan, Toby stevig bij de hand houdend.

Yaja zette het glas ondersteboven op het tafelblad.

'Als je probeert ons iets wijs te maken, ben je dood,' zei Marleen.

Met de punt van haar tong maakte Yaja haar lippen nat. Ze streek het steile haar achter haar oren. En nog een keer. Met schelle stem zei ze: 'Wat zeg ik nou net? Alsof ik Babette iets zou aandoen! Ik zou juist hartstikke goed voor haar zorgen. Ik weet alles van flesjes en zo, hoor. Maar niemand vraagt me of ik dat eens even wil bewijzen. Losers. Jullie zijn nog te stom om voor de duvel te dansen.' Toen verdween ze onverhoeds uit de kring. Meteen ging het licht uit.

In het plotselinge donker klonk Klaars stem: 'Waar is Yaja nou ge...'

'Ssst!' siste Marise.

Het bleef een tijdje stil.

Nu zijn ogen aan het duister begonnen te wennen, kon Niels de bleke gezichten van Toby en de tweelingen onderscheiden. Ook het omgekeerde glas was dankzij z'n glans goed zichtbaar.

In de hoek van de kamer bewoog iets. Er doemde een lichtgevend doodshoofd op dat langzaam naar hem toe zweefde, een glinstering in de diepe, zwarte oogkassen. Voordat hij het van de schrik kon uitschreeuwen, slaakte Karianne al een gil.

‘Kop dicht,’ zei het doodshoofd bars, ‘anders komt hier geen fuck van terecht. Ik beschijn me alleen maar even zodat jullie zien waar ik sta, oké? En hier blijf ik dus staan, oké? Dat jullie weten dat ik niet stiekem aan die tafel sta te schudden. Anders krijgen we straks dát weer.’

Yaja liet de zaklantaarn zakken en deed hem uit. Haar witte gezicht bleef als een schimmige vlek in het donker hangen. Zo te zien mompelde ze binnensmonds nog iets nijdigs. Toen zei ze: ‘Let’s go. Dus let goed op het glas.’

Even bleef het stil. Zo stil dat het kraken van het huis te horen was, alsof het op zijn manier aan het weeklagen was om Babette, die nu veilig in haar eigen wieg had horen liggen slapen, met haar pluchen konijn naast zich.

‘Babette?’ vroeg Yaja zo zacht als een zucht. ‘Kun je me horen?’

‘Ik snap er niks van,’ fluisterde Klaar. Iemand gaf haar een doffe stomp.

‘Babette!’ Ditmaal klonk Yaja bevelend. ‘Kun je me horen?’

Niels hield het glas zo scherp in de gaten dat zijn ogen begonnen te prikken. Misschien zou het zich vullen met rondwervelende rook of mist, net zoals kristallen bollen op tv deden. En in die rook zag je dan… maar hij zag niets. Helemaal niets. Van buiten kwam het gestage ruisen van de regen, alsof inmiddels heel de wereld huilde om het kleine meisje dat door zijn toedoen per ongeluk in een morfologisch veld was verdwenen.

‘Babette! Voor de derde en laatste keer: kun je me horen? Kom dan door en maak je kenbaar!’

Van de spanning begon Niels in de mouw van zijn pyjamajasje te bijten. In het glas gebeurde niets, maar in zijn gedachten zag hij Babette op haar knietjes door een mistig veld kruipen. Boven haar vrijwel haarloze hoofdje hing een traanvormige bel waarin met beverige letters stond: 'Help!'

Zijn darmen begonnen te kronkelen van ellende. Hij moest Leander vragen hoe hij zijn wens ongedaan kon maken. Dan kwam het maar uit. Dan was iedereen maar kwaad op hem.

Net zo plotseling als de kamer zojuist in duisternis was gedompeld, ging nu het licht weer aan. 'Zie je wel?' zei Yaja voldaan.

'Wat?' vroeg Marleen.

Yaja sloeg met vlakke hand op haar dij. 'Heeft het glas bewogen?'

'Nee.'

'Nou, dan leeft ze nog. Doden komen altijd door als je ze drie keer aanroept. Ze moeten wel, zelfs al willen ze niet.' Misprijzend keek ze naar de niet-begrijpende gezichten. 'Drie is immers een heilig geta-hal!'

'O, dat,' mompelde Marise.

'Ik heb het meegemaakt, lord oh lord, dan ging zo'n glas klepperen en stuiteren! Niet te houden. Dan weet je zeker dat ze zo dood als een pier zijn. Dus één ding staat vast, en zeg dat maar tegen jullie moeder: Babette is springlevend.'

Na een moment zei Marleen: 'Jemig. Ik wou dat ik dat kon.'

'Wat ik allemaal kan, dat wil je niet weten.'

Niels liet zijn broertje los. Hij keek nog eens goed naar het glas. Nee heus, het was geen millimeter verschoven. Hij vatte weer wat moed. Misschien had Babette, waar zij ook was, het wel geweldig naar haar zin. Zo'n morfologisch veld zat immers stampvol hamsters, en daar waren kleine meisjes dol op. Hopelijk had hij de baby gewoon de tijd van haar leven bezorgd.

# Deel II

## *Herfst*

## *Vermoedens*

Nooit eerder was Gwen zo dankbaar geweest voor het feit dat er zoiets als school bestond. Daardoor kon ze, zodra de meisjes 's ochtends met al hun kabaal het huis hadden verlaten, tenminste terug naar bed om opnieuw weg te zinken in een half bewusteloze schemertoestand. Vijf, zes uur lang zou er geen aandacht van haar worden verwacht, geen inzet, geen daadkracht. Eenmaal onder de lakens had ze een knagend besef dat ze haar kinderen te kort deed, hen zelfs in de steek liet, maar ze had domweg niets te geven, helemaal niets, ze was een wandelend gat, een gapende leegte, ze was één lange, geluidloze schreeuw, of eigenlijk niet eens dat, ze voelde eenvoudig niets meer, zo uitgeput was ze van het wachten, het nu al meer dan zeven weken lange wachten. Zelfs toen Karianne haar laatst met bibberende lippen had gevraagd: 'Maar je bent toch wel blij dat wij er nog zijn?' waren haar ogen droog gebleven.

Ze draaide zich tussen de zweterige lakens op haar zij om een wantrouwige blik op haar vijand, de wekker, te werpen. Nog maar anderhalf uur. Dat onding liep natuurlijk voor.

Waarvoor zou ze nog opstaan? De meisjes hadden per slot van rekening ook nog een vader. Regel het maar met papa.

Onder de bijen heerste vuilbroed en Timo zou de besmette volken eigenlijk moeten verdelgen voordat de inspectie erachter kwam, zei hij elke avond als hij in de keuken de weeë leemgeur van de ziekte van zijn handen stond te wassen. Maar dan hing er alweer een Engel aan zijn arm, of een kleintje stond ontroostbaar tegen hem aan te huilen. Lief en geduldig ging hij in op hun vragen, op hun klachten, op hun drukte en gedoe. Zijn jongste kind was vermist, verdwenen, ('Dat zijn de ergste dingen, mevrouw, je kunt bij wijze van spreken nog beter een graf hebben, dat merken wij altijd aan de burgers, onzekerheid is erger dan de dood.') maar hij haalde de sjoelbak van zolder, de sjoelbak nog wel, en ging uren met het hele spul sjoelen, roepen en gillen. Afleiding, zei hij. Het was waar, iedereen had afleiding nodig. Het lag aan haarzelf dat het minste of geringste haar al meteen over de kling joeg, het lag aan haarzelf dat de enige emotie die ze nog voelde snerpende irritatie was. Ze moest juist dankbaar zijn dat Timo zo onverstoorbaar wist te blijven.

Samen met Marleen en Marise had hij een kalender gemaakt. Er stond een rood rondje om elke dag dat het nu al duurde. Nog vóór het ontbijt gingen Marleen en Marise met het kleurpotlood in de weer.

Geagiteerd veegde ze het haar uit haar gezicht om opnieuw op de wekker te kijken. Zelfs haar eigen haar werkte haar op de zenuwen.

En dan die telefoontjes! Blijkbaar beseften maar weinig mensen wat er in dit huishouden gebeurde als de telefoon overging. Dat je van de wc stoof met je broek op je enkels, dat je desnoods over de grond kroop, dat je je benen zou willen breken vóór de laatste tringel zou verstommen. Iedereen belde en belde maar, vragend naar nieuws. Alleen Beatrijs had de wijsheid om op een afgesproken tijdstip te telefoneren. Iedere middag om klokslag vijf uur was ze aan de lijn, een baken, een zegen. Ze vermorste geen tel met vragen of plichtplegingen. 'Ja met mij, Gwen. Leander heeft haar weer gezien. Ze is ongedeerd, ze is gezond en vrolijk.'

Geen sporen van verwaarlozing. Geen sporen van geweld. Maar ook geen spoor van wáár ze was. Hij kreeg geen aanwijzingen door die op een plaats konden duiden, geen enkel beeld van een huis of een kamer of zelfs maar een ledikantje. Het enige dat hij zag, was dat ze nog leefde.

'Klamp je er niet te veel aan vast, mop,' had Timo een keer gezegd.

De gedachte bezorgde haar opnieuw zo'n stoot adrenaline dat ze overeind moest gaan zitten. Op hetzelfde moment stak Bobbie haar hoofd om de hoek van de deur. 'O goed, je bent wakker.' Drukdoenerig kwam ze naar binnen.

'Voor jou altijd,' zei Gwen zo warm als ze kon. Het hielp niet: haar vreselijke aantijging hing nog altijd voelbaar tussen hen in. Een geheugen als een olifant, dat had Bobbie. Beschaamd dacht ze: Ik was gek, ik was helemaal gek van ontreddering, en dan zeg je zoiets, god, wat een ellende.

'Ik heb iets bedacht,' zei haar schoonzusje. Ze keek verlegen naar haar handen, kruiste die toen eerst voor haar buik en vervolgens achter haar rug.

'Vertel eens.'

'Nou nee, dan is de verrassing eraf. Je moet even meekomen.'

Een verrassing maar liefst, speciaal voor haar. Bobbie dacht blijkbaar dat zíj het was die iets goed te maken had. Heel haar houding maakte duidelijk dat ze hunkerde naar vergiffenis. Ze was nooit bij machte haar gevoelens te verbloemen, het kwam eenvoudig niet bij haar op waarom je dat zou doen.

'We gaan naar buiten, dus doe maar een trui aan.'

Gwen slaakte een zucht. 'Bob, ik kan het huis niet uit. Ik moet bij de telefoon blijven.'

'Timo neemt hem wel op, hij is vandaag immers niet in het veld, hij is in de kaarsenmakerij.'

Nu kreeg ze ook nog schuldgevoel omdat ze Timo al het werk liet doen. Met tegenzin zwaaide ze haar benen over de rand van het bed.

'Ik heb de winkel gesloten,' zei Bobbie, 'dus wij tweeën kunnen mooi even weg.' Met een belangrijk gezicht trok ze aan de sleutel van het voorhuis, die aan een koord om haar hals hing.

Gwen raapte haar spijkerbroek van de vloer. 'We zijn toch wel zo terug, hè? Ik bedoel, stel dat je klanten misloopt.'

Eenmaal buiten werd ze bijna duizelig van de frisse lucht na zo lang in de bedompte slaapkamer te hebben vertoefd. Op het erf talmde ze even, het hoofd schuin, de oren gespitst: je zou altijd zien dat ze uitgerekend nu opbelden.

Het was al veel herfstiger dan ze in de gaten had gehad. Tussen de struiken hingen dikke, bedauwde spinnenwebben. Het blad van het rijtje krentenbomen dat Timo ooit speciaal op haar verzoek had geplant, was al bijna helemaal rood. Normaal gesproken zou ze in deze periode met de meisjes kastanjes, bessen, eikels en paddestoelen zijn gaan zoeken. Maar dit najaar had ze de tijd stil willen zetten, ze had het draaien van de wereld willen stoppen, omdat iedere nieuwe dag de kans dat ze Babette ooit nog zou terugkrijgen, kleiner maakte. Ze hadden het niet met zoveel woorden gezegd, die lui van de recherche, maar het wel duidelijk laten doorschemeren. Met elk uur dat een vermissing langer duurde, namen de kansen op een goede afloop af. Op de opsporingsberichten kwamen allang geen tips meer binnen. De mensen waren kort van memorie, en elke dag bracht wel iets nieuws dat hen schokte en hen verlamde in het besef hoe kwetsbaar ook hun eigen kinderen waren. Dan dacht je heus niet meer aan die van een ander.

Op de weg langs het kanaal moesten Bobbie en zij de schouders krommen tegen de wind. Er stonden nukkige, korte golven op het water. Je kon ze tegen de beschoeiing horen klotsen. Platgeslagen lag het riet tegen de oevers. Erboven hingen lage wolken.

Bobbies stappen werden steeds sneller en nerveuzer, alsof ze de verrassing die ze in petto had, haast geen moment langer voor zich kon houden. 'We zijn er bijna,' pufte ze, 'we zijn er echt zo.' Half op een holletje sloeg ze het fietspad in.

Ze gingen naar de speelweide. Dat moest het zijn.

Gwen wist niet wat ze ervan moest denken. Hier waren ze, onder leiding van de slissende rechercheur, op de ochtend na de vermissing met z'n allen bijeengekomen voor een reconstructie. In de stromende regen hadden ze eerst kleumerig een tijdje onder de grote kastanje bijeengestaan: dat was de verzinnebeelding van de picknick geweest. Klaar en Karianne waren in woedende tranen uitgebarsten toen ze, nadat Yaja was afgetaaid, samen met Bobbie terug naar huis waren gestuurd: zo was het immers gegaan, eerst Yaja weg, toen zij. Blèrend van verontwaardiging hadden ze op een afstandje staan toekijken, naar Beatrijs die staande deed alsof ze sliep, naar Laurens die met de handen in de zakken door het natte gras rondslenterde, en naar hun vader en hun zusjes die verderop bij de waterkant op hun post stonden. Gwen, die volgens scenario al bezig was met Leander naar het kolkje te wandelen, had haar verschrikkelijke ingeving gekregen toen ze vanwege het gebrul van de kleintjes nog even over haar schouder had gekeken en Bobbie met radeloze blik tussen haar huilende dochtertjes had zien staan. Gwens ogen hadden zich aan haar vastgezogen. Bobbie was rood geworden, ze had direct schichtig de andere kant opgekeken. Onze stut en steun, zei Timo altijd, ons onmisbare tweede moedertje. Gwens knieën waren begonnen te knikken. Maar natuurlijk! Hier eindigde de hele nachtmerrie! Bobbie had het allicht niet durven bekennen aangezien iedereen zo overstuur was, ze moest zich een ongeluk zijn geschrokken van wat ze had aangericht, de opschudding, politie erbij, iedereen in tranen, vanzelfsprekend had ze niet meer durven zeggen dat het maar voor eventjes bedoeld was geweest, voor één nachtje. Gwen rende op haar af. 'Jij hebt haar meegenomen!'

Bobbie stond als aan de grond genageld. De regen had haar haar plat tegen haar gezicht gepleisterd.

Ze kwam dichterbij, werktuiglijk haar vuisten ballend. Achter haar riep de rechercheur iets. Ze negeerde hem en hield haar ogen strak op haar schoonzusje gevestigd. 'Jij bent het geweest! Geef maar toe dat jij...'

Bobbie trilde van top tot teen. 'Gooi me maar in de gevangenis, Gwen,' bracht ze uit. 'Het is allemaal mijn schuld. Ik had haar natuurlijk mee naar huis moeten nemen.'

Gwen greep haar in haar natte haren. 'Waar is ze? Waar is ze? In het zomerhuis, zeker?' Meteen schreeuwde ze haar ontstelde dochtertjes in het gezicht: 'Bobbie had haar toch bij zich? Waar heeft ze haar gelaten?'

Eendrachtig begonnen de meisjes nog harder te huilen.

'Vooruit, zeg op, heeft...'

'Kappen, Gwen!' Laurens sloeg een arm om haar schouder. Ze probeerde hem af te schudden. Ze moest naar het zomerhuis. Ze moest naar Babette.

'Ik weet het niet meer, mama!' brulde Klaar, spierwit onder haar sproeten.

'Echt niet, mama!' snikte Karianne, haar hele gezichtje vertrokken.

Jezus, hoe moesten die twee zich ook ooit de toedracht herinneren? Meer dan de helft van de tijd liep Bobbie met Babette in de draagzak te paraderen! Gwen plantte haar elleboog in Laurens' zij en vocht zich vrij. Met uitgestrekte armen begon ze te hollen.

De rechercheur sneed haar de pas af. Naast hem doemde Leander op, als een reus, in zijn ogen een blik met zoveel mededogen dat de adem haar ondanks alles even in de keel stokte. 'Doe jezelf dit niet aan,' zei hij zo zacht dat ze niet zeker wist of hij het werkelijk had gezegd. Maar zijn houdgreep was echt genoeg.

Omkneld door zijn armen werd ze gewaar hoe Timo als in slow motion op haar toerende. Haar blik werd geleidelijk weer zo helder dat ze zelfs zag hoe het water onder zijn voeten uit het gras spatte. Met een siddering dacht ze: Gisteren Yaja, vandaag Bobbie, God sta me bij, wie ga ik hierna te lijf? Beatrijs soms, die na haar laatste miskraam zei dat ze mijn volgende baby zou jatten? Afgemat leunde ze tegen Leander aan.

Als Babette op dit moment maar veilig was. Als iemand haar maar op tijd voedde en schone luiers gaf.

Ze werd overgeheveld in Timo's armen. Zijn hart

klopte zo heftig dat ze het tegen haar eigen borst voelde slaan. Hij zei iets wat ze niet verstond, hij herhaalde het wel drie, vier keer, maar het drong niet tot haar door. Kon ze tenminste even uitrusten, op adem komen. Kijk, daar stonden Marleen en Marise, de handen tegen de mond gedrukt. Morgen zou het hun beurt kunnen zijn om gekidnapt te worden. Ze moest met Timo bespreken hoe ze de veiligheid van hun dochters konden waarborgen. Samen op de fiets naar school gaan, met allebei hun verschoten denim rugzakje om, dat ging natuurlijk niet meer.

Timo noemde haar naam. Confuus keek ze hem aan.

'Kunnen we verder gaan met de reconstructie?' Hij had rimpels rond zijn ogen die er gisteren nog niet waren geweest. Zomaar, van het ene moment op het andere, was het leven niet meer veilig en betrouwbaar.

Ze knikte mat.

'We zien iets over het hoofd,' zei de slissende rechercheur op vastberaden toon. 'Dat is altijd het geval.'

Bobbie dribbelde inmiddels al meters voor haar uit, over de speelweide. Ze had rubberlaarzen aan, grote groene laarzen. Haar rechterbroekspijp was er netjes in gestopt, de linker fladderde wild in de wind. Ook de panden van de beige stofjas die ze in het winkeltje altijd over haar kleren droeg, wapperden alle kanten op. Van een afstandje bezien leek het alsof de wind er geen enkele moeite mee zou hebben haar plompe gestalte de lucht in te trekken.

Gwen draafde achter haar aan in de zekere wetenschap dat zelfs de ergste storm op haarzelf geen vat zou krijgen. Zij was gedoemd eeuwig over het aangezicht van de aarde voort te ploeteren. Iets in haar kon eenvoudig niet meer opstijgen. Aan de ene kant bezorgde gemis je een uitgehold gevoel zó bodemloos dat het leek alsof de zwaartekracht voor jou niet langer gold en je continu op het punt van zweven of vervliegen stond, maar terzelfder tijd, en heviger nog, drukte de kwellende leemte je, als een verpletterende vracht, zowat dwars door de aardkorst heen. Zo eigenaardig.

Bobbie stond stil. Ze draaide zich om, een onzekere trek op haar gezicht.

'Kijk Gwen, dit is het. Dit heb ik voor je gemaakt.'

Ze waren beland bij de kastanjeboom van de picknick. Om de bast was een rood-wit lint bevestigd. Het was niet lang genoeg om de hele stam te omspannen: met punaises vastgestoken.

'Ik had wel wat meer kunnen gebruiken,' zei Bobbie. 'Alleen, dat wist Laurens natuurlijk niet. Dat wist ik toen zelf nog niet eens.'

Tot haar verrassing voelde Gwen bij de aanblik van dat arme, ontoereikende lint hoe de tranen haar in de ogen schoten. Terwijl ze nog wel had gedacht dat ze de tranen voorbij was, dat er uit haar nooit meer water te slaan zou zijn. Die rafelige uiteindes die elkaar niet konden bereiken: een tevergeefse omhelzing in het luchtledige, een omarming waarin de omarmde ontbrak... het was wonderlijk adequaat. 'Wat heb je dat goed bedacht.'

Bobbies gezicht lichtte op. 'Het is een monument.'

'Ja, dat zie ik.'

'Een gedenkteken. Omdat Babette hier voor het laatst was.'

'Voor het laatst gezien is. Dat bedoel je toch?'

Bobbie keek haar niet-begrijpend aan.

'Voor het laatst gezíen, Bob!' Ze hoorde de paniek in haar eigen stem. ('Mevrouw, onzekerheid is het ergst.

Daarom zien we ook zo vaak dat mensen op een bepaald moment de plek van de vermissing willen markeren, met een steentje, met een teken. Dat er toch iets tastbaars is. Dat ze een soort graf hebben. Je moet nu eenmaal vijf jaar vermist zijn voordat je wordt doodverklaard, zo is de wet, maar wie trekt dat, vijf jaar lang onzekerheid? Vijf jaar lang het huis niet uit kunnen omdat de telefoon zou kunnen gaan? Vijf jaar lang nergens meer van kunnen genieten? Het zijn drama's. Je begrijpt niet waar mensen zichzelf laten, al die tijd dat ze niet eens kunnen beginnen met afscheid nemen, accepteren en rouwen. Hoop is een mooi ding, maar het kan je ergste vijand worden, neemt u dat maar van me aan.')

Zenuwachtig zei Bobbie: 'Maar kijk nou eerst nog even verder, Gwen, want hier op de grond heb ik...'

Waarom zei zo'n man dat eigenlijk tegen je, over de rand van zijn theekopje? Toch niet om je maar zo snel mogelijk in rouw onder te dompelen en daarmee zelf van de zaak af te zijn? Stond Babette nog wel serieus op de agenda? En was het nou dezelfde rechercheur geweest of juist die andere, die haar van meet af aan te verstaan had gegeven niets te willen weten van 'helderzienden die alleen maar veroorzaken dat onschuldigen worden verdacht en soms zelfs gemolesteerd. Herinnert u zich die Croiset nog, die vroeger constant met z'n ijdele hoofd op tv was? Die is er bijvoorbeeld eens verantwoordelijk voor geweest dat een oude man door de familieleden van een vermiste helemaal blind is geslagen. Bleek de ontvoerder achteraf toch iemand anders te zijn geweest dan meneer Croiset in z'n koffiedik had gezien.' De enige die haar kleine Babette nog dagelijks zág, met de kuiltjes in haar wangen en het blonde dons op haar hoofdje, die werd door zo'n ambtenaar gewoon aan de kant geschoven! Leander was de enige op wie ze zich nog kon verlaten.

'Gwen, hier, kijk dan.' Bobbie was op haar hurken gaan zitten. Ze wees.

Gwen dacht: Mooi dat ik me door die hansworsten van de recherche niet de wet laat voorschrijven, nu niet en nooit niet. Ze liet zich door haar knieën zakken.

Tussen de knoestige wortels van de kastanje was een strook grond ontdaan van gras en onkruid. En in de zorgvuldig aangestampte aarde glinsterde Babettes naam op, in gele, glanzende korreltjes.

Gwen voelde de verwachtingsvolle blik van haar schoonzusje op zich rusten. Ze dwong zich tot kalmte. Natuurlijk was dit niet als een surrogaatgraf bedoeld. Ze kon zich beter concentreren op de liefde die hierin was gestoken. Op de moeite die ervoor was gedaan. Op het bloedend hart waarmee de winkel, de winkel maar liefst, hiervoor waarschijnlijk vanochtend vroeg al was gesloten. Bobbie in haar stofjas knielend tussen de boomwortels, wikkend en wegend: hier, nee daar! Bobbie die er uiteraard een hele theorie op na had gehouden waarom het precies op deze manier moest gebeuren, en niet op een andere. Bobbie met die logica van haar die je nooit helemaal kon volgen, althans niet met je verstand.

'Mooi, hoor,' zei ze zachtjes. 'Dank je wel.'

'Ik wist wel dat jij het meteen zou snappen. Als Babettes vliegtuig hier overheen vliegt, ziet zij haar naam staan.'

Hoe onwaarschijnlijk het ook was dat Babette nu, na ruim zeven weken, over haar hoofd voorbij zou vliegen, toch werd Gwen warm van de gedachte aan haar dochtertje in een vliegtuig. Babette in een vliegtuig was een zeldzaam troostend beeld, vergeleken met de andere Babette-situaties die haar voortdurend door het hoofd spookten. In vliegtuigen was het schoon en droog en warm, en de stewardessen waren altijd zo vriendelijk. Misschien zou een van hen zelfs lont ruiken en denken: Hoort die mooie baby wel bij die vreemde...

'Alleen kan ze nog niet lezen!' Bobbie begon slim te lachen. 'Vandaar ook het lint, Gwen, vanzelf! Rood en wit zijn immers mijn kleuren! Dus als zij dat lint ziet, dan denkt ze meteen... ' Ze verschoot van kleur. Zenuwachtig begon ze haar handen te wringen.

Er ging iets mis, dat was duidelijk, maar wat? Bedacht ze soms opeens dat ze misschien beter iets van Babettes moeder aan de boom had kunnen binden? 'Ja, en dan denkt ze natuurlijk meteen aan jou,' zei Gwen grootmoedig, 'en daardoor beseft ze dat ze hier thuis hoort, bij ons allemaal, en dan...'

'... dan denkt ze aan haar stomme tante die zo stom was om haar hier te laten liggen!'

'Ach Bobbie. Toe nou. We zijn allemaal even stom geweest. Allemaal precies even stom.' Ze wilde naar huis. Ze wilde naar bed.

Bobbie huilde, geluidloos, haar mond wijd opengesperd.

Met de rug van haar hand streek Gwen even over haar wang. 'Hé, gekkerd. Even stom zijn we allemaal geweest. Knoop je dat goed in je oren?'

Nog steeds huilend hief Bobbie haar handen en bracht ze naar haar oren. Ze bevoelde ze omstandig, met dubieuze blik voor zich uit starend.

Doodmoe kwam Gwen overeind. Maar halverwege de beweging stokte ze. Die glanzende korreltjes in de aarde die samen Babettes naam vormden: nu zag ze het pas. 'De vogels,' zei ze ontzet, 'Bobbie, de vogels zullen...'

Met een snorkend geluid haalde haar schoonzusje haar neus op. 'Maar dat moet ook! Ze moeten het opeten, want zij komen overal, en hoe kunnen we ze anders uitleggen dat ze naar Babette moeten uitkijken?'

Gehaast liep Laurens, zijn aktetas en de twee plastic tassen van de Chinees torsend, zijn huis binnen. Wat was er toch gebeurd met het slot van de voordeur, waardoor het opeens zo stroef openging? Hij nam zich al weken voor er grafiet in te spuiten, maar vergat dat zodra hij binnen was. Hij hield met hart en ziel van zijn huis, van de ruime kamers en suite, de oude parketvloeren, de keuken met de aangebouwde serre, alleen was het een behoorlijke opgave om alles in z'n eentje draaiende te houden.

In de gang stapte hij over de post heen die op de vloer lag. Hij bracht het eten naar de keuken, schonk zich, met zijn jas nog aan, een borrel in en begon de tafel te dekken.

De triomf dat hij het weer had gehaald, zodat Niels en Toby in elk geval niet in een leeg huis zouden thuiskomen, tilde hem even over zijn mistroostige stemming heen. Hij had zelfs nog tijd om de volle zak in de vuilnisemmer door een nieuwe te vervangen. Genoeg tijd ook om het verongelijkte briefje te lezen dat de werkster op het aanrecht had achtergelaten: ze had schuursponsjes nodig, een nieuw paar rubberhandschoenen, Glorix, Cif en Anti-Kal, precies, schreef ze, zoals hij al weken wist. Het was niet meer of minder dan een ultimatum.

Pas toen hij in de gang zijn jas ophing, raapte hij de post op.

Nog bijna wekelijks kwam er post voor Veronica binnen. Het deed er niet toe hoeveel abonnementen hij had opgezegd of hoeveel goede doelen hij had ingelicht. Telkens lag er toch weer een envelop voor haar op de mat, een nog niet beëindigde verzekering, een verzoek om contributie voor een of ander obscuur lidmaatschap, een uitnodiging voor een expositie of aanbiedingen van winkels waarvan zij klant was geweest: er kwam geen einde aan het aantal mailinglijsten waarop zijn vrouw nog steeds stond, noch aan het aantal organisaties en verbanden waarvan zij op een of andere manier deel had uitgemaakt. Ieder poststuk maakte haar op een bepaalde manier haast weer levend, en herinnerde hem bovendien, kwellend, aan de talloze uren die zij alleen, op eigen houtje, zonder hem, had doorgebracht, een deel van haar leven leidend tussen onbekenden. Ze waren per slot van rekening nooit zo'n klittend echtpaar geweest dat alles samen moest doen. Daar hadden ze geen van beiden de noodzaak of de charme van ingezien. Pas later kreeg je spijt van iedere seconde dat je je vrouw haar eigen gang had laten gaan. Gloeiende, splijtende spijt.

Hij voelde aan zijn opeengeklemde kaken dat hij weer strak stond van de stress. Zonder het stapeltje enveloppen te bekijken legde hij het in de fruitmand op de keukentafel. Zijn oog viel op een grapefruit die hem onbekend voorkwam. Dat de muitende werkster een gift had achtergelaten, lag niet erg voor de hand. Maar voordat hij zich erover kon verwonderen, knarste de voordeur open en kletterde het gepraat van zijn zoontjes het huis binnen.

We hebben tegenwoordig sleutelkinderen, Veer.

Voor Niels was het het ergst. Die was net een grote jongen aan het worden en nu moest hij elke dag bij de naschoolse opvang van de kleuters op Toby wachten; en zorg ervoor dat je onderweg altijd Toby's hand vasthoudt, denk aan wat er met Babette is gebeurd!

Maar misschien was het voor Toby uiteindelijk nog wel erger. Want hoeveel herinneringen had iemand van vier? Hij had veel te weinig historie met zijn moeder gehad om met een stevig verankerd beeld van haar op te groeien. Hij zou groot worden zonder te weten wie en wat zij was geweest.

'We missen je zo,' zei hij hardop om de gedachte te verdrijven dat Veronica voor Toby op een gegeven moment niet meer zou zijn dan een vrouw op een foto, een vrouw over wie zijn vader verhaaltjes vertelde, steeds weer dezelfde verhaaltjes, tot gek makens toe, omdat de voorraad beperkt was en niet werd aangevuld.

'Papa!' riep Toby, de keuken binnenhollend. Zijn wangen waren rood. 'Ik ken een vet liedje!'

'Dat moet je mij straks ook leren.' Hij tilde het tegenspartelende lijfje op en drukte het tegen zich aan. 'En Niels, wat is jouw nieuws?'

'Dûh,' zei zijn oudste zoon. Zonder zijn jack uit te trekken ging hij aan tafel zitten. 'Hebben we nou alweer Chinees? Ik wil geen bami meer.'

Op dat moment ging de bel. Laurens tastte naar zijn das, die op halfzeven hing. 'Daar is Beatrijs al, jongens.'

Toby holde naar de deur.

'Jas uit, Niels.' Hij liep de gang in om Beatrijs te begroeten.

Ze hadden elkaar sinds de zomer niet meer gezien. Hij vond dat ze er nerveus en afgepeigerd uitzag. Ze droeg een onflatteuze, enkellange geruite rok en sportschoenen. Hij moest zich diep bukken om haar een kus te geven. Hij had haar nog nooit anders dan op naaldhakken meegemaakt. 'Zo, schoonheid,' zei hij.

'Dag Laurens.' Ze nam hem op alsof zij op haar beurt

minstens even verbaasd was over zijn voorkomen.

Het scheren schoot er tegenwoordig tijdens de ochtendspits met de jongens weleens bij in. Haastig streek hij zijn haar glad en trok zijn das nogmaals recht.

Ze liep langs hem heen de keuken in. 'Hé Niels, ouwe boef.'

Niels keek ontoeschietelijk op. 'Hoi, tante rolmops.'

Toby begon hard te lachen. 'Verjaarde rolmops, moet je zeggen!'

'Bejaard, mongool,' zei Niels.

'Bejaarde rolmops?' zei Beatrijs, met grote ogen van de een naar de ander kijkend.

Wat waren dit voor manieren? Wat bezielde zijn kinderen? Zonder na te denken schoot Laurens tussenbeide: 'Vermaard, dat is natuurlijk het woord waarnaar we zoeken.'

'Vermaarde rolmops, dus,' concludeerde Beatrijs. Ze schudde even haar hoofd.

'Uit die jas, Niels!' blafte Laurens. 'Een glas wijn, Beatrijs?'

Ze ging zitten. 'Jullie moeder,' begon ze.

'Ik heb wit koud staan.' Laurens struikelde achter haar rug om naar de koelkast.

'Jullie moeder noemde mij Bessie Turf, vroeger op school.' Ze gaf een klap op tafel. 'En ik haar tante Sidonia. Voor wat, hoort wat.' Ze begon te lachen. 'Vermaarde rolmops, die is zeker ook van haar?'

'Wie is Bessie Turf?' vroeg Niels. 'En die tante...'

'Sidonia. Dat zijn de klassieken uit onze jeugd, brutaal rotjong,' zei Beatrijs. 'Gwen was Katrien Duck. Waar blijf je nou met die wijn, Laurens? En waarom komt die andere etter niet gezellig bij zijn vermaarde tante rolmops op schoot zitten?'

Toby wierp zich tegen haar knieën en sjorde zich geestdriftig omhoog. 'Ik ken een nieuw liedje.'

'Dat moet ik horen.'

'Je moet erbij in je handen klappen.'

'Zó?' Ze pakte zijn handjes en sloeg ze tegen elkaar.

Met geknepen stem zei Laurens tegen haar achterhoofd: 'Je bent een heilige rolmops.' Hij zette een glas wijn voor haar op tafel en legde even een hand op haar schouder. Op haar schoot kronkelde zijn zoontje zich van enthousiasme zowat in een knoop. Hé, jochie, Toby, heb je het gehoord? We hebben er een nieuw verhaaltje over mama bij, van vroeger nog wel. Vroeger was mama ook klein, net zoals jij. We vragen tante Beatrijs gewoon of ze elke week een keer bij ons komt eten om jou te vertellen over hoe mama toen was. Of zij ook zulke geweldige zandkastelen kon bouwen. Of ze grote honden ook zo eng vond. Of ze ook heimwee had als ze ergens ging logeren. Of ze toen net zo lief was als jij, en soms net zo stout.

Toen viel zijn blik op Niels. Tante rolmops, hoe kwam hij erbij? Het was toch niet zijn opzet geweest om Beatrijs willens en wetens te kwetsen? Het was soms zo moeilijk te peilen wat er in hem omging. Die norse, ontoegankelijke houding van hem, de laatste tijd. Het kon natuurlijk domweg de reactie zijn van een kind dat nog geen woorden had voor zijn verdriet, voor zijn woede, zijn gemis, maar misschien zat er meer achter. Niels had, verdomd als het niet waar was, iets over zich gekregen wat moeilijk te definiëren viel, geniepig was misschien net te sterk uitgedrukt, meer iets heimelijks. Hij was niet open meer, dat was het. Hij gedroeg zich als iemand die iets op zijn geweten heeft, schuldig en besmuikt.

Laurens zette de bakjes met nasi en bami in de magnetron. Hij trok de kroepoek uit het cellofaan en schudde de empeh en de atjar in schaaltjes. In welke clandestiene praktijken kon een zevenjarige zijn verwikkeld? En hoe kwam je daar als vader achter? Maar misschien was hij, Niels' vader, juist wel het probleem. Aan opvoeding werd tegenwoordig bitter weinig meer gedaan. Er was gewoon geen tijd voor. Hij was allang blij als iedereen met enige regelmaat schone kleren had, twee veters in z'n schoenen en een volle maag, en als Niels ook nog eens op de juiste momenten zijn gymspullen of zijn blokfluit bij zich had. En bovendien, hoe moest je het opbrengen om fiks op te treden tegen een knulletje dat zijn moeder nog geen halfjaar geleden had verloren? Toby en hij sliepen allebei nog steeds met een trui van haar, onder de dekens in bed weggestopt. Iets beters had hij niet voor ze kunnen verzinnen. Al wel twaalf keer had hij de verschrikkelijke werkster per briefje laten weten dat ze de truien na het verschonen van het beddengoed ONGEWASSEN MOEST TERUGLEGGEN.

'Wie wil er een gebakken eitje bij?' vroeg hij, zich resoluut tot het fornuis wendend.

'Laat mij dat even voor je doen,' zei Beatrijs.

'Nee, blijf zitten.'

'En dan zeker nóg vijf keer het refrein. Dank je.' Ze tilde Toby van haar schoot en stond op.

Hij had niets gehoord van het mooie nieuwe liedje waarop zijn jongste zo trots was, helemaal niets. Hij sloeg een arm om Toby's schriele schouders en vroeg over zijn hoofd heen: 'Niels, doe jij je jas nu eindelijk eens even uit?' Geen slecht voorbeeld geven, Niels.

'Nee,' zei Niels. Gemelijk liet hij zijn hoofd hangen.

'Lekker veilig ingepakt,' zei Beatrijs tegen de koekenpan die ze op het fornuis had gezet. 'Groot gelijk, hoor.

Niels zit tenminste lekker veilig en warm in zijn jas.'

Dat er een andere volwassene aanwezig was en een nieuw licht op de zaak wierp! Laurens dacht: Ik kus je voeten, Beatrijs. 'Nee Toby, even wachten met de kroepoek.' Hij zette de schaaltjes en de opgewarmde bakjes op tafel.

'Verhip,' mompelde Beatrijs, 'hoe krijg ik het vuur lager?'

'Barbecue!' riep Toby enthousiast uit.

'Lekker, hè,' zei Beatrijs bezweet.

Laurens had nog nooit spiegeleieren gezien zoals de hare. Ze lagen in de pan als de afgehakte borsten van de heilige Agatha, die Veronica en hij tijdens hun huwelijksreis in Florence op een schilderij in het Uffizi hadden gezien. 'Omdat ze als maagd wilde leven en daarom een gearrangeerd huwelijk weigerde, werd ze aan de vreselijkste martelingen onderworpen,' had Veronica hem toegefluisterd, haar hakken tikkend op het eeuwenoude marmer. Ze had altijd de gekste dingen geweten, en als je naar de herkomst van haar kennis vroeg, was ze alleen maar verbaasd geweest: ze nam voetstoots aan dat iedereen wist wat zij wist, wie de doelman van Oranje in het EK van 1988 was geweest, hoe je een buizerd van een sperwer kon onderscheiden, welke Beatle 'Get Back' had gecomponeerd, waarom melk niet aankoekte als je die kookte in een pannetje dat je altijd vochtig hield, hoeveel koningsdrama's Shakespeare had geschreven, wanneer de clitoris van de vrouw was ontdekt ('Enkele eeuwen nadat Columbus Amerika ontdekte'), en wie de computer, de beha en de paperclip had ontwikkeld. Zo'n onderhoudende, grappige vrouw. Zo onweerstaanbaar origineel. Zo onweerstaanbaar, tout court. Niet iemand die was voorbestemd voor een maagdelijk leven à la Agatha. En dan ook nog die magnifieke benen erbij.

Hij was als een blok voor haar gevallen, meteen, bij hun eerste, toevallige ontmoeting tijdens een Hitchcock-retrospectief, toen ze in de pauze naast elkaar aan de drukke bar allebei voor een biertje hadden staan vechten. Wat zij te berde had weten te brengen over *The Birds* was zo aanstekelijk geweest, zo tegendraads. 'Griezelig? Zijn die vogels bedoeld als griezelig? Mm.' Een schuin lachje vanonder het donkere haar. De lichtjes in haar ogen toen ze zei: 'Veren zijn anders ook het kleed van de hoop, wist je dat? Emily Dickinson schreef tenminste: Hoop is het ding met veren, dat nestelt in de ziel.'

'Laurens? Zullen we gaan zitten?' Beatrijs hield hem de koekenpan voor, als een offerande. Vier afgehakte borsten.

'Wacht, ik schenk ons nog een keer in. En jullie, Niels, Toby, melk of water?'

Daarna aten ze. Tersluiks hield hij zijn kinderen in de gaten. Mes. Lepel. Handen. Vork. Het kon er eigenlijk best mee door. Uit dankbaarheid at hij hun eieren voor hen op.

Toen de jongens hun bord leeg hadden en voor de televisie zaten, vroeg Beatrijs: 'Heb jij Gwen en Timo nog gesproken?'

Hij ruimde de tafel af. 'Ik durf ze bijna niet meer te bellen. Ik zit er vreselijk mee in mijn maag dat Babette zo ongeveer onder mijn ogen moet zijn verdwenen. Timo zei wel meteen dat ik niet haar babysitter was, maar toch. Alleen al het feit dat hij dat zei. Ik had beter moeten opletten.'

Ze knikte, aandachtig naar hem kijkend. 'Maar dat hadden we allemaal moeten doen. Ze dragen het je heus niet na, hoor. Zet het maar uit je hoofd.'

Hij lachte onzeker, maar voelde zich ook verwarmd. Dit is mijn vriendin Beatrijs, had Veronica gezegd toen ze hen beiden lang geleden aan elkaar voorstelde, en let op, zij is mijn geweten. Zou hij zijn hart bij haar durven uitstorten? Het was zo beschamend egoïstisch wat hem bezighield. Hij kuchte even. Beatrijs, wat denk jij: als een lachende baby op klaarlichte dag te midden van een grote hoeveelheid familie en vrienden zo spoorloos en definitief kan verdwijnen dat het lijkt alsof zij in rook is opgegaan, dan zijn allerlei andere dingen die we onbestaanbaar achten wellicht toch ook mogelijk? In elk geval niet per definitie onmogelijk? Weet je, theoretisch gesproken moet het slot van mijn voordeur natuurlijk door het weer zijn ontzet, of door mijn werkster, en iedere keer als ik hier in huis vreemde voorwerpen aantref zou ik mijn schouders moeten ophalen. Niels en Toby en hun vriendjes lopen hier in en uit zonder dat ik het allemaal precies kan volgen – maar is dat echt de verklaring?

'In elk geval is Babette volgens Leander gelukkig nog steeds ongedeerd,' vervolgde Beatrijs.

Hij verstrakte. Als hij hierop inging, werd het bonje. Aan de telefoon met Gwen was het ook al een paar keer kantje boord geweest. Leander voor, Leander na. Om te voorkomen dat hij Beatrijs voor het hoofd zou stoten, veranderde hij van onderwerp. 'Zeg, maar ik heb je nog helemaal niet over je werk gehoord. Heb je de laatste tijd nog iets moois gekocht? Of verkocht?'

Ze bloosde. 'O, weet je dat dan nog niet? Ik ben ermee gestopt.'

'Wat zeg je nou?'

'Ja, van de zomer al.'

'Wat! Maar waarom? En wat doe je nu dan?'

'Ik... assisteer Leander.'

'Hoezo?'

Ze werd nog roder. 'Hij geeft door het hele land cursussen en seminars. Daar komt wel het een en ander bij kijken, hoor.'

Laurens zag het voor zich. In naar wierook geurende zaaltjes vol Zinzoekers was Beatrijs nu dus bij wijze van spreken de juffrouw die de illusionist zijn ballen aangaf en de weesmeisjes hielp doorzagen. Nog tamelijk zachtzinnig zei hij: 'Meisje, meisje. Wat een stap.'

'Het is míjn leven, Laurens.'

Met van teleurstelling een hol gevoel in zijn maag zette hij het espressoapparaat aan. Zorgvuldig mat hij koffie af.

'Ik wil iets bijdragen. Ik ben veel te lang louter in materiële zaken blijven steken. Door me dienstbaar te maken aan Leanders gaven kan ik...'

'Hier. Wil je er een afzakkertje bij?'

Ze schrok van de koffie die hij voor haar neerzette. Haar mond vertrok zenuwachtig. 'Je wilt het helemaal niet horen, hè? Hoe ik het zie.'

'Nee,' zei hij fel, tot zijn eigen verbazing. 'Inderdaad. Dat klopt.' Hij keek haar recht in de altijd wat treurige bruine ogen. Hoe minder hij over haar leven en haar keuzes wist, hoe beter. Hij wilde helemaal niet weten hoe ze het voor zichzelf blijkbaar allemaal aan elkaar wist te kletsen, hij wilde haar niet kennen als iemand die zich liet gebruiken door een zwendelaar, een esoterische kwakzalver, hij wilde zijn respect voor haar niet verliezen, aangezien zonder respect, zo was het toch, vriendschap onmogelijk was. Hij begon op zijn onderlip te kauwen, hij moest iets zeggen, maar het leek hem opeens allemaal even pijnlijk.

'Als weduwnaar sta je niet boven de wet, hoor! Er is iets verschrikkelijks in je leven gebeurd, maar dat geeft je nog niet het recht om zo om je heen te slaan!'

Stijf zei hij: 'Ik ben je erg dankbaar, echt, dat je vanavond bent gekomen om te helpen met Veronica's kleren.' Dat de kwal haar zomaar een hele avond had laten gaan, fasten your seatbelt, Beatrijs, jij krijgt straks thuis de rekening gepresenteerd. 'Ach, lieve schat,' zei hij, inbindend, 'ik bedoel alleen maar...'

Ze had haar schouders zo ongeveer ter hoogte van haar oren opgetrokken. 'Zal ik maar vast naar boven gaan, om te beginnen?'

'Goed.'

Ze waren toch uitgepraat.

Mismoedig ruimde hij de keuken op en zette de vaatwasmachine aan. Hij plukte Toby bij de televisie vandaan en deed hem in bad. Zittend op het deksel van de wc keek hij toe hoe zijn zoontje de drijvende bergen badschuim aan vlokken sloeg. Al die heerlijke levenslust. Al dat gebrek aan memorie. Straks, of morgen, zou Toby reden hebben om weer even hartverscheurend om mama te huilen, maar tussen de momenten van verdriet leefde hij energiek door. 'Hé, kikker van me,' zei hij, verloren.

'Ik ben een krokodil, papa.'

Hij moest nog naar het nieuwe liedje vragen, maar hij kon het niet aan om in samenzang uit te barsten terwijl Beatrijs op hoorafstand rondliep, op haar lelijke sportschoenen. En die soeprok! Tante rolmops hoorde in een ietwat krap zittend mantelpak, liefst fuchsiaroze, met een buitenissige broche op een van de revers. Hier moest

Leander achter zitten. Die wilde, onder het mom van een kosmisch verantwoorde theorie over de gewenstheid van een bescheiden voorkomen, natuurlijk niet dat zij er al te appetijtelijk bij liep. Een soort Amish-aanpak. Met een zuiver wit kapje op en een schouderdoek om met z'n allen sobere quilts quilten, bij kaarslicht. Maar Beatrijs ondertussen wel die walgelijke, platvloerse ring aan de vinger schuiven. Een signaalring: de draagster was iemands bezit.

Hij dacht: Laat het toch gaan, jongen. Wat kan het je schelen?

Hij droogde Toby af, trok hem zijn Bugs Bunnypyjama aan en las hem twee keer *Vijf Brandweermannetjes* voor. Daarna ging hij naar beneden om Niels te zeggen dat hij nog een halfuur tv mocht kijken. Toen was er geen ontkomen meer aan. Met een rol vuilniszakken onder de arm ging hij de trap weer op.

In de slaapkamer had Beatrijs Veronica's gedeelte van de grote kast al leeggehaald. Stapels kleren lagen op het bed. Haar sleetse spijkerbroeken. Het malle shirtje met de opgenaaide kraaltjes dat ze zo graag had gedragen. Het mooie zwarte Kenzo-jasje. Het bloed vloog hem naar het hoofd. Hij moest zich op de rand van het bed laten zakken.

Beatrijs hield een korenblauwe zomerjurk omhoog. 'Die hebben we samen nog gekocht.' Ze klonk alsof ze op het punt stond in tranen uit te breken.

'Godallemachtig. Wat een luguber karwei.'

'Maar ik vind het wel verstandig van je. Die spullen moeten toch een keer het huis uit.'

Hij scheurde een vuilniszak van de rol. Zwijgend begon hij er lukraak kleren in te proppen.

Ook Beatrijs pakte een zak. Ze schoof er een hele verzameling bloesjes in. 'Wil je dat ik ze naar het Leger des Heils breng?'

Dan zou om de hoek van iedere straat haar blauwe jurk kunnen opduiken, of een van haar geliefde houthakkershemden, en iedere keer zou de adem hem in de keel stokken omdat er een ander lichaam in zat dan het hare, dat heerlijke lichaam van haar. 'Ik zet alles liever bij het vuilnis. Dus als er nog iets bruikbaars voor je tussen zit, moet je nu je slag slaan.'

''t Is mijn maat niet.'

Hij grabbelde een vest te voorschijn. 'Zo'n ding past toch iedereen? Hier. Als aandenken.'

'Blauw was Veronica's kleur.'

Plotseling moest hij zich beheersen om niet tegen haar uit te vallen. Mens, dan neem je toch een andere kleur! Veronica zou haar vriendin er nooit zo tuttig bij hebben laten lopen. Ze zou haar die misselijke Leander-kleren allang eigenhandig van het lijf hebben gestroopt. Waarom zei Gwen er niet iets van? Maar Gwen was blind van de zorgen. Abrupt zei hij: 'Ik ga Niels even een nachtkus geven.'

Hij kon, besefte hij op de gang, het niet maken onaardig te zijn tegen Beatrijs, een van de hartsvriendinnen van zijn vrouw, terwijl ze hem nog kwam helpen ook. Zijn zoontje lag nog niet in bed. In zijn jack zat hij aan zijn tafeltje een stripboek te lezen, het hoofd in de handen gesteund.

'Het is halfacht geweest, buster.'

'Ik heb geen slaap.'

'Jawel, je hoofd rolt er bijna af.'

Niels reageerde niet. Hij schopte ritmisch tegen een tafelpoot terwijl hij de bladzijde omsloeg.

Laurens dacht: Ik moet met hem praten, ik moet hem

zien te verlossen van dat geheim van hem. Machteloos zei hij: 'Nog een kwartiertje dan. Maar geen minuut langer. Ik kom zo terug om te kijken of je erin ligt.'

Met het gevoel op alle fronten te falen ging hij weer naar Beatrijs die net een vuilniszak met schoenen vulde. Hij kon zien dat ze had gehuild.

'Ik neem alles zo wel mee. Anders zit jij misschien nog dagen met die zakken in de gang. Weg is maar weg.'

'Jij kunt verbazend praktisch zijn, Beatrijs.'

'Ja, en het is stuitend hoe iedereen daar altijd van opkijkt.'

'Nu alleen dit kastje nog.' Hij trok de bovenste lade met ondergoed open. Zijn slapen begonnen te bonzen. De laatste keer dat hij in deze la had gekeken, in een eerdere, mislukte poging om op te ruimen, had dat gebloemde behaatje toch niet bovenop gelegen? Het was oud en verwassen, Veronica had het in geen jaren gedragen, maar iets weggooien had ze nooit gekund. Zelfs haar oude ondergoed werd bewaard, onder lagen lingerie van recentere datum.

'Wat sta je te staren?' Beatrijs kwam naast hem staan. 'O.'

Hij griste een vuilniszak van de grond en kiepte de inhoud van de hele la erin.

'Laat mij dit maar doen.' Met zachte hand duwde ze hem opzij. Ze trok de volgende lade open. Ze griste er een stapeltje slipjes uit en propte die in een zak. 'Toe nou maar, Laurens. Zet jij de rest alvast in de auto.'

Met een koortsig gevoel droeg hij een arm vol zakken naar beneden. Soms had Veronica hem, met uitgestreken blik, midden op een drukke receptie, een verjaarsfeest, in een winkelstraat, achteloos een in elkaar gefrommeld zwartkanten slipje in de hand gedrukt: ik heb zin in jou.

Beatrijs' auto stond vlak voor de deur geparkeerd. Maar zonder haar sleutels kon hij niet met inladen beginnen. Veer, ik zet je even op de stoep, oké?

Nee, dat kon natuurlijk niet. Hij sleurde de zakken weer naar binnen. Met gesloten ogen rustte hij even uit tegen de muur van de gang, waar de ingelijste vakantiefoto's hingen waarop ze met z'n allen nog één grote familie waren. 'Beatrijs!' riep hij omhoog.

'Bijna!' riep ze terug.

Hij zag voor zich hoe ze nu de laatste flinterdunne niemendalletjes inpakte. Maar waarom eigenlijk? Waarom deed zij dat, en niet hijzelf? Christus, wat was ze er snel bij geweest om hem opzij te duwen, die broekjes bij elkaar te graaien, zich te ontfermen over Veronica's ondergoed!

Waar hadden vrouwen vriendinnen voor? Om vertrouwelijk mee te kunnen kletsen. Kijk maar naar de foto's, pal voor zijn neus. Hier, daar zaten die twee, een paar jaar geleden, allebei met een grote zonnehoed op en naar elkaar toe geleund boven een tafel zo wanordelijk en kaalgevreten dat het leek alsof er zojuist een zwerm kraaien was gepasseerd. Veronica luisterde, in de Veronica-luisterhouding: haar kin in de hand gesteund, met de andere hand het haar uit het gezicht weghoudend. Beatrijs zei iets: haar mond stond halfopen. Weet je, Veer, eigenlijk verveel ik me te pletter bij Frank.

Levens die al vanaf de kleuterschool waren gedeeld, confidenties die je alleen aan elkaar kwijt kon, aan een half woord had je al genoeg.

Het was alsof hij een stomp in zijn maag kreeg. Het kon haast niet anders of Beatrijs moest weet hebben van wat hijzelf uit alle macht wilde vergeten. Vergeten was het woord niet eens. Verboden had hij het zichzelf de afgelopen maanden, strikt verboden, om erbij stil te staan. Twaalf jaar saamhorigheid en plezier, dat was het batig saldo van zijn huwelijk. Haar slappe lach, haar lange bruine benen, haar verzotheid op zoete nagerechten, de manier waarop ze soms met samengeknepen ogen van inspanning zijn das voor hem strikte, dat was Veronica geweest, zíjn meisje. Maar gezien de snelheid waarmee Beatrijs haar ondergoed had verdonkeremaand, had zij blijkbaar geweten welk slipje zijn meisje die dag had gedragen.

Twaalf jaar getrouwd, en dan opeens zo'n eclatante verovering. Dat had ze natuurlijk nooit vóór zich kunnen houden. Hoe had hij zich wijs kunnen maken dat vrouwen onder elkaar over zoiets zouden zwijgen? Wat me nou is overkomen, Beatrijs. Ik was van de week zowat te laat voor mijn trein, dus ik schiet de eerste de beste deur in om maar aan boord te zijn, en dat blijkt die van de fietsenwagon te zijn. En je raadt nooit ...

Beatrijs kwam de trap af. 'O, je hebt mijn sleutels nodig. Ik heb de achterbank al ingeklapt, dus er is een hoop ruimte.'

Zonder haar aan te durven kijken pakte hij de sleutels aan, ging naar buiten, smeet de zakken achter in de auto en rende meteen weer naar boven, voor de laatste vracht. Hij zou haar natuurlijk nog iets te drinken moeten aanbieden ook, hij kon haar niet plompverloren wegsturen.

Ze stond in de gang bij de kapstok. 'Neem ik haar jassen ook mee? Laurens?'

'Ja. Graag.'

Met Veronica's regenjas en haar gewatteerde jack kwam ze hem achterna. Hij nam de jassen van haar over, propte ze tussen de zakken en gooide de klep van de auto dicht. Ze legde een hand op zijn arm. 'Je bent er helemaal naar van, hè?'

Het was maar één keer, wilde hij zeggen, het komt in de beste huwelijken voor. Maar was dat wel zo?

Hier, in zijn eigen huis, aan zijn eigen keukentafel, had Veronica haar vriendin vermoedelijk het hele verhaal verteld. Op een lacherige toon, die moest verbergen hoe gevleid ze zich had gevoeld. Moet je nagaan, een eerstejaars student, nog wel. Weg- en waterbouwkunde. Mm? Ja, achttien, goed geconcludeerd, Beatrijs. Hij was net bezig zijn kamer in te richten. De conducteur had tegen hem gezegd: 'Ga jij maar liever bij de fietsen zitten, jongen, met die enorme matras van je.'

'Zo wil ik je niet alleen laten, Laurens. Zullen we samen nog even...'

'Nee, ga maar. Ik red me wel.'

'Weet je het zeker? Dan pak ik mijn tas.'

Hij wachtte, naast de auto. Mijn god, ze wist het. De verhalen die tante Beatrijs zijn jongens over hun moeder zou kunnen vertellen.... En misschien had ze het, vanwege die halve vrijpartij van destijds, in de bongerd, nog wel een koekje van eigen deeg gevonden ook. Ach, Laurens is zelf ook niet brandschoon, hoor.

Daar was ze weer, een bezorgde trek op haar gezicht. Werktuiglijk bukte hij zich om haar te kussen. 'Ik ben je eeuwig dankbaar.'

Ze maakte een wegwuivend gebaar. 'Neem maar gauw een lekkere borrel.' Toen stapte ze in.

Voor de vorm bleef hij nog even staan. Hij hief zijn hand en zwaaide.

Eenmaal terug in huis wist hij niet wat hij met zichzelf moest beginnen. Hij zette de televisie aan, zapte zonder iets te zien langs de kanalen en zette het ding weer uit. Hij ging naar de keuken, pakte de post uit de fruitschaal, maar legde de hele stapel meteen terug, opeens beducht voor Veronica's naam in een onbekend handschrift op een envelop. Wie zei dat ze geen adressen hadden uitgewisseld? Ergens liep er iemand rond die dacht dat zij nog leefde: hij had per slot van rekening geen rouwkaart ontvangen, hij kon nog volop bezig zijn met haar in contact te komen.

Nee Bea, natuurlijk was ik nergens op uit! Toen we uit het station wegreden, dacht ik alleen maar dat ik niet moest vergeten een pak van Laurens bij de stomerij op te halen.

Hij wou dat hij niet gestopt was met roken. Hopelijk lag er links of rechts nog een pakje, goed verstopt. Maar net toen hij aan een zoekactie wilde beginnen, schoot Niels hem te binnen. Opgelucht omdat hij tenminste even een welomschreven doel had, ging hij naar boven. Op de trap zag hij al een streep licht onder de deurkier. Betrapt, buster.

Het stripboek lag opengeslagen op het bureautje, pal onder de lamp. Hij verplaatste zijn blik naar het bed, maar om een of andere reden zag hij eerst de vrijwel lege plank erboven. Leeg? Waar waren Niels' geliefde autootjes dan gebleven? Wat gebeurde er toch allemaal in zijn huis?

Pas toen zag hij dat zijn zoontje niet in bed lag. Zijn zenuwen stonden zo strak, dat het zweet hem ogenblikkelijk uitbrak. Gedurende een fractie van een seconde vlogen zijn ogen in het rond. Van het dekbed met de rode racewagen erop, naar de kastdeur vol posters, naar de gymschoenen die op hun zijkant op de biezen mat lagen, naar het fort van lego, dingen die stuk voor stuk veiligheid uitstraalden, geborgenheid, bescherming, in een wereld waar op ieder speelveldje een kinderrover op de loer kon liggen. Gelukkig heeft hij zijn jack aan, dacht hij onlogisch.

Zonder te weten wat hij deed raapte hij de gympen op en zette ze in de kast. Hij moest... gaan bellen, dat was het. Zijn kind was er natuurlijk gewoon stiekem tussenuit geknepen en zat bij een vriendje. Bij... of bij... De schrik had alle namen uit zijn hoofd gevaagd. Of was er iets anders aan de hand? Was dit soms menens? Heette dit weglopen? Waarom weglopen? Was het omdat hij Veronica's kleren had opgeruimd? Was dat voor Niels te vroeg gebeurd? Zijn bezwete voorhoofd werd ijskoud. Hij had van haar spullen moeten afblijven. Dan had hijzelf rustig kunnen doorgaan met vergeten dat zij haar toevlucht in vreemde armen had gezocht, en Niels zou gewoon bij hem zijn gebleven. Wat had hij ontketend?

Zijn oog viel op het beddengoed. Tussen de kreukels van het dek was de mouw van een beige trui te zien: haar trui met de wijde sjaalkraag lag er nog. Naar adem snakkend zei hij hardop: 'Zie je nou wel? Ik heb heus niet alles weggedaan, hoor.'

Op hetzelfde moment hoorde hij Niels' stem, vanuit Toby's kamer.

'Babette,' zei zijn zoontje op dwingende toon, 'Babette, kun je me horen? Geef antwoord, Babette.'

## *Betrapt*

'Wat heb je daar nou een schurftige bank staan, pa? Gimme a break!' Op de drempel van de woonkamer stond Yaja stil, rillend van een blijkbaar niet in te tomen afgrijzen. Toch kwam ze naar binnen en liet haar weekendtas op de vloer vallen, pal naast de drijfschaal met daarin twaalf vredig dobberende waxinelichtjes.

'Dag Yaja,' zei Beatrijs, met tegenzin de krant dichtslaand. Bij drijvend kaarslicht zitten lezen, wat zojuist nog een genoegen had geleken, was in Yaja's ogen vast een verregaande vorm van aanstellerij.

'Kruip maar lekker bij de haard. Ik zal een vuurtje voor je maken,' zei Leander. Zorgzaam hielp hij zijn dochter uit haar doorweekte jack. Allebei waren ze, op het korte stukje van het station naar huis, compleet verregend geraakt. Onder al het doorgelopen zwart, rood en wit leek Yaja's gezicht kleiner dan anders, kwetsbaarder.

Beatrijs schaamde zich dat ze werktuiglijk had gedacht: Daar heb je die drakenpit weer. Vastbesloten haar beste beentje voor te zetten repte ze zich naar de badkamer om een paar handdoeken te pakken. Ze had klaar willen zitten met thee en zelfgebakken scones, maar het beslag had niet willen pakken, ze had er geen *cohesie* in kunnen krijgen, het meel had het eenvoudig vertikt om de melk te absorberen – misschien had het gelegen aan het feit dat ze alleen halfvolle melk in huis had gehad, maar voor zoiets moesten ze je op de verpakking eigenlijk waarschuwen. De mislukking had haar een gevoel van agitatie bezorgd, en nu die regenbui nog, ze zou haast denken dat ook die haar schuld was.

Yaja stond in de woonkamer nog steeds misprijzend naar de antieke chaise longue te kijken.

'Die komt uit mijn vorige huis,' verdedigde Beatrijs haar meubelstuk. Ze liet haar hand even over het satijnen gobelin glijden. Toen gaf ze haar lease-dochter een handdoek.

'Wóónt zij hier soms opeens?' vroeg Yaja aan haar vader.

'Jazeker. Waarvoor hebben we twee huizen nodig? Je weet, ik hou niet van overbodige luxe.' Hij was bezig hout in de haard te stapelen.

'En waar moet ik dan blijven?'

'Gewoon, op je eigen kamer hier.'

Beatrijs knielde bij hem neer om zijn haar af te drogen. 'Niet alleen wonen we nu samen, Yaja, we gaan...'

'Beatrijs. We willen misschien eerst iets drinken.'

Hij wilde het natuurlijk zelf aan Yaja vertellen. Als zij, onbesuisd als altijd, haar mond opendeed, kwamen er alleen maar brokken van, en dan moest hij haar later weer corrigeren, waar hij een vreselijke hekel aan had. Snel stond ze op.

In de keuken vond ze gelukkig een pak spritsen, voor bij de thee. Hij was het met de chaise longue *wel* eens, dat had hij zelf gezegd. Hij had waardering voor het ambachtelijke handwerk dat in zo'n eeuwenoud bankje zat. Met toewijding en geduld waren uit ebbenhout de poten gedraaid, met aandacht was het Franse-leliemotief steekje voor steekje door nederige handen op de bekleding geborduurd. De chaise longue was geen pronkstuk, maar in feite een onthaastingsmonument, een anti-pretentie-monument.

Frank had haar voor gek verklaard dat ze verder niets uit hun oude huis had willen meenemen. Maar waarom moest een mens zeventien verschillende vazen en twaalfhonderd louter decoratieve objecten bezitten? Laat staan al die halve serviezen die op zolder lagen opgeslagen voor het geval ze ooit weer eens van pas zouden komen. Al die dozen met vergeelde correspondentie uit de tijd dat er nog brieven werden geschreven, al die fotoalbums, al die boeken die je toch nooit meer zou herlezen, al die kussens in hun glanzende, kleurige sloopjes, al die mandjes met gedroogde hortensia's: louter ballast. *Typisch* Frank om op de proppen te komen met een consciëntieuze lijst in drie kolommen ('Beatrijs', 'Frank', 'Gezamenlijk'). Ze had haar Alice in Wonderland-collectie nog geen tel gemist, werkelijk geen seconde.

Ze droeg het blad met de theespullen naar binnen.

Leander zat in de zandkleurige ribstoel voor de haard. Het vuur knetterde. Hij had wierook aangestoken. Er kwam een brok in haar keel. Bij hem was haar leven pas werkelijk begonnen.

'Yaja is even naar de badkamer om haar make-up bij te werken.'

'Goed.' Gedachteloos pakte ze de theepot op, maar zette hem net op tijd weer neer. Ze ging bij Leander op de grond zitten en leunde met haar rug tegen zijn knieën. Ze voelde zijn handen over haar schouders in haar blouse glijden. Hij omvatte haar borsten. Met een zucht liet ze zich nog dieper tegen hem aan zakken. Wat hadden ze dit weekend samen niet allemaal kunnen doen, zonder Yaja.

Juist op dat moment kwam het kind de kamer weer in.

Haar ogen werden wijd. 'Doe normaal, zeg.'

Beatrijs schoot onder Leanders handen vandaan en ging rechtop zitten.

'Kom je gezellig bij ons?' Leander strekte een arm naar zijn dochter uit.

Yaja griste een sprits van het blad en liet zich met lomp geweld neervallen op Beatrijs' ranke chaise longue. Ze was van top tot teen in zwart fluweel gekleed, het was een ingewikkeld gewaad met laagjes en losse draperieën. De scherpgepunte hondenband ontbrak vandaag. Om haar hals hing nu een koord met tanden die eruitzagen als archeologische vondsten. Op haar witte voorhoofd stond 666, in purperen lippenstiftletters. Kauwend op haar sprits vroeg ze klaaglijk: 'Gaan we nog iets doen?'

'Eerst even bijpraten,' zei Leander.

'Moet zij daarbij blijven?'

Het was een blijk van vertrouwen, benadrukte hij altijd, dat Yaja geen blad voor de mond nam: ze wist dat Beatrijs en hij óók van haar hielden als ze lelijk deed.

In het licht van zijn onvoorwaardelijke liefde voelde ze zich soms kleingeestig en bekrompen. Zeker als ze zag hoe hij zich nu al maanden voor Gwen inzette. Iedere middag liet hij, rond het vermoedelijke tijdstip van Babettes verdwijning, alles varen waarmee hij bezig was, om zich met de foto's en speeltjes van de baby terug te trekken in zijn studeerkamer. Het was ontzettend aardig van hem om Gwen zo bij te staan. Hij had geen geschiedenis met haar, geen gedeeld verleden. Hij deed het omdat Gwen háár vriendin was. Het minste dat zij op haar beurt kon doen, was proberen het zijn dochter naar de zin te maken.

Leander vouwde zijn handen langs zijn neus. 'Ik heb

vanochtend een nogal verontrustend telefoontje van Laurens gehad, Yaja.'

Beatrijs schrok op. 'Van Laurens?' Ze voelde haar mondhoeken trillen. Ze was toch hopelijk niet vergeten Laurens op het hart te binden dat hij onder geen beding mocht laten blijken dat zij gisteren zowat de hele avond bij hem thuis was geweest? Zoiets kon Leander nu eenmaal niet aan.

Ze had het nog wel zo goed geregeld. Hij zou met het eten niet thuis zijn: voor zijn seminars moest hij drukwerk ophalen en daarna een zaal gaan bekijken voor een project dat op beginnen stond, een wekelijkse openbare psychometriesessie. Het was koopavond geweest, dus ze had een goede smoes gehad als hij toevallig had opgebeld en haar niet thuis had getroffen. Dagen vooraf al was ze op een onbewaakt moment even bij V&D langs geweest om het rolletje naaigaren te kopen dat als verklaring voor haar afwezigheid zou dienen. Ze had er zelfs aan gedacht, voor het geval hij vroeg thuiskwam, in de keuken een koekenpan, een pollepel, een bordje en bestek in het afdruiprek te leggen, alsof ze tijdens zijn afwezigheid in haar eentje een omelet had gegeten. En op de terugweg naar huis had ze in een straat waar huisvuil buiten stond, snel de zakken met Veronica's kleren tussen de andere gezet. Echt, ze had het uitstekend georganiseerd.

Maar ineens zag ze weer voor zich hoe ze met maagpijn van de spanning de vuilniszakken zo vlug mogelijk en in het wilde weg had gedumpt, en ze kreeg het warm van gêne: zoiets moest je liefdevol doen, dat mocht je niet respectloos afraffelen. Veronica zou het zelf heel anders hebben aangepakt, zij zou trouwens ook nooit een kledingstuk van een dode vriendin hebben geweigerd, zij zou dat vest hebben aangenomen, met een welgekozen woord van oprechte dank, ze zou het dikwijls en met plezier hebben gedragen, ze zou het soms zelfs speciaal hebben aangetrokken om er, tijdens een herfstige wandeling, in haar eentje een beetje in te gaan lopen mijmeren en herinneringen ophalen.

Beatrijs bracht haar handen naar haar gloeiende wangen. Ze schoot schromelijk te kort. Rouwen kostte *tijd*, rouwen betekende dagelijks aandachtig stilstaan bij wat er was gebeurd, maar waar moest ze die uren voor zichzelf vandaan halen? En hoe had ze ooit thuis kunnen komen met een vest dat verraadde dat ze de avond bij een andere man had doorgebracht? Veronica had gemakkelijk praten gehad met een echtgenoot als Laurens. Met iemand die het eenvoudig geen zier kon *schelen* wat zijn vrouw… Maar nee, op de keper beschouwd was dat niet waar, anders zou hij nooit zo zijn geflipt, compleet over de rooie, had ze zelf gezegd, wat in feite, kijk nou eens aan, alleen maar betekende hoe *normaal* het was als een man, dat zag je zelfs aan Laurens, zijn vrouw exclusief voor zichzelf wilde.

'Laurens belde?' Yaja pakte nog een sprits. 'Die is wel cool, dat is nou best een lekker ding, voor iemand van zijn leeftijd tenminste. O, kijk nou naar die kop van haar! Zij ziet hem ook wel zitten! Wat let haar? Hij is vrij.'

De oude moordlust welde weer in Beatrijs op. Het was allemaal al ingewikkeld genoeg.

Leander keek haar even aan. Toen zei hij tegen Yaja: 'Hij beweerde dat jij je in het bijzijn van zijn kinderen met occulte nonsens hebt ingelaten, die avond nadat de baby was verdwenen. Dat heeft blijkbaar zo'n indruk op Niels gemaakt dat hij sedertdien regelmatig je kunsten nadoet, met zijn broertje als publiek.'

Yaja begon te gieren van het lachen. 'Yo, wat een stel mottenballen!'

'Voor jou zijn zulke dingen misschien een grapje. Maar ik waarschuw je, het zijn geváárlijke grapjes. Je loopt het risico er krachten mee te ontketenen die je niet beheerst. Wat je doet, is niet minder dan een poort naar gene zijde tot stand brengen.'

Het meisje haalde haar schouders op. Onaangedaan begon ze strengetjes in haar haar te draaien.

Beatrijs was razend benieuwd waarop Leander doelde, maar ze kwam voor geen goud tussenbeide: zo vaak maakte ze het niet mee dat hij Yaja op de vingers tikte, dichter in de buurt van een reprimande had ze hem nog nooit gezien. Ga door. Ga *door*!

'Had-ie nog meer?' Yaja gaapte.

Leander snoof laatdunkend. 'Ja, je kent Laurens toch? Hij liet de kans natuurlijk niet voorbijgaan om mij ook nog verwijten te maken. Ik zou iets tegen Niels hebben gezegd waardoor dat jongetje dacht dat Babette door zijn toedoen is verdwenen.'

'Hoe bedoel je?' vroeg Beatrijs. Norse Niels was haar lieveling.

'Ach, godin, vermoei jij er je lieve hoofd niet mee.'

'Alsjeblieft zeg! Als jullie aan ranzige onderonsjes beginnen, ben ik weg.' Yaja kwam al half overeind.

Haastig zei Leander: 'Laten we gezellig een spelletje Rummikub doen.'

'Rummikub? Je bedoelt serieus Rummikub?'

'Ja, ik heb het al klaargezet. Daar. Op tafel.'

Met een ruk boog Yaja zich voorover. Haar nog vochtige haren sliertten zowat langs de vloer. 'Dat is gewoon je reinste tirannie! Je gaat toch niet iets kláárzetten waar ik niet om heb gevraagd, klepzeiker! Jij bent maar goed in één ding, en dat is het doordrijven van je eigen zin. Kun je niet eens een keer vragen wat ik zou willen?'

Leanders gezicht vertrok. Zijn ogen draaiden enigszins weg. Als er maar geen migraineaanval dreigde. Bij de gedachte alweer een weekend met Yaja te moeten optrekken terwijl haar vader in een verduisterde slaapkamer lag, zonk de moed Beatrijs in de schoenen. Het was pas vrijdagmiddag.

Hij keek op zijn horloge. 'Sorry, maar het is zowat mijn tijd. Ik moet me even op Babette concentreren.'

Zodra hij de deur achter zich had gesloten, wendde Yaja zich voor het eerst rechtstreeks tot Beatrijs. 'Wat een schijterd,' zei ze, langzaam en voldaan. Toen stond ze op, ongewoon kwiek, alsof ze haar ziel aan die woorden had gelaafd, en viste een tijdschrift uit haar weekendtas, waarmee ze zich weer op de chaise longue liet zakken, haar gelaarsde voeten bungelend over de leuning. Op het omslag van het blad stond een gehoornd wezen afgebeeld dat met een satanische grijns naar Beatrijs staarde, terwijl het onder zijn hoeven iets verpulverde waarnaar ze maar niet al te nauwkeurig keek.

Ze had zelf een dochter van die leeftijd kunnen hebben. Het hadden er zelfs drie kunnen zijn, maar geen van hen was het geschenk van het leven gegund geweest. En hier zat Yaja, wier hele bestaan draaide om het afwijzen van alles wat ademde en leefde en de moeite waard was, Yaja die liever de duisternis omhelsde dan haar eigen vader.

En bij die gedachte kwam ze overeind en begon ze, zonderling kalm, de theeboel op te ruimen. Straks zou ze Gwen bellen, zoals ze elke dag om deze tijd deed. Als haar vriendin er oren naar had, zou ze haar zeggen: 'Ik geloof dat ik eindelijk snap waarom ik Yaja het liefst zou willen *pletten*.'

In de keuken waste ze de kopjes maar vast meteen om. Het was opzienbarend in hoe korte tijd ze had geleerd plezier te putten uit de simpelste karweitjes. Je moest alles wat je deed je onverdeelde aandacht geven, dat was het geheim. In andermans huis, waar je niets op je routine kon doen, ging dat bijna vanzelf.

Toen ze de keuken weer verliet, zag ze Leander in de donkere gang net uit zijn werkkamer komen. Haar hart sprong op bij het besef dat ze binnenkort zijn vrouw zou zijn. Niet alleen zijn zielsbeminde, zijn aanbedene, zijn alles, maar officieel zijn echtgenote. Hij zou erdoor ontspannen, dat wist ze zeker. Zodra ze voor het oog van de wereld de zijne was, alleen de zijne, louter de zijne, zouden zijn hoofdpijnaanvallen voorbij zijn. Het vertederde haar dat zo'n grote geest toch zo onzeker en behoeftig kon zijn. Zo kinderlijk. Zij kende kanten van hem die de wereld nooit zag. Alleen bij haar kon hij zichzelf zijn.

Met ongewoon logge, trage passen kwam hij op haar af, de handen tegen de slapen gedrukt. Vlug deed ze het licht aan.

Hij knipperde met zijn ogen. Hij zag zo wit als een doek. 'We moeten Gwen bellen,' bracht hij uit. 'En de politie verwittigen. Ik heb een plaatsaanduiding doorgekregen.'

Met Toby aan de hand liep Niels door de motregen naar huis, schoppend tegen de afgevallen bladeren op de stoep. Hij was terneergeslagen gestemd. Vanmiddag was de herfstvakantie begonnen, en wat hij heel goed wist en wat hij zijn broertje al honderd keer had voorgehouden: ze gingen nergens heen.

Hun vader had de hele week vrij genomen. Het was maar goed dat hij een eigen bedrijf had, zei hij vaak, want anders zou het allemaal nog een stuk lastiger zijn geweest. Alleen was er, doordat hij nu minder werkte en mama's salaris er ook niet meer was, veel minder geld voor uitjes.

Niels vond het zo zielig voor zijn broertje dat hij hem onder een lantaarnpaal een harde duw gaf. Zelf was hij op z'n vierde naar Euro Disney geweest. Dat zat er voor Toby niet in. En was je eenmaal vijf, dan trapte je echt niet meer in Goofy en Minnie.

Alsof hij dat zelf ook inzag, zat Toby blèrend op de stoeprand. Boos sjorde Niels hem overeind en trok zijn capuchon recht.

Het was trouwens wel raar als je opeens in de gaten had dat Goofy en Minnie niet echt waren, maar enkel verklede volwassenen die rare stemmen opzetten. Papa zei dat het kwam doordat er allerlei soorten echt waren. Als je bijvoorbeeld keihard aan het spelen was, dan dacht je soms werkelijk dat je een cowboy was, of een menseneter. Maar naarmate je ouder werd, ontdekte je van steeds meer dingen die ooit echt hadden geleken, dat ze gewoon nep waren. Denken dat je een baby weg kon wensen, dat was ook nep, had hij gisteravond gezegd.

Niels kreeg weer warme wangen bij de herinnering aan hoe zijn vader hem op Toby's kamer had betrapt met het zwijgende glas tussen hen beiden in. Aandachtig had hij naar zijn uitleg geluisterd. Hij was niet kwaad geworden over de morfologische velden, hij had alleen maar gezegd: 'Als mensen zoiets met hun gedachten konden, dan zou iedere dag in iedere klas, floep, de meester subiet verdwijnen, denk je niet? En zelf zou ik dan vast ook allang op de maan hebben gezeten. Want wat wens jij me toe als ik zeg dat je geen nieuwe Nikes krijgt?'

Ook per ongeluk kon je iemand niet wegwensen. Maar wat je volgens hem wel kon doen, dat was het gekke, was iemand terugwensen. Het was niet zeker of je wens verhoord zou worden, want zo zaten wensen nu eenmaal in elkaar, maar proberen kon altijd. Van iemand wegwensen was nog nooit een mens verdwenen, maar met iemand terugwensen werden soms heel goede resultaten geboekt.

Plechtig dacht Niels, over een grote, donkere plas heen stappend: Kom terug, Babette, kom terug!

Het gaf hem een fijn gevoel, veel beter dan met het glas, waarvan papa had gezegd dat het ook nep was, Yaja-nep. Door zijn nobele wens voelde hij zich alsof hij een ridder was, met op zijn helm een zwierige, witte pluim. Lang niet iedereen had een vader die kon maken dat je zomaar opeens een ridder was. In feite was het een hele opluchting dat alles was uitgekomen.

En stel dat Babette nu werkelijk terugkwam dankzij hem.

Thuis trokken Toby en hij hun laarzen uit en zetten die onder de kapstok. Het was een naar gezicht dat mama's jassen er niet meer hingen. Maar als je dood was, dan had je geen kleren meer nodig. Ook dat had papa uitgelegd.

Hij was al thuis: Niels hoorde zijn stem in de keuken. Misschien was de rolmops weer op bezoek. Ineens schaamde hij zich dat hij zijn tante zo had genoemd. Ze had hem in de loop der jaren wel twintig autootjes gegeven. Zelfs een keer een Formule-1-wagen, een helgele bak met gelikte spoilers. In plaats van de keuken in te bolderen opende hij verlegen de deur.

'... dus nu heb ik je het vaak genoeg gevraagd!' zei zijn vader net. 'Geef antwoord, verdomme.' Hij zat met zijn rug naar de deur aan de tafel. Hij was alleen.

Niels greep zijn broertje bij de hand. Eigenlijk wilde hij meteen wegrennen, maar hij bleef staan, op zijn kousenvoeten, want wat kon er zijn om bang van te worden?

Toby rukte zich los. 'Hoi pappie!'

Eerst leek hun vader niets te horen. Toen draaide hij zich langzaam om. Zijn gezicht was bezweet. Hij nam hen op alsof hij zich amper kon herinneren wie ze waren. 'Hé, jongens,' zei hij ten slotte terwijl hij een glimlach nadeed.

Niels staarde naar het omgekeerde glas dat op tafel stond. Zijn keel werd droog van de schrik. Het werkte dus toch, want waarom zat zijn vader anders tegen dat glas te praten? Je zou altijd zien: omdat hij een volwassene was, zou Babette hem natuurlijk wél antwoord geven. En dan was de baby dus toch dood, want de doden móésten antwoorden, en dan kon niemand haar ooit meer terugwensen. 'Je zei zelf dat het nep was!' riep hij uit.

'Wat bedoel je?' vroeg zijn vader. 'Waar heb je het over?' Hij stond op en zette het glas achteloos op het aanrecht.

Maar die nonchalante houding was helemáál nep, dat zag Niels direct. Hij stoof de keuken uit. Hij rende de trap op. Je kon op niemand rekenen, niemand vertrouwen. Als ze niet doodgingen, dan logen ze wel tegen je. En dan moest je nog met twee woorden van ze spreken en met mes en vork eten ook! Op zijn kamer trapte hij het legofort omver.

Achter het raam dwarrelden in een bonte werveling afgewaaide bladeren door de schemering. De wind was net zo woest als hij. Hij klom in de vensterbank en keek naar buiten. Er donderden eikels uit de boom voor hun huis, hij kon de harde tikken horen waarmee ze op het dak van zijn vaders auto vielen. Net goed.

'Niels!' Toby rende op zijn korte beentjes de kamer in. 'We gaan pizza eten! Omdat het vakantie is.'

'En wie betaalt dat dan?' vroeg hij bars.

Toby's blije gezicht betrok. 'Papa toch?'

Bij de gedachte aan wat die stomme kleine big allemaal nog niet snapte, voelde Niels zich nog twee keer zo eenzaam worden. 'We hebben ook nog nieuwe schaatsen nodig, hoor! Straks is daar geen geld meer voor.'

Zijn broertje stak zijn onderlip naar voren. Onzeker frunnikte hij aan de boord van zijn trui. Ten slotte zei hij: 'Dan vraag ik schaatsen aan Sinterklaas.'

'Sinterklaas!' bauwde Niels hem na. 'Die bestaat helemaal niet, suffe snottebel!'

'Welles. Ik mag altijd bij hem op schoot.'

Bijna zei Niels honend: Dat is papa, eikel, met een aangeplakte baard! Waarom zou je eigenlijk een ridder met een witte pluim op je helm willen zijn? Je was veel beter af als struikrover, piraat of moordenaar: dan kon je iedereen tenminste op z'n bek timmeren. Maar om een of andere reden moest hij opeens denken aan wat zijn moeder altijd had gezegd, en de onaardige woorden bleven in zijn keel steken. 'Zo lief als jij altijd voor Toby bent, marsmannetje van me. Dat doen niet veel grote broers je na.'

Verontrust zei Toby nog eens: 'Welles!' Toen keek hij naar het kapotte fort. Zijn mond zakte open. 'Het kasteel is stuk!'

'Nou en?'

Zijn broertje was al op de grond gaan zitten. Hij begon de legoblokjes met zijn handen bij elkaar te harken. ‘Ik ga het weer heel maken.’

‘Lazer nou maar op.’ Niels sleurde hem onder zijn oksels omhoog. ‘Het komt niet door jou dat het stuk is, zeikerd! En je gaat toch pizza eten?’

‘Ja, stráks.’

‘Nee, nú.’

‘Kom jij ook?’ Toby treuzelde nog even bij de deur, maar toen het antwoord uitbleef, slofte hij met afhangende schoudertjes de kamer uit.

Niels ging op zijn bed zitten. Hij had het koud. Overdag zette zijn vader de verwarming natuurlijk uit, om geld te besparen. Het leek wel alsof alles moest tegenzitten. Het was de ene pech na de andere. Uitgerekend net nu hij van alles nodig had, was het geld op. Hij moest dringend andere kleren hebben, en van die gel voor in zijn haar, die de grote jongens ook allemaal gebruikten. Er leuk uitzien, dat was de eerste stap. Anders had hij geen schijn van kans bij Nicky.

Hij zat hier al op te broeden sinds de eerste keer dat hij haar had gezien, na de zomervakantie, in zijn nieuwe klas. Het was op dat moment net geweest alsof hij superblije muziek hoorde. Ze had zo’n mooie scheiding in haar haar, helemaal kaarsrecht. Ze hield haar tas zo ernstig vast. Ze tilde haar voeten bij het lopen voorzichtig op, alsof ze goed nadacht over alles wat ze deed, zelfs over zoiets gewoons als lopen. Maar het meest bijzondere waren haar ogen. Het waren net de koplampen van de nieuwe Alfa Romeo, bol en glanzend.

Niels zuchtte diep, terwijl hij dacht aan de ruiten in haar rokje, die groen en rood en volmaakt waren. Aan haar ronde knieën eronder. Aan haar stem, die bij het zingen soms een beetje bibberde. Aan de linkerhand waarmee ze schreef, en die je het gevoel bezorgde dat je haar moest helpen. Nicky. Dat iemand zo kon heten. Dat hadden haar ouders nooit zelf bedacht, dat hadden alleen de engelen in de hemel kunnen verzinnen.

In zijn klas was Perry op Barbara, Gijs was op Elisabeth, Herbert was op Annemarijn, dat was algemeen bekend. En hij was op Nicky, maar dat wist geen mens. Perry, Gijs en Herbert waren cool. Ze droegen skatebroeken. Hij had niks om aan te trekken en daarmee Nicky's aandacht op zich te vestigen. En hij kon ook niets speciaals, behalve begrijpend lezen dan, daarin was hij de beste van iedereen. Maar dat kwam doordat hij van kleins af aan met zijn vader mee had gemogen naar de drukkerij. Op die manier leerde je vanzelf vroeg lezen. Het was niet iets wat hijzelf tot stand had gebracht, niet iets wat hem stoer of uniek maakte.

Ineens ging hij rechtop zitten. Hij had zijn autokerkhof. Wie kon hem dat nazeggen? Perry, Gijs en Herbert hadden hun hele collectie autootjes gewoon in de kast staan, maar hij, hij had zijn liefste bezit eigenhandig ten grave gedragen. 'Hier nemen we voor altijd afscheid.' Dat moest wel betekenen dat hij de moeite waard was.

Ze zouden samen onder de sering kruipen, Nicky en hij. Ze zouden zo dicht naast elkaar over de grafsteentjes gebogen zitten dat hij de donshaartjes op haar armen bij wijze van spreken kon aanraken. Die waren ook zo leuk, met die sproetjes ertussen. Maar hoe moest hij het aanpakken om haar op het autokerkhof uit te nodigen?

Het begon in zijn kamer nu werkelijk steenkoud te worden. Aan de kraag trok hij mama's trui onder zijn dekbed vandaan en sloeg hem om zijn schouders. Zo met de mouwen over zijn borst gekruist, was het net alsof zijn moeder hem lekker vasthield. Ze had die trui gedragen op zijn laatste verjaardag, toen ze een spandoek op straat had opgehangen: NIELS = 7. Zij zou wel raad hebben geweten. Honderd procent zeker zou ze een nieuwe broek met hem zijn gaan kopen. En zijn haar had ze natuurlijk ook meteen opgelost, ze was keigoed in haar en dat soort dingen: in de badkamer had de wastafel vroeger altijd vol gestaan met haar flesjes en potjes. Er waren steeds nieuwe en andere bij gekomen, maar wat hetzelfde was gebleven, was haar favoriete parfum. Het zat in een peervormig, matglazen flaconnetje met een gouden dop erop. Niels had het net op tijd ingepikt, voordat zijn vader met opruimen was begonnen.

Hij liet zich van zijn bed zakken en kroop eronder. Helemaal tegen de muur geduwd stond zijn mama-bewaardoos, tussen vlokken oud stof. Erg vol was de doos niet, maar dat kwam nu eenmaal doordat zijn moeder nog maar kort dood was. De tijd zou er vanzelf nieuwe dingen aan toevoegen. Als hij groot was, zouden de herinneringen eruit puilen, en Nicky en hij zouden ze langzaam door hun vingers laten glijden, iedere avond, iedere avond, zolang als ze leefden.

Hij grabbelde in de doos. Blindelings duwde hij de foto opzij waarop zijn moeder hem een zoen op zijn neus gaf, op de rand van een of ander zwembad. Daaronder lag het flesje parfum.

Hij tijgerde ermee terug. Er zat een gemeen plastic stopje in de hals. Het kostte hem een halve nagel om het los te krijgen, maar zodra hij haar geurtje rook, voelde hij zich al minder alleen. Om het nog echter te maken, besloot hij wat van de vloeistof op haar trui te druppelen. Als hij er zuinig mee was, ging het flesje vast heel lang mee. Gretig duwde hij zijn gezicht in de pluizige wol. Mama, wat moet je doen als je verliefd bent?

'Niels!' riep zijn vader van beneden. 'We gaan eten!'

'Ik kom zó!'

'Nee, nu, Niels!'

Zijn vader was een bamibal. Boos liet Niels de trui van zijn schouders glijden en ging zijn kamer uit. Hij was al bij de trap toen zijn blik door de openstaande deur van de badkamer viel, op de twee glazen die naast elkaar op de wastafel stonden, allebei met tandenborstels erin. En meteen kreeg hij een geweldig idee. Hij schoot de badkamer in, griste een glas van de wastafel en stopte het, weer terug op zijn kamer, schielijk onder zijn kussen. Vanavond, als hij naar bed moest, zou hij het haar gewoon zelf vragen. Mama, hoe krijg ik Nicky mee naar mijn autokerkhof?

'Bel jij dan!' herhaalde Gwen wild. 'Toe nou, Tiem. Als ik het doe, maken ze zich er meteen van af, dan zeggen ze dat ik hysterisch ben of zo, maar jou geloven ze, jij moet ze bellen.' Hoeveel minuten waren er nu al verstreken sinds Leanders telefoontje? Al zeker drie! Nee, méér, want ze was vanuit de keuken eerst ook nog helemaal naar de kaarsenmakerij gehold in plaats van erheen te bellen, waar zat haar verstand?

'Maar het is zo weinig concreet,' zei Timo. Hij stond nog altijd in dezelfde houding als bij haar binnenkomst: half gebogen over een van de ketels met was, alsof het goede nieuws hem tijdelijk had verlamd.

'Niet voor de recherche. Voor hen is het juist een duidelijke aanwijzing wat Leander heeft gezien.'

Nu kwam hij eindelijk overeind. Hij veegde zijn handen af aan zijn broek. 'Denk je dat?' Hij klonk benard en hoopvol tegelijk.

'Natuurlijk! Dat is gewoon zo!'

Langzaam liep hij naar de telefoon op de werkbank. Hij nam de hoorn van de haak en keek haar aarzelend aan. 'Je hebt toch nog niets tegen de meiden gezegd, hè? Dat we ze geen valse hoop geven.'

Ze schudde het hoofd, de handen wringend van spanning. Ze was meteen het huis uit gerend, Klaar en Karianne bij hun gehavende Barbies achterlatend, en Marise en Marleen hadden de hele middag boven op hun kamer zitten mokken omdat hun judoles was afgelast. 'Bel nou, Timo!'

Fronsend keek hij naar het nummer dat op al hun telefoons was geplakt. Toen strekte hij zijn hand uit naar het toestel.

Het was alsof er tussen het intoetsen van elk cijfer een uur verstreek, misschien wel een dag, of zelfs een jaar. Ook het ritueel van namen noemen, doorverbonden worden en weer namen noemen, duurde zo lang dat het Gwen toescheen dat haar haren grijs werden en haar huid verschrompelde. Ze zou stokoud zijn tegen de tijd dat Timo zijn boodschap eindelijk had doorgegeven. In elk geval zou de was in de ketel dan zeker zijn gestold. Ze liep erheen en controleerde de temperatuur. De alledaagsheid van de handeling leidde haar een moment af. Wekenlang was ze niet in de kaarsenmakerij geweest, en het drong tot haar door hoe dringend ze hier orde op zaken moest stellen. Aan de palletlijsten op het prikbord te oordelen waren ze ver achterop geraakt met de bestellingen voor de kerst. Het was de vraag hoe ze die achterstand weer moesten inlopen. Ze waren de laatste tijd een onrustbarende hoeveelheid volken aan ziekte kwijtgeraakt. En als Timo niet snel begon de resterende bijen voor de winter bij te voeden, konden ze de volgende oogst ook wel vergeten.

'Mijn vrouw heeft zojuist een... een aanwijzing gekregen waar onze dochter zich mogelijkerwijze bevindt,' hoorde ze hem zeggen.

Een zekere rust daalde over haar neer, nog ondiep en broos, maar toch. Voordat ze het wist, zou haar leven weer normaal kunnen zijn. Ze zou hier elke ochtend weer al vroeg lonten zitten dompelen terwijl haar dochtertje in haar wiegje naast de droogrekken lag te kraaien van plezier en haar man, de liefde van haar leven, op het veld fluitend in de weer was met zijn suikerwater.

Zodra Babette terug was.

Meteen vonkte de angst weer in haar op. Vooruit nu, bedaar! Haar dochters waren immers onverwoestbaar. Rouwdouwen van meisjes die niet huilden als hun kapotgevallen knieën vol gruis zaten, meisjes die onverschillig bleven onder builen en blauwe plekken, meisjes met scheuren in hun kleren, meisjes die het leven onvervaard en met een uitgekookt plan te lijf gingen... Ongetwijfeld was haar jongste, zo klein als ze was, uit hetzelfde hout gesneden.

'Dat zal ik proberen,' zei Timo, zijn keel schrapend, 'maar ik kan helaas niet duidelijker zijn dan dit: het moet nabij een politieafzetting zijn.' Hij luisterde even, onzeker knikkend. 'Ja, dat begrijp ik. Maar we dachten, mijn vrouw dacht, wellicht hebt u een lijst, een landelijk overzicht, van die afzettingen. Zodat u gericht kunt checken of...'

'Babette is heus heel flink,' zei Gwen hardop.

Timo dekte de hoorn van de telefoon met zijn hand af. 'Wat?'

Ze schudde het hoofd.

'... zodat u kunt nagaan op welke plekken er moet worden gezocht.'

Het trof haar dat hij nog steeds 'u' zei tegen iemand met wie hij al honderd keer contact had gehad. Zo formeel was hij doorgaans zelden. Was het een kwestie van goede manieren, of was het onderdanigheid? Als je maar netjes bleef en geen grote mond opzette. Er sloeg een golf van warmte door haar heen. Hij deed zo zijn best.

Ze keek naar zijn schouders, naar de versleten boord van zijn flanellen overhemd, naar die rare weerbarstige kruin vlak boven zijn rechteroor. Hij begon een dikke nek te krijgen. Ze zouden samen oud worden. Op milde dagen zouden ze langs het kanaal hun rollators voortduwen, zij aan zij, nog steeds verbonden door hun verwondering over de wereld met al haar bijen en bloeiende klaver, en als ze op hun stramme benen waren gestopt bij een bankje op de oever, dan zou hij zijn hand op de hare leggen, droog en warm, en samen zouden ze over het water uitkijken en tevreden luisteren naar de eenden die nog altijd, net als vroeger, rondsnebbelden in het riet.

'Goed,' zei hij. 'Vanzelfsprekend. Dank u wel.' Hij legde de telefoon neer, in een hoekige, onhandige beweging.

'Dus?' vroeg ze aan de zijkant van zijn gezicht.

Hij pakte een potlood van de werkbank en bestudeerde het een moment. Gebroken punt, afgekloven achterkant. Toen legde hij het zeer zorgvuldig weer terug. 'Dus niks.'

'Niks?'

'Ze hebben geen...' Hij spreidde zijn armen. 'Mop, dat gaat per korps, per gemeente, en het verandert de hele tijd, soms zetten ze vanwege een ongeluk even een weg af, en twee uur later kart iedereen er weer overheen, dat weet je toch zelf ook.'

Ze merkte dat ze hijgde. 'Dan ga ik zelf wel rondkijken.'

'Gwen, wees nou even realistisch. Wie zegt dat het hier in de buurt is? Na al die tijd?'

'Het is juist logisch! Anders had Leander haar vast allang niet meer kunnen zien!' Het was zo vanzelfsprekend dat haar hart haast een slag miste. Niemand had Babette meegenomen in een vliegtuig, ze was al die tijd gewoon hier geweest, dichtbij, als het ware om de hoek. Zonder verder na te denken greep ze naar de autosleutels die aan een scheve spijker in de deurpost hingen.

Haar man was haar vóór, hij stak de sleutels in zijn zak. 'Gwennie. Het is al bijna halfzes. De kids moeten eten. Ga je mee?' De opluchting die in zijn stem doorklonk, was onmiskenbaar: met haar boodschap had hij de hoon van de recherche geriskeerd, maar nu konden ze weer over tot de orde van de dag. Hij knipte het licht uit en trok de deur open. Vochtige avondlucht kroop naar binnen. Als Babette buiten was, ergens, wat in het licht van Leanders woorden aannemelijk was, dan zou ze kou vatten.

'Toe nou, Gwen. We hebben nóg vier kinderen, we moeten ook aan hen denken.'

Haar baby lag onder een druipende struik, of op een kil, nat wegdek, de lipjes blauw, het doorweekte blonde dons tegen het hoofdje geplakt.

'Als het waar is dat ze in de buurt van een politieafzetting is, dan is dat geweldig nieuws. Dan kan het niet anders of ze wordt gevonden.'

Ze zag haar kans schoon. 'Ja, en dus moeten we bij de

telefoon blijven. Ga jij maar vast, dan blijf ik hier nog even, een paar minuten, zodat ze niet bellen als we net allebei...'

Met een zucht trok hij haar even tegen zich aan. Hij gaf haar een kus op haar voorhoofd. Toen deed hij het licht weer aan, draaide zich om en liep de kaarsenmakerij uit.

Manische energie welde in haar op. Ze rukte kasten en lades open, koortsachtig op zoek naar een zaklantaarn. Waarom kon ze nooit iets vinden, waarom was het zo'n bende in haar leven, waarom lagen de dingen bij haar niet op een vaste plek, zoals bij andere mensen? Iedere wanordelijke kastplank schreeuwde het haar toe: zij was iemand die zelfs haar eigen baby kwijtraakte, hoe kon het ook anders. Ze smeet een stapel papier opzij: de tekeningen van de nieuwe kaars die ze had willen maken, de kaars die ze had bedacht op de dag van de picknick. 'Dit is ons nieuwe model, de Veronica, leverbaar in hemelsblauw en ivoorwit.' Ze had aan de doden gedacht in plaats van aan de levenden. Ze had gedacht dat het er iets toe deed, een geliefde dode recht te doen. Maar de doden waren dood. Zodra je je met hen inliet, vergat je het leven te omarmen, vergat je je eigen kind.

En alsof het de brave burgers in hun opgeruimde doorzonwoningen ook maar iets uitmaakte wat voor een kaars ze aanstaken. Die betweters, bij wie nooit een kind zoek raakte. Die bofkonten die hun geluk niet kenden, maar die niettemin dachten dat het hun eigen verdienste was, hun eigen werk.

Ze duwde filters en mallen van hun plaats, ze rolde pvc-buizen en klossen met lont opzij. De zaklantaarn lag achter de vaten kleurstof op de grond, onder een verloren gewaande muts van Marise. Ja, vanzelf.

Ze knoopte haar spijkerjack dicht, de vingers klam van de zenuwen. Ze was, hoe dan ook, geen knip voor de neus waard als ze het in elk geval niet hier in de buurt probeerde. En als ze doorging totdat het weer licht werd – vijf kilometer per uur haalde ze gemakkelijk – dan zou ze de omgeving van heel wat politieafzettingen kunnen uitkammen. Snel nu, voordat Timo argwaan kreeg. Het licht aanlaten, dat was een goed idee. Vanuit het huis kon hij de kaarsenmakerij weliswaar niet rechtstreeks zien, maar wel het schijnsel aan de hemel dat zou doen vermoeden dat hier nog altijd iemand zat, bijtend op haar nagels.

Sukkel, dacht ze, beklemd.

Buiten mistte het, in draderige, nachtmerrieachtige flarden. Het was bijna donker. In een poging het knerpen van het grind te verminderen ging ze op haar tenen lopen. Langs het zomerhuis was de beste optie: Bobbie was natuurlijk allang bij Timo en de meiden, druk redderend in de bestoomde keuken. Zie je wel, haar licht was uit. Sluip-rennend haastte Gwen zich voort.

Op het jaagpad langs het kanaal brandden de straatlantaarns nevelig. Ze hoorde haar eigen voetstappen, in die wonderlijke geluidloosheid die bij herfstavonden hoort. Het had de hele dag hard gewaaid, maar nu was het vrijwel windstil, en er hing een geur van paddestoelen en oud, vermolmd hout.

Op de rijksstraatweg had ze waarschijnlijk de meeste kansen: daar werd vaak roekeloos hard gereden, en dan nu ook nog die mist. Als ze doorstak bij het kolkje, zou ze er binnen tien minuten zijn. Haar puffende ademwolkjes vermengden zich met de van vocht verzadigde lucht. Als het vilten stoombootje dat op de borst van Babettes zeegroene overgooiertje was geappliqueerd, doorsneed ze het donker, recht op koers, met alle hens aan dek.

Op het weiland bij de kolk viel geen hand voor ogen te zien. Ze ging langzamer lopen, met de zaklantaarn het veld scannend op molshopen en kuilen. Een verzwikte enkel kon ze zich nu niet veroorloven. De lichtbundel streek over een konijn, dat als verlamd in het gras bleef zitten, de oren plat tegen de kop gedrukt. 'Wees maar niet bang,' mompelde ze. Dit was precies wat ze Babette wilde laten zien. Kijk, een konijntje. Hier, een dennenappel. Daar, een slakkenhuisje. Kinderen die de natuur leerden waarderen, hadden daar de rest van hun leven profijt van: voor hen was er altijd een bodemloze bron van genot voorhanden, een bron van vreugde en inspiratie, van troost zelfs. Want een klein meisje dat van haar mama had geleerd dat de varens bij de eerste voorjaarszon onder hun afgestorven loof alweer nieuwe, vitale uitlopers begonnen te produceren, zo'n meisje zag met eigen ogen dat in de natuur het leven regeerde, het onverwoestbare leven.

Verderop klonk de schrille kreet van een late vogel. Een meerkoetje of een waterhoen: altijd moeilijk uit elkaar te houden. Als ze zelf maar niet per ongeluk in het kolkje belandde. Voor de zekerheid maar wat meer naar links afbuigen. Goed bijschijnen.

Wat was het donker. Weer die kreet.

Ze stond stil. Drijfnat van het zweet was ze opeens. Van het ene moment op het andere plakte haar jackje loodzwaar op haar schouders. 'Babette?' gilde ze. 'Babette?'

Struikelend holde ze voorwaarts. In het licht dat ze voor zich uit wierp, zag ze de onverschillige bomen zigzaggend langsschieten, de heesters, het veld. Het was alsof ze zelf niet vooruitkwam, alsof ze stilstond in het oog van een orkaan. 'Babette!'

Een stem riep: 'Gwen! Gwen? Ben jij dat?'

'Ja! Wat... waar...'

'Kom gauw! Ze is helemaal doorweekt!'

Met beide handen hief ze de zaklantaarn. Ze beefde zo dat ze het licht amper kon richten. Schokkerig zwenkte het langs de oude kastanje met het rood-witte politielint er nog steeds omheen, en toen weer terug. Onder de boom stond Bobbie, met Babette in haar armen.

Het was druk en lawaaierig in de pizzeria, waar ze nog net het laatste tafeltje hadden kunnen bemachtigen en waar Laurens nu Toby's pizza in parten sneed. 'Goed blazen hoor, het is heet.'

'Hier zit geen kaas.' Bezorgd wees zijn zoontje naar de korst.

'Begin maar gewoon met de lekkerste stukjes.' Het was toch te veel voor de kleine krokodil. 'Niels, heb jij hulp nodig?'

Zonder antwoord te geven zaagde Niels in zijn pizza.

Laurens betrapte zich op de vurige hoop dat zijn zoon bij het binnenkomen in het restaurant had gezien dat de glazen omgekeerd op het papieren tafelkleed hadden gestaan. De ober had ze met een zwierig gebaar rechtop gezet nadat hij de menu's had uitgedeeld. Achter een omgekeerd glas hoefde je niet iets speciaals te zoeken, de hele wereld stond er vol mee, iedereen belandde vroeg of laat aan een tafel met een omgekeerd glas erop, dat betekende op zichzelf niets, dat zou Niels toch wel begrijpen?

'Lekker, maten?'

Toby zat nog boven zijn bord te blazen alsof zijn leven ervan afhing. Niels wond een kliederige sliert kaas om zijn vork.

Het was al veel later dan Laurens lief was. Ze hadden behoorlijk lang op hun pizza's moeten wachten. Als Toby zo meteen maar niet instortte. Hij pakte de karaf wijn en schonk zich nog eens in. Ineens trof het hem hoe ongezellig het toch was, in je eentje drinken. Hij keek tersluiks even om zich heen. Onder de ingelijste foto's van Napels zaten aan alle tafeltjes complete stellen, een man en een vrouw, of complete gezinnen, een vader, een moeder en twee kinderen. Nee, daar: een paar wat oudere vriendinnen. Maar misschien vormden ook die een stel.

Het was een klein restaurantje, het viel op dat hij zo zat rond te kijken. Mensen begonnen terug te kijken, eerst neutraal, maar algauw monsterend. Wat zagen ze, of wat dachten ze te zien? Een gescheiden vader met een omgangsregeling? Weduwnaar, daar kwamen ze niet zo gauw op, bij iemand van zijn leeftijd. Ze dachten allemaal dat zijn vrouw nog leefde en op dit moment, elders, de doodgewone dingen van de levenden deed.

Gejaagd nam hij een veel te grote slok wijn. Hij voelde zich gebroken. Vannacht had het ladenkastje waaruit Veronica's schuldige slipje door toedoen van Beatrijs nu voor altijd was verdwenen, om een of andere reden veel groter geleken dan toen het nog gewoon vol lingerie had gezeten. Het meubel de rug toekeren had niet geholpen. 's Nachts maakte je geen serotonine aan, dat was een van Veers wetenswaardigheden, en daarom ervoer je alles dan als twee keer zo erg. Maar bij het opstaan was het er niet beter op geworden. De geest was uit de fles, dat was het punt. Hij mocht er dan een paar maanden in zijn geslaagd te doen alsof hij gek was, nu waren alle verdrongen waarheden weer levensgroot voor hem opgedoemd. Hoe verzoende je je met zoiets? Hoe deed je dat, in jezusnaam? Wist hij maar wat haar laatste gedachte was geweest. Als ze op haar laatste aardse momenten tenminste maar niet… Geef antwoord, Veronica, geef me verdomme antwoord.

In zijn borstzak bliepte zijn mobiel. Daar was ze.

'Laurens!' riep Beatrijs in zijn oor.

Hij besefte dat hij niet langer wist welke toon hij tegen haar moest aanslaan.

'Waar ben je?'

'In een restaurant.' Hij dook wat in elkaar. Hij had een hekel aan mensen die in openbare ruimtes te pas en te onpas zaten te telefoneren. Waarom had hij dat onding niet uitgezet? Omdat het hem niet meer lukte zijn kop erbij te houden, daarom.

'O, dan hou ik het kort. Luister. Babette is terecht.'

In één klap was hij bij de les. 'Nee! Wat zeg je nou? Is het heus?'

'Ja, hoe vind je het! Ongedeerd en wel. Gwen en Timo zijn zo ongeveer krankzinnig van opluchting.'

'Allemachtig. Hoe hebben ze haar… zeven weken was het nou toch?'

'Bijna acht. Weet je dat picknickveld nog? Daar lag ze!'

'Op de plaats waar ze was verdwenen?'

'Ja, idioot, hè? De politie kan er geen touw aan vastknopen. Die zitten alweer met hun honden in Bij de Sluis. Het is allemaal net gebeurd, Gwen belde tien minuten geleden, ik weet verder eigenlijk ook niks. Maar is het geen wonder?'

'Eén tel.' Hij schoof de telefoon onder zijn kin. 'Jongens, Babette is terug! Ze ligt weer veilig in haar eigen wiegje.'

Zijn kinderen begonnen juichend met hun vuisten op tafel te slaan. Zijn glas viel om. Snel wierp hij zijn servet over de plas wijn. 'Ja, ik ben er weer. Maar hoe...'

'Bobbie ging elke middag op dat veldje kijken, blijkt nu. Al die weken. Net zoals Leander iedere dag tegen de klok van...'

'Bobbie! Wat zal ze trots en gelukkig zijn.' Hij hoorde het haar weer zeggen, in het zomerhuis: met een kind van jezelf zou het natuurlijk nóg leuker zijn, en hij voelde zijn ogen vochtig worden. 'We mogen met z'n allen wel een standbeeld voor haar oprichten.'

'Dat heeft Leander toch ook steeds gezegd? Dat was tenminste wat hij bedoelde toen hij...'

'Ik moet Gwen maar eens gauw gaan bellen.' De gemorste wijn dreigde door het doorweekte servet over de tafelrand te druppelen. Hij gebaarde om hulp naar Niels.

'Ja, doe dat maar.' Er was een andere klank in haar stem gekomen. 'Dan kan zij je zelf vertellen hoe het is gegaan. Leander heeft haar gezegd waar ze moest gaan zoeken.'

Werktuiglijk pakte hij Niels' servet aan en begon de tafel ermee te deppen.

'Laurens? Ben je er nog?'

'Ja, ik heb hier alleen even een klein...'

'Zeg toch gewoon dat je het niet wilt horen! Sorry hoor, maar Leander heeft doorgekregen waar Babette was, aangezien hij dag in dag uit naar haar op zoek is gebleven, en toen heeft hij Gwen met zijn informatie gebeld en die is meteen op pad gegaan, en toen vond ze Babette. En Bobbie, allicht.'

'Wacht even. Dit begrijp ik niet helemaal.'

'Nee, natuurlijk begrijp jij dat niet. Hij zág waar de baby was. Stel dat Bobbie vandaag griep had gehad. Of een klánt. Stel dat ze niet naar dat veld had kúnnen gaan. Dan nóg was Babette terecht gekomen, dankzij Leanders aanwijzing.'

Terwijl hij nog nadacht over wat hij hierop geacht werd te zeggen, voer ze uit: 'Jij zou je toch eens moeten afvragen waarom je zo'n moeite hebt met Leander.' Zonder een groet verbrak ze de verbinding.

Verbluft stak hij de telefoon terug in zijn zak.

'Papa?' vroeg Niels. 'Komt het doordat ik Babette terug heb gewenst?'

'Dat lijkt me wel, ja. Dat heb je goed gedaan, buster.'

'Ik ook!' riep Toby uit.

'Wat een beren zijn jullie toch. Allebei.' Het moest nog even tot hem doordringen. Ze was terecht. Een huivering trok door hem heen.

'Ik ga later met Babette trouwen,' besliste Toby, zijn wangen gloeiend van vermoeidheid.

Niels gaf hem een stomp. 'Misschien wordt ze wel heel lelijk, sukkel. En dik. En met van die scheve, gele tanden. Zo'n doos die niemand wil hebben.'

Toby zette een keel op. 'Papa! Niels zegt...'

'Niet meppen, Niels. Niet sarren. En niet zulke taal uitslaan,' zei hij automatisch. Hij verschoof het bord met zijn nog onaangeroerde, koud geworden pizza in de hoop er de wijnvlekken enigszins mee aan het gezicht te onttrekken.

Niels werd rood van woede. 'Je neemt het altijd op voor die big.'

'Pa-hap! Ik ben helemaal geen...'

'Jawel, je bent een stomme big die wil trouwen met een lelijke muts!'

In tranen wierp het kleintje zich van zijn stoel. Met uitgestrekte armen koerste hij op zijn vader af, verloor zijn evenwicht en belandde met een bons op de vloer. Decibels gehuil stegen op.

'Bedankt, Niels.' Hij bukte zich, trok het brullende kind omhoog en plantte het op zijn schoot, de geringschattende blikken om zich heen negerend. Weekendvader. Eens-per-twee-weken-vader. Je haalde ze er altijd meteen uit. Sleepten hun kinderen mee naar restaurants omdat het te veel moeite was om zelf voor ze te koken. En als ze die kids nu nog een beetje aankonden, maar dat lukte die mooi-weer-vaders nooit.

Niels zette een hoge borst op. Zo hard als hij kon schreeuwde hij: 'Het is niet eerlijk! Ik heb Babette teruggewenst!'

Wiegend drukte hij Toby's gezicht tegen zich aan om het gehuil te smoren, onderwijl de ober wenkend om de rekening.

'Je luistert niet eens!'

Dat was al de tweede, vanavond. 'Het is inderdaad niet eerlijk, nee. Je hebt helemaal gelijk. Maar heel veel dingen zijn nu eenmaal niet eerlijk. Jij bent de oudste, hij is de kleinste. Of je het nu leuk vindt of niet.'

'Maar ik heb Babette teruggewenst!'

Zonder de bon te bekijken smeet hij een paar bankbiljetten op het schoteltje dat de ober hem voorhield. Toby met zich meesleurend kwam hij overeind.

Niels sloeg de armen over elkaar en keek naar de muur.

'Jij hebt Babette teruggewenst. Hartstikke goed. Maar nu even meewerken, vooruit.' Krimpend van onmacht liep hij om de tafel heen, greep zijn zoon bij de kraag en trok hem van zijn stoel. Een mes en een vork gleden rinkelend op de grond.

Het tegenstribbelende kind voor zich uit duwend ging Laurens, met snikkende Toby op zijn arm, naar de uitgang. Hij voelde honende blikken in zijn rug prikken. Geen wonder dat zijn vrouw er met een ander vandoor was. Gelijk had ze.

Onder zijn ruitenwisser zat een parkeerbon. Inwendig vloekend opende hij het achterportier. Tegen de tijd dat hij Toby in zijn zitje had geïnstalleerd, was het ventje al in slaap gevallen. Zijn ronde wangen waren nog nat van de tranen. Met een beetje geluk kreeg hij hem straks in bed zonder dat hij wakker werd. Dan maar een keer niet tanden poetsen. Dan maar een keertje geen bad. Als vader mocht je de regels bepalen. Ze hadden nog zeker vijftien jaar te gaan, samen. Vijftien jaar ouderavonden, voetbalwedstrijden, schooluitvoeringen. Een licht gevoel van claustrofobie nam bezit van hem.

'Getver!' zei Niels, terwijl hij naast zijn broertje op de achterbank instapte. 'Die mestkever heeft een scheet gelaten.'

'Je mag voor een keertje wel voorin. Spelen we gewoon dat je al twaalf bent.' Kon hij de tijd maar vooruitduwen.

'Dan krijg je een bekeuring.'

'Ik heb er al een.' Hij wapperde met het gele briefje.

'Die kun je toch nog verscheuren?'

'Nee, we zitten al in de computer.'

Er kwam een radeloze uitdrukking op het gezicht van zijn zoontje. 'Maar hoe moeten we dat nou allemaal betalen?'

'Hé, man. Dat zijn jouw zorgen niet. Kom je naast me zitten?'

'Nee hoor, dat vind ik zonde van het geld.'

Voor het eerst die avond schoot Laurens in de lach. Maar vrijwel meteen voelde hij zich nog twee keer zo bedrukt. Zijn kind zat in over geld.

Met overdreven zorg de verkeersregels in acht nemend reed hij naar huis. Behoedzaam droeg hij zijn kleinste slapend en wel naar boven, kleedde hem in de donkere slaapkamer op de tast uit en stopte hem onder de wol. Hij bleef nog even op de rand van het bed zitten, uitgewoond. Kom op, hij moest Gwen en Timo bellen. Ze hadden vast geen champagne in huis, zo waren ze niet. Als hij morgen eens met een fles bij hen langsging, samen met de jongens. Allemachtig, wat was hij opgelucht. Stel dat het anders was afgelopen.

Naast hem ademde Toby diep en rustig. Hij liet zijn hoofd op het kussen zakken, even maar. Hij sloot zijn ogen en probeerde zich Babettes snuitje voor de geest te halen. Een zuigeling die je bijna twee maanden niet had gezien kon in die periode onherkenbaar zijn veranderd. Lodderig dacht hij: Misschien is het Babette helemaal niet, misschien is het een andere baby, misschien is ze verwisseld. Waarom zou zoiets verschrikkelijks zomaar goedkomen?

Ofschoon het hem voorkwam dat hij hooguit een paar minuten onder zeil kon zijn geweest, scheen de maan recht de kamer binnen toen hij zijn ogen weer opende. In het bleke licht zag hij tot zijn verwarring op zijn horloge dat het al bijna één uur was. Gedesoriënteerd en met een enigszins onwerkelijk gevoel stond hij op. Toby sliep nog steeds, zijn mond half open, een ongewassen hand tegen zijn wang gedrukt. Laurens liep naar het raam en sloot zachtjes het gordijn. Nu had hij de gelegenheid gemist Gwen en Timo te spreken. Wat onaardig van hem. Ronduit zakkerig, zelfs. Hij had hen gewoon direct na het telefoontje van Beatrijs moeten opbellen, maar hij had, zo zat het toch, te veel opgezien tegen nog meer loftuitingen aan Leanders adres, Leander die met zijn paranormale hocus-pocus blijkbaar een rol had gespeeld in Babettes thuiskomst. Leander, de grote helderziende. Leander, de occulte King Kong. Leander, voor al uw problemen.

Dát was pas zakkerig, dat hij zijn hekel aan die wandelende klopgeest niet eens lang genoeg had kunnen beteugelen om in de vreugde van zijn vrienden te delen. Zij hadden hun kind terug, daar ging het om, en niet om de vraag of de kwal al dan niet iets in zijn kristallen bol had gezien.

Zou hij een bericht op hun voicemail inspreken? Hij kon toch gewoon naar waarheid zeggen dat hij een paar uur was ingedut? Misschien waren ze trouwens nog op. Zaten ze samen klaarwakker bij hun meisje, zich verbazend over het mirakel van haar terugkeer.

Hij verliet Toby's kamer. Op de gang zag hij Niels' deur openstaan. Er brandde nog licht. Vlug keek hij even naar binnen. Daar lag zijn buster, diep in dromenland. De open deur, het licht dat nog aan was: hij moest in slaap zijn gevallen terwijl hij wachtte op zijn nachtkus.

Op zijn tenen liep Laurens de kamer in. Hij boog zich over zijn zoontje. Niels, hier is papa. Maar net voordat zijn lippen de kinderwang raakten, stokte hij. Zijn neusvleugels begonnen te trillen. Iemand was hem voor geweest. Hij kon het ruiken.

Eenmaal beneden trok hij een blikje bier open en goot het in een paar slokken naar binnen. Zijn handen trilden van de schok. Het was te krankzinnig wat hij dacht, het was eenvoudig te krankzinnig voor woorden. Maar aan de andere kant, was het leven niet één aaneenschakeling van dromen die onverhoeds uitkwamen en zekerheden die juist illusies bleken? Had de werkelijkheid niet doorlopend de meest onvoorziene dimensies? Waarom zou Babette de enige zijn die uit het niets terugkeerde? Het onmogelijke en het onverwachte, dat waren per slot van rekening altijd Veronica's grootste talenten geweest. Misschien stond ze op dit moment, op haar manier, wel pal voor zijn neus.

'Veer?' fluisterde hij. En meteen was het alsof er in zijn geest een raam openging en er een geheel nieuw licht naar binnen viel. Als het waar was dat ze hier rondwaarde, dan deed ze dat uit eigen verkiezing, vanuit het besef: hier hoor ik thuis, bij Laurens en de jongens. Als ze er zo over dacht, dan konden zij tweeën het dus nog goedmaken. Hij zou haar vergeven, en zij hem, en ze zouden...

Zijn gezonde verstand begon te steigeren. Snel ontnuchterend dacht hij: Dit is alleen maar wat ik zou willen, meer niet.

Hij liep terug naar de keuken om het lege bierblikje weg te gooien. Hij ruimde de afwasmachine uit: dat scheelde morgenochtend weer. Een mens moest praktisch blijven. Maar het was onmiskenbaar haar parfum geweest dat hij had geroken. En al die spullen dan, die de laatste tijd niet op hun vaste plaats in huis hadden gelegen, al die keren dat er iets net niet helemaal had geklopt en hij maar vlug de andere kant op had gekeken om er niet bij stil te hoeven staan? Stel dat ze hem met allerlei signalen probeerde te bereiken?

Mijn god, bestond zoiets? En wat moest je dan doen?

'Kappen,' zei hij hardop. Hij deed het licht uit. Hij ging naar boven. Hij liep langs de slaapkamers van zijn zoontjes naar zijn eigen kamer.

Kwam ze Niels wel vaker een nachtkus geven?

Hij nam een besluit. Hij ging weer naar beneden. Hij pakte de telefoon. Zeker, het was ver na middernacht, maar op vrijdagavond maakten veel mensen het laat. Zo snel als hij kon toetste hij het nummer in. Met gesloten ogen telde hij de belsignalen.

'Yo. Met Yaja.'

Voor zijn geestesoog doemde een witgekalkt gezicht op. 'Yaja,' zei hij na een moment. 'Met Laurens. Je weet wel, ik ben een vriend van Beatrijs. Is je vader nog op?'

'Laurens! Wat kinky dat je me belt!' Ze lachte met een kelig geluid. 'Alle Alzheimers hier liggen al te slapen, dus...'

'O... je vader is al naar bed.'

'Ja, dus ik zat net te wachten op een beetje action. Is er hier in de buurt niet een chille tent waar we samen heen kunnen?'

# *Telefoon*

Was het herfstige blad van de eiken ooit eerder zo gul goud van kleur geweest? Of de opkomende zon zo uitbundig oranje? Gwen stond voor het raam van de babykamer, met Babette tegen haar schouder geleund. De wereld leek wel met honing bedropen, op de eerste ochtend na de wonderbaarlijke thuiskomst van haar dochtertje. Het was alsof ze dwars door het venster heen de pittige ochtendlucht kon ruiken. Een formatie ganzen vloog laag over de bomen voorbij, op weg naar de weidegrond aan de overkant van het kanaal. 'Kijk,' zei ze tegen Babette, de vogels nawijzend. 'Daar gaan ze. Gak-gak-gak.'

Er waren weer kleuren, geluiden en geuren nu de stolp waaronder zij al die tijd gevangen had gezeten, in één moeiteloze klap door twee babyknuistjes aan diggelen was geslagen. Het was me er eentje, Babette. Zo klein, met nog maar nauwelijks waarneembare nagelriempjes, maar niettemin geheel de baas over haar mama's geluk. Het was verbijsterend, als je er even bij stil stond. Het bezorgde haar een verschrikkelijk kwetsbaar gevoel.

Ze liep naar de commode, gewoontegetrouw het hoofdje ondersteunend. Maar wat een onzin, met een beetje hulp kon Babette nu al rechtop zitten. Gwen zette haar met angstige trots neer. Wat een reuzin was haar dochtertje gedurende de afgelopen twee maanden geworden, zoals ze daar, weldoorvoed, in alleen haar luier zat. En wat een hoofd met haar begon ze te krijgen, je kon er met je pink al bijna krulletjes in draaien. Zonde dat haar ogen dat intense hemelsblauw hadden verloren, maar dat kon ook komen doordat haar wimpers leken te zijn gegroeid. Ook haar blik was veranderd. Ze keek gerichter, aandachtiger. De garnalenfase, zoals Timo de eerste paar maanden altijd noemde, was voorbij.

'Wat heb je toch allemaal meegemaakt?' fluisterde ze terwijl ze de mollige beentjes in een rompertje wurmde, het ruimste dat ze had kunnen vinden. Ze moest vandaag maar meteen de commode uitruimen en de doos met grotere kleertjes van zolder halen. Ze hadden een hoop tijd gemist samen, maar het had geen zin daarover te sippen: ze had immers genoeg garnalen voor haar ogen in stevige baby's zien transformeren. Het was nu zaak weer gewoon door te gaan met het leven. Babette was als een astronaut die na een lange tocht door de tijd en de ruimte weer op aarde was geland. Ze was op reis geweest, maar ze was veilig teruggekeerd. Daar ging het om.

Vredig spuugbelletjes blazend liet de baby zich in het rompertje hijsen. Het paste net. Voor haar hadden Klaar en Karianne het gedragen, en daarvoor Marleen en Marise. Al haar zusjes waren in dit roze flanellen gevalletje in slaap gewiegd, ze hadden het ondergespuugd, ze hadden erin liggen luisteren naar hun muziekdoosje, ze hadden ermee bij Timo op schoot gezeten, een warme plas in zijn kruis achterlatend. Nu was het Babettes beurt, maar het familiestuk was haar al bijna te klein, ze zou het nauwelijks dragen. Binnenkort gauw nog wat foto's van haar maken, voordat het te laat was. Ze zette de baby rechtop en drukte haar neus tegen het kleine neusje. 'Gekke meid,' zei ze zacht. 'Wat heb ik je gemist.'

Babette beantwoordde haar met een kort, guitig lachje. Toen begon ze vol overgave op haar vingers te kluiven.

Een gemakkelijk, tevreden kind was een heerlijk bezit. Nooit hoefde je tegenover anderen waarschuwende of verontschuldigende verhalen af te steken over eenkennigheid, moedergeur of wat dan ook. Plompverloren kon je haar links en rechts in vreemde armen laten zakken. Allemansvriendinnetje Babette.

Wie zou er de afgelopen weken liedjes voor haar hebben gezongen? Wie had haar haartjes gewassen en daarna geborsteld met een zacht borsteltje? Er was geen kerfje of korstje op het ronde bolletje te bespeuren: er was goed voor haar gezorgd. Wie zou dat hebben gedaan, en waarom? Maar met zulke vragen kwam je nergens. Veilig-thuis Babette! Astronaut-Babette! Hoera voor Babette!

De meisjes hadden gisteren meteen de keuken versierd, zo lief. Ze hadden uit gevouwen krantenpagina's hele slierten dansende poppetjes geknipt en die slingers kriskras opgehangen, wiebelig staand op tafels en stoelen. Het was alles bij elkaar behoorlijk laat geworden, maar wat gaf het, vandaag was het zaterdag, iedereen kon uitslapen of de halve dag in pyjama rondlummelen. Alleen Timo was al vroeg opgestaan om samen met de forensische experts nog een keer naar de speelweide te gaan. Bobbie kennende zou die daar nu ook wel zijn, het hoogste woord voerend.

Ze zag weer voor zich hoe haar schoonzusje in het nevelige licht van de zaklantaarn was opgedoemd, onaards bijna, met Babette in haar armen. Bobbie zelf was geenszins verrast geweest. Volgens haar logica sprak het voor zich dat haar kleine nichtje daar, bij de boom met het lint, zou worden teruggevonden, door haarzelf, uiteraard, aangezien ze er elke middag ging kijken. Gwen dacht: Terwijl ik in bed lag of versuft van ellende maar een beetje rondhing.

Met Babette op haar heup ging ze naar beneden. In de keuken legde ze de baby in de box, temidden van haar eigen spulletjes. Kijk eens, rabarbertje, hummeltjelief? Daar is je knisperboekje van Nijntje weer, voel je het? En hier: je eigen ko-ko-konijn! Verliefd keek ze naar de kleine vingertjes die zich als vanzelf om de hare sloten: Babette vond haar mama veel belangrijker dan een speeltje.

Zo gewoon, zo alledaags. Zo compleet, om haar kind weer bij zich te hebben. Van blijdschap begon ze te neuriën terwijl ze de limonadeglazen van gisteren onder de kraan afspoelde, met om de haverklap een blik over haar schouder naar haar grote meid die haar konijn lag te bestuderen. Die ene rechercheur, niet de slisser maar die andere, had haar nog wel gewaarschuwd voor een gevoel van anticlimax. 'Het komt voor, heus, neemt u dat maar van me aan, mevrouw, dat de mensen amper blij kunnen zijn als alles op z'n pootjes terecht is gekomen. Zeker met een baby. We hebben wel eens ouders meegemaakt die er gewoon niet in slaagden hun angst te overwinnen. Die durfden bij wijze van spreken niet eens meer in de wieg te kijken omdat ze bang waren dat ze de goede afloop alleen maar gedroomd hadden.'

Tja, het ongelooflijke was nu eenmaal moeilijk te geloven.

Maar niet voor mij, dacht ze, opgetogen omdat die man wat haar betrof ongelijk had gekregen: zij had het gewonnen, van die ambtenaren. Wat had Veronica ook alweer altijd gezegd? Hoop is het ding met veren, dat nestelt in de ziel. Meteen viel haar in dat ze er gisteravond geen moment aan had gedacht Laurens te bellen. Of had ze hem niet durven bellen omdat zij haar kind terug had en hij zijn vrouw voor altijd kwijt was? Alsof hij het Timo en haar zou misgunnen! Zo was hij helemaal niet. Hij had het zich vreselijk aangetrokken dat hij Babette op de speelweide niet eerder had gemist. Ze moest hem snel uit zijn lijden verlossen.

Beschaamd over haar onachtzaamheid pakte ze, met een blik op de klok, de telefoon. Halftien. Dan was iemand met jonge kinderen al uren in touw.

Het was Niels die opnam.

'Niels! Met Gwen. Ik heb geweldig nieuws! Babette is terug!'

'Ja, en weet je waarom? Omdat ik haar...'

'Onze Babette is terug!'

'Gisteren toch al?'

Ze stond paf. 'Wisten jullie het dan al?'

'Ja, want tante Beatrijs belde op papa's mobiel toen we pizza aan het eten waren. Maar weet je...'

'Zo,' zei ze. 'Wat aardig van haar om het meteen door te geven.' Blijkbaar had Laurens het goede nieuws voor kennisgeving aangenomen. Hij had het niet de moeite waard gevonden om even te reageren. Op hetzelfde moment hoorde ze zijn stem op de achtergrond: 'Wie is er aan de lijn, Niels?' en meteen had hij de telefoon al van zijn zoontje overgenomen. 'Gwen! De jongens en ik zijn zo ontzettend blij voor jullie allemaal. We hebben hier champagne voor Babette klaarstaan. Plus een fles voor Timo en jou. Die komen we straks even brengen, als dat goed is. Ik had je al willen bellen, maar ik wist niet hoe vroeg jullie vanochtend op zouden zijn, na alle consternatie.'

Champagne voor Babette. Nee, op Laurens kon je nooit boos worden. 'Wat feestelijk. Wat enig! Ik hoop alleen dat ik er de goede glazen voor heb.'

'Neem ik wel voor je mee.'

'Gisteravond wilde ik je natuurlijk meteen bellen, maar...'

'Je had mijn 06-nummer zeker niet, hè? Dat is ook niets voor jou, Gwen, die moderne communicatiemiddelen.'

Enigszins onthutst dacht ze: Dus zo zie jij mij. Als een wandelende plaggenhut.

'Maar vertel alvast gauw even: is alles goed met Babette?'

'Ja. Ja, prima, zelfs. Je kent haar niet meer terug, zo is ze gegroeid.'

'En heeft iemand al enig idee over het hoe of wat?'

'Nee, ze zijn nog bezig. Ze hebben de kleertjes meegenomen die ze gisteren aanhad. Die kunnen misschien een spoor bieden. En er is een politiearts langsgekomen.' Het was een aardige, jonge vrouw geweest. Timo en zij hadden er bij mogen blijven toen ze dunne rubberhandschoenen had aangetrokken en Babettes beentjes had gespreid. Ineens werd haar keel dik. Ze slikte en ze slikte.

'Kortom,' zei Laurens niet erg toepasselijk, 'er is alle reden tot vreugde.'

Hij klonk zo jachtig. Was hij er wel met zijn gedachten bij of zat hij ondertussen soms met een half oog naar de beursberichten op teletekst te kijken? Met welke Laurens sprak ze? Maar wat een rare gedachte! Alsof er diverse Laurensen waren, Jekyll & Hyde-achtig. Ze stamelde: 'Volgens die arts is er geen sprake geweest van... misbruik. Snap je?'

'Mooi.'

Hij had zoontjes, hij had geen idee.

'Tot straks, Gwennie.' Hij hing op.

Hij moest het allemaal in z'n eentje zien te klaren: misschien was Toby net bezig zijn bord pap om te keren of was er op de achtergrond een andere huiselijke ramp gaande. Ze zou gauw een appeltaart bakken, voor bij de champagne. Boven hoorde ze de meisjes rondstommelen. Zodra die beneden waren, zou ze nergens meer aan toe komen. Snel begon ze krenten en rozijnen af te wegen. Zo perfect als iedere individuele rozijn was, vanochtend. En zo dankbaar, zo immens dankbaar als zij het hele universum was. Ze draafde naar de box en gaf haar dochter een kus op haar kruin. Je dacht altijd van jezelf dat je laconiek was, nuchter en aards, maar dat dacht je alleen maar zolang het noodlot je nog niet genoeg had getart.

Net drukte ze het deeg in de springvorm, toen Bobbie de keuken binnenkwam, de frisse geur van de herfst met zich meevoerend. Verontwaardigd zei ze: 'Ze hebben het lint meegenomen! Nou vraag ik je! Was dat lint van mij of niet?'

'Misschien was het eigenlijk wel staatseigendom. Maar zijn ze nu klaar?'

'Dieven zijn het. Ik zeg het je vaak genoeg, Gwen, jij bent te goed voor deze wereld, maar zo zit ik niet in elkaar.'

'Waar is Timo? Is hij meteen door naar de bijen?'

'Ja. En de winkel moet ook open.' Maar ze draalde bij de box, zichtbaar in tweestrijd of ze Babette zou oppakken voor een knuffel.

Tegen beter weten in vroeg Gwen: 'En wat gaan ze nu verder doen? Wanneer horen we iets?'

'Het is schorem. Vunzig schorem. Dat zie je zo.'

‘Mama! Mam!’ Daar had je Marleen en Marise, in hun Noorse kabeltruien.

Gwen schoof de taart in de oven.

‘Gaan we nou videobewaking nemen, mama?’

‘Welnee. We laten ons niet gek maken.’ Ze pakte een pak yoghurt en twee kommen.

‘Ik ga maar,’ zei Bobbie manhaftig. ‘Iemand hier zal geld moeten verdienen.’

‘De meisjes brengen je zo een stuk taart,’ zei Gwen. Verdorie, ze moest met een taart naar Leander in plaats van met Laurens champagne te gaan zitten drinken. Maar daar toeterde op het erf al een auto. Dat had hij verdomd snel gedaan.

‘Ik heb klanten,’ mompelde Bobbie, zich naar de deur haastend. ‘Mijn hoofd loopt gewoon om.’

Gwen hield haar handen onder de kraan en droogde ze af. ‘Eet eens door,’ zei ze tegen haar dochters. ‘We krijgen bezoek, en jullie zitten nog aan het ontbijt. En hoe is het eigenlijk met de kleintjes?’

‘Die pitten nog,’ zei Marleen.

‘We kunnen anders ook een lijfwacht nemen. Met een blaffer,’ overwoog Marise.

‘Ja mama, een Joego.’

‘Babette is terug. Wat zouden we nu nog…’ begon ze. De glimlach bestierf op haar lippen. Tot het politieonderzoek uitsluitsel gaf, zou iedereen zich natuurlijk zorgen blijven maken. Pas als de dader achter slot en grendel zat en de toedracht bekend was, zou de onzekerheid voorbij zijn. Hoe kon je je ooit veilig voelen zolang je niet wist… Zo wilde ze helemaal niet denken. Ze liet zich haar geluk en haar gemoedsrust niet opnieuw ontstelen. Feest, het was feest vandaag.

De tuindeur knerpte.

‘Gwen!’ riep Beatrijs uit. ‘Ik dacht, we komen maar gewoon achterom.’ Ze torste een reusachtige bos rode rozen. Achter haar stonden Leander en Yaja.

‘Ach nee, wat een verrassing!’ De tranen sprongen haar bijna in de ogen. Rozen, vrienden, dat bewees dat het waar was, haar meisje was weer thuis. Ze wilde wel op haar knieën zinken: alles waarin ze altijd had geloofd, klopte. Er bestond wel degelijk orde en gerechtigheid. ‘Maar jullie zijn het die bloemen verdienen, Leander, jij vooral! Ik dacht net nog… ik was net bezig een taart voor je te bakken. Hij staat al in de oven.’

‘Dan zijn we precies op tijd,’ zei Leander. Met uitgestrekte armen liep hij op haar af. Zijn doorgaans onbewogen gezicht straalde.

‘Hoe kan ik je ooit bedanken, voor alles?’

Hij drukte haar tegen zich aan. Om hem heen hing de droge, stoffige geur van wierook. Hij fluisterde: ‘Ik ben maar een instrument, Gwen. Jouw geloof in mij heeft het onmogelijke mogelijk gemaakt. Jouw geloof was sterker dan de feiten.’

‘Kijk Babette nou,’ zei Beatrijs bij de box. ‘Kijk ons meisje nou toch.’

Gwen maakte zich los uit de omhelzing. Ze voelde zich enigszins duizelig. Met schitterende vlekjes voor haar ogen liep ze naar de box, haalde de baby eruit en overhandigde haar aan Leander. Meteen begon Babette met grote inzet te huilen.

‘Ondankbaar mormel,’ zei ze lachend.

‘Geef haar maar hier. Leander is geen babyman,’ zei Beatrijs. ‘Kom maar bij je tante, meisje. Zo. En vertel nu eens, wat heb je allemaal…’

‘Ja, Babette,’ zei Leander. Hij veegde zijn handen af aan zijn trainingsbroek. ‘Wat héb je ons allemaal aangedaan?’

Er viel een korte stilte. Toen riep Marleen, opstuivend van haar stoel: 'Ze heeft helemaal niks gedaan!'

'Laat hem toch lullen,' zei Yaja. De schouders ophalend tikte ze met haar wijsvinger tegen haar slaap en liet zich neer achter de keukentafel.

'Leander bedoelt alleen maar dat ze ons zo in zak en as heeft laten zitten, Marleen. Jullie tweetjes net zo goed. Laat hem de kalender maar eens zien die jullie hebben gemaakt. Dan ga ik ondertussen koffie zetten. En Yaja wil misschien wel even voor die mooie bloemen zorgen.' Hemel, en nu kon ook Laurens elk moment binnenvallen. Ze kon zijn komst maar beter aankondigen, dan had iedereen tenminste de gelegenheid zich er op in te stellen. 'Ik had Laurens net aan de lijn,' begon ze.

'Ik vannacht ook nog,' zei Yaja luid. Ze was gaan staan. Ze rukte het cellofaan van de rozen en propte het krakend in elkaar. Ze keek nog bozer en ontevredener dan anders. 'Wat een creep is dat, niet normaal!'

'Wat zeg je nou, Yaja? Vannacht?' Leander klonk ontdaan. 'Waarom heb je dat niet eerder verteld?'

'Ja zeg, jullie sliepen!' Het kind wist het laatste woord om te smeden in een insinuatie die zijn weerga niet kende. 'Jullie slíepen. Als ik de telefoon niet had opgenomen, waren jullie er misschien wel... wákker van geworden.'

Terwijl ze het koffiezetapparaat aanzette, maakte Gwen automatisch een mentale aantekening. Straks waren die van haar ook dertien en konden ze misschien eveneens, dwars door muren en plafonds heen, seks ruiken. Kinderen wilden helemaal niet weten dat hun ouders er een seksleven op na hielden. Voor haar geestesoog rees Leander op, naakt, bleek, onbehaard. Verward dacht ze: Had hij daarnet nou een erectie, toen hij me omhelsde?

‘Maar wat had Laurens dan?’ vroeg Beatrijs, lichtelijk buiten adem. ‘Wie wilde hij spreken?’ Ze hield Babette vast alsof de baby een reddingsboei was.

Yaja legde de rozen op de broodplank, pakte een mes uit het blok op het aanrecht, en doorkliefde met één welgemikte slag het uiteinde van de stelen. ‘Mij,’ zei ze. ‘Is dat ding daar een vaas, Gwen?’

‘Toe, Yaja. Wat moest hij van je?’ drong Leander aan.

‘Hij wou met me uit. Ergens samen iets gaan drinken. Daar kom jij misschien niet op, maar andere mensen zien mij heus wel zitten, hoor.’

‘Iets drinken?’ Beatrijs’ ogen puilden uit. ‘Midden in de nacht?’

Gniffelend zei Yaja tegen haar vader: ‘Ik zei het je toch. Zij vindt hem een hunk. Nou, van mij mag ze hem hebben. Mooi dat ik hem een vet gruwelijk blauwtje heb laten lopen.’

Na een moment zei Leander bars: ‘Maar die man zou je vader kunnen zijn!’

‘Dat is waar, die vacature hebben we ook nog.’ Yaja smakte de rozen in de glazen vaas.

‘Zachtjes aan,’ zei Gwen. Om haar gegeneerde gevoel te verbergen begon ze met kopjes te redderen. Wat kon er in Laurens zijn gevaren dat hij dat kind mee uit had gevraagd? Te veel gezopen? Het gaat niet goed met hem, dacht ze, ik moet een beetje op hem letten. Het leek haar opeens nog twee keer zo ingewikkeld als hij hier zo meteen binnenstapte. ‘Waarom gaan jullie niet gezellig met z’n drietjes naar boven?’ stelde ze voor. Veldwachteren en het verkeer regelen, dat was haar eeuwige lot.

En waar bleef Timo? Ze stak haar hoofd uit de keukendeur om hem te roepen, maar daar was hij al. Ze wierp hem een fronsende blik toe. Vooruit Tiem, betoon Leander je dank, zeg iets aardigs, daar ben je altijd zo goed in.

Hij nam Babette van Beatrijs over en begon, terwijl hij de baby liefkozend tegen zich aan klemde, uitvoerig over zijn bijen.

De winkelbel klingelde met een ouderwets geluid toen Laurens de enigszins verveloze deur opende. De geur van was en honing kwam hem tegemoet. Binnen in de kleine ruimte was het behaaglijk warm. Op verschillende plaatsen brandden er kaarsen op de schappen met potjes honing die tot kunstige piramides waren opgestapeld. Achter de toonbank zat Bobbie met rode wol te punniken.

'Kijk, Laurens,' zei ze, geenszins verbaasd over zijn entree, 'ik heb al een heel stuk.'

'Dat kan ik ook!' riep Toby uit.

'Maar niet zo goed als ik.'

Laurens zette de tas met de champagneflessen en de glazen op de planken vloer. Hij had zich de hele ochtend opgejaagd en ellendig gevoeld omdat bij Leander de telefoon niet werd aangenomen, maar de vredige aanblik van Bobbie in haar stofjas verdreef op slag alle spanning.

Ze hield de wollen sliert nog steeds omhoog. 'Als het lang genoeg is, maakt Gwen er een mutsje van voor Babette.'

'Ik heb haar teruggewenst,' zei Niels. 'Echt waar, Bobbie.'

'Nee maar,' zei ze verbijsterd. 'Dus jij zat erachter!'

'Knap van Niels, hè?'

'Ontzettend knap, zeg. Je had het alleen wel een beetje eerder kunnen doen.'

'Papa had niet eerder gezegd dat het kon.'

'Jeetje Laurens, slome sukkel! Nou ja, beter laat dan nooit.'

'Maar het komt natuurlijk ook door jou,' zei Laurens. 'Jij was zoals altijd de juiste vrouw op de juiste plaats. Ik geloof dat ik nog nooit zoiets sterks heb meegemaakt. Nu alleen de dader nog.'

'Nou, of ik die kan vinden,' zei ze zenuwachtig, 'dat weet ik niet, hoor.'

'Je hebt al meer dan genoeg gedaan.' Wat was hij er weer meesterlijk in om de stemming te bederven. Vlug deed hij een poging het goed te maken. 'Maar trouwens, we komen iets lekkers bij je halen.'

Bobbie legde de wol neer, pakte met een zakelijk gezicht een potlood en zette drie streepjes in een blocnote die opengeslagen op de toonbank lag. 'Ik ben net open en het loopt meteen al storm.'

Laurens legde zijn handen op Niels' schouders en duwde hem naar voren. 'Welke vond jij nou ook alweer zo lekker? Die met tijm?'

'Weet ik niet.'

'Daar was je moeder dol op.' Bobbie pakte een potje honing van een van de hoog opgetaste planken. 'Goed voor de luchtwegen, zei ze altijd. Dat betekent ademen, Niels. En dat is dan drie euro zestig.'

'Ik ook,' riep Toby rolvast.

Met een verheugd gezicht schoof Bobbie hem een tweede potje toe.

'Dat is dan zeven euro twintig,' zei Laurens. Bij de gedachte aan een kast vol tijmhoning begon de hoop hem als een kolom luchtbelletjes naar het hoofd te stijgen. 'Ga je even mee naar achteren?' vroeg hij terwijl hij zijn portemonnee uit zijn broekzak haalde. 'We gaan champagne drinken, op Babettes terugkeer.'

Ze telde het wisselgeld uit. 'Ik kan de zaak toch niet zomaar sluiten?'

Hij nam zijn jongens mee door de smalle, bochtige gang naar het achterhuis. Onderweg probeerde hij zich op te peppen tot een gepaste, feestelijke stemming. Maar in de keuken wachtte hem een verrassing. Dus hier zaten Leander en Beatrijs, in plaats van thuis bij de telefoon.

Tijdens alle plichtplegingen van jassen uittrekken, begroetingen en het bewonderen van Babette, die zowat uit haar roze rompertje barstte, was hij zich amper bewust van wat hij deed of zei. Leanders aanwezigheid overspoelde hem finaal. Hij brandde van verlangen om hem onder vier ogen te spreken, maar dat was nu natuurlijk niet mogelijk. Hij durfde niet eens zijn kant op te kijken. Hij voelde zich zo opgelaten als iemand die verliefd is en onverwachts, in een groot gezelschap, het nog onwetende object van zijn begeren tegenkomt. Niet uit de toon vallen, maar wel precies genoeg opvallen teneinde een goede indruk te maken, ja, zo luidde de agenda.

Met een smoesje over zijn autolichten ging hij al na een paar minuten even naar buiten om zichzelf in bedwang te krijgen. Had hij van de zomer maar niet zo vijandig tegen Beatrijs' vrijer gedaan. Vroeg of laat werd je ingehaald door je eigen kleinzieligheden. Het was vast veel verstandiger iedereen van meet af aan met een open hart tegemoet te treden.

Klaar en Karianne liepen nog in hun pyjama op het voorerf rond, eikels verzamelend die ze met hartstocht in een grote gele plastic emmer smeten.

'Hé, gajes! Moeten jullie niet een vestje aan?' riep hij.

Hij liep op het tweetal af. Hij hurkte neer bij de emmer, pakte er een eikel uit en liet die over zijn handpalm heen en weer rollen.

'Oom Laurens!' zei Karianne. 'Weet je het al? We hebben Babette terug!'

'En weet je hoe? Yaja's vader wist waar ze was!' Klaar lachte uitgelaten. Ze bleek een snijtand kwijt te zijn.

'Ja oom Laurens, Yaja's vader heeft haar gezíen.'

Het was hem opeens te moede alsof hij Niels hoorde zeggen: 'Ik heb haar teruggewenst!'

Met een hol gevoel dacht hij: Waar ben ik in vredesnaam mee bezig? Die man is een oplichter, dat heb ik altijd geweten. Hij gooide de eikel terug in de emmer, gaf de tweeling een klapje op hun smalle billen en ging weer naar binnen, zijn knieën knikkend van teleurstelling.

In de keuken legde Timo Babette net tussen haar speeltjes in de box. Hij had zijn oude grijns weer, zijn hele gezicht glom.

De aanblik zou voldoende moeten zijn om zelf gelukkig van te worden, maar Laurens voelde zich alleen maar verloren. Zoals de baby verwoed naar haar eigen tenen lag te grijpen! Zodra ze hun voeten eenmaal hadden gevonden, hadden ze de eerste fase van de kunst van het lopen bereikt. Dan stonden ze voordat je het wist op eigen benen. En dan liepen ze vroeg of laat bij je weg, op hun magnifieke lange stelten. Zijn opluchting dat die kleine erwt gezond en wel terecht was, was al bijna helemaal weggeëbd. Zelfs blij zijn lukte hem niet meer.

Gwen was bezig een versgebakken appeltaart aan te snijden en de stukken op bordjes te schuiven. 'Op dit soort momenten mis ik Veronica toch zó,' zei ze. 'Ik heb telkens de neiging haar even op te bellen. Je wéét dat iemand dood is, maar toch wil je je nieuws kwijt. Toen ze net was overleden, dacht ik zelfs: Vero, verhip, ik moet je iets belangrijks vertellen, je bent doodgegaan.'

Hij voelde dat iedereen naar hem keek, inclusief Leander die op de punt van de keukentafel zat. Om zich een houding te geven sloeg hij zijn armen om Toby en Niels heen.

Niels zei tegen Gwen: 'Papa heeft van de week al mama's kleren weggegooid. Samen met tante Beatrijs.'

'Werkelijk, Laurens? Was je al zover? Wat fijn dat Bea er was om je te helpen.'

'We hebben gezongen,' zei Toby. Hij begon in zijn handjes te klappen.

'Dus jullie hebben er maar een gezellige boel van gemaakt. Dat is ook het beste, bij nare karweitjes.' Gwen liep op de jongetjes toe en haalde een hand door Toby's haar.

Over haar hoofd heen zag Laurens Beatrijs bij het aanrecht staan. Een bijna paarse blos was bezig uit haar hals omhoog te kruipen. Ze hield haar blik strak op de punten van haar sportschoenen gevestigd.

'Wanneer zei je dat dat was, Niels? Dat opruimen?' vroeg Leander, naar zijn bleke handen kijkend.

'Eergisteren.'

Beatrijs stond het zichtbaar te besterven. Hij had geen idee hoe hij haar te hulp kon komen. Ieder woord zou het vermoedelijk alleen maar erger maken, dat wist hij zelf, tot zijn splijtende spijt en schaamte, maar al te goed.

'Eergisteren? Hm,' zei Leander. 'Donderdagavond, dus.'

Beatrijs bleef koppig zwijgen. Misschien had zij dat Veronica toen ook wel aangeraden: gewoon je mond houden. Zo deden vriendinnen dat in geval van een crisis, die stonden elkaar met raad en daad bij. Maar het ergste had Veronica haar trouwe stut en steun niet meer kunnen vertellen. Toen was ze al dood geweest.

Op dat moment stormden de Engelen de keuken in, op hun hielen gevolgd door Yaja. 'Mogen we in het huisje spelen?' vroeg Marleen, terwijl ze haar armen om haar vaders middel sloeg en vanonder haar roverswenkbrauwen innig naar hem opkeek.

'Gwen?' zei Timo. Hij stond onhandig aan het loodje van een van de flessen champagne te pulken.

'Ja meiden, best. Neem Niels en Toby ook maar mee. Hier is jullie taart.'

Laurens zag zijn kans schoon om van onderwerp te veranderen. 'Wat is dat nou, staat het huisje leeg, en in de vakantie nog wel?'

'We hebben alles de afgelopen tijd een beetje laten versloffen. Met de bijen is het ook een ramp,' zei Timo. 'Ik moet nog zien hoeveel volken ik de winter door krijg.'

'Maar vanaf nu kunnen jullie er weer op volle kracht tegenaan. Geef mij die fles maar even, Timo.' Hij verwonderde zich erover hoe gewoon hij klonk. Geen mens zou denken: daar spreekt een man die het monster van de jaloezie uit eigen ervaring kent, die groene demon die zijn gevorkte drietand onverhoeds zo diep in je hart kon steken dat je alle controle over jezelf verloor.

In het vakantiehuisje met het scheefgezakte schuurtje ernaast, helemaal achter op het terrein, hing de muffe geur van ongewassen beddengoed. Alles wat je aanraakte, voelde klam en ongebruikt aan. De keukenkastjes bevatten niets anders dan muizenkeutels en een van het vocht versteend pak suiker. Op de vensterbank stond een telefoontoestel dat zo bestoft was dat je naar de kleur ervan moest raden.

Met hun jassen aan zaten ze rond een tafel met een vlekkerig houten blad. Er waren maar vier stoelen, zodat Toby en Niels er een moesten delen. Ze aten hun appeltaart. Argwanend hield Niels ze in de gaten, die wijven.

'We krijgen videobewaking,' zei Marleen met volle mond.

Afgunstig zei Yaja: 'Bij jullie gebeurt er altijd wat.'

'Alsof het zo leuk is als er iemand wordt gekidnapt. Wie neemt er nou een baby mee!' Marise klonk schel van verontwaardiging.

'En wie brengt haar dan weer terug?' Jennerig deed Yaja haar stem na. Ze schoof haar taartbordje van zich af, zakte onderuit, vouwde haar handen over haar borst en bestudeerde het loslatende stucwerk van het plafond. 'Get real. Als ik iemand had ontvoerd, zou ik er meer van maken. Losgeld eisen is wel het minste.'

'Maar dat doen ze alleen bij rijke stinkerds, zegt mama.'

'Precies, en daarom kun je er toch beter eentje met big bucks nemen dan een baby?'

Niels moest erkennen dat ze gelijk had. Wie had er wat aan een baby? Het was niet logisch. Er kwam een akelig gevoel over hem. Toby was nog maar zo klein. Stel dat ook die opeens verdween.

Marise vroeg: 'Wat moet je eigenlijk dóén met iemand die je hebt gekidnapt?'

'Een pink afhakken.' Yaja ging rechtop zitten. 'Om mee te sturen met de losgeldbrief. Dat ze meteen merken dat het menens is.'

'Echt?'

'Ja, wat dacht je dan? Dat je moet gaan zitten rummikuppen?'

Het zinde Niels helemaal niet dat de Engelen zo vol bewondering naar Yaja keken. 'Je kletst maar wat, opschepper. Dat van dat glas klopte ook al niet!'

'Babette zei nooit niks terug,' zei Toby, die het gesprek met openhangende mond zat te volgen, zijn gezicht onder het taartkruim.

'Dat was ook de bedoeling, dombo. Alleen de doden geven antwoord.'

'Liegbeest!' barstte Niels uit. 'En mijn moeder dan?'

Er viel een stilte waarin de tweeling hem taxerend opnam. Het was niet eerlijk. Hij kende hen al zijn hele leven. Ze hoorden aan zijn kant te staan, en niet aan de kant van dat spook. 'Heb je echt geprobeerd je moeder op te roepen?' vroeg Marleen ten slotte met enig ontzag.

'En mooi dat ze geen antwoord gaf, hoor!' Uitdagend keek hij Yaja aan.

Ze sloeg haar ogen neer. Ze beet op haar lippen. Toen keek ze weer op. Er was een klein, sluw lachje op haar gezicht verschenen. Langzaam zei ze: 'Dat kan dan maar één ding betekenen, Niels, my man. Dan is je moeder dus helemaal niet dood.'

Geschrokken sloeg hij zijn handen over Toby's oren. Straks dacht die big nog dat het waar was ook.

Marise overwoog aarzelend: 'We zijn anders wel op de begrafenis geweest.'

'Je hebt dood en je hebt dood. Neem dat maar van me aan.' Broeierig keek Yaja voor zich uit.

Marleen sprong op en pakte een wit uitgeslagen glas van het aanrechtblok. 'We kunnen het toch gewoon even checken?'

Niels moest worstelen om Toby's oren dicht te houden. Wat kon het verschil zijn tussen dood en dood? En los daarvan, stel dat zijn moeder nu wel antwoord zou geven, hoe moest hij dan voorkomen dat hij in tranen zou uitbarsten, hier, tussen de mutsen? Heen en weer geslingerd tussen verlangen en afgrijzen gaf hij Toby een harde por met zijn knie om hem koest te houden.

'Ik zit er niet mee om het te checken, maar begrijp één ding goed,' zei Yaja terwijl ze zich koelte toewuifde met een hand met paarse nagels, 'we hebben het hier over ondoden. Dat zijn doden die geen rust hebben omdat ze nog iets met de levenden te verhapstukken hebben. Get it? Die wil je echt niet tegenkomen.' Ze verhief zich van haar stoel en begon op de muren te kloppen en aan de ramen te rammelen. Als tegen zichzelf mompelde ze: 'Ideaal hier, om iemand te verbergen.' Ze draaide zich om. 'Zeg, gingen we nou eigenlijk nog iemand kidnappen?'

Niels wist niet of hij teleurgesteld of opgelucht was. Hij liet Toby los en boende met de mouw van zijn jack de betraande wangen van zijn broertje schoon.

'Hebben we ergens touw?'

'In de kaarsenmakerij,' zei Marleen. 'Daar liggen kilometers.'

'Now we're talking.'

'Maar hoe komen we aan een rijke stinkerd?' vroeg Marise.

Niels merkte dat zijn adem in steeds kortere pufjes kwam. Konden die dozen dan nooit iets gewoons verzinnen? Ze zouden toch ook een hut kunnen bouwen, of doen alsof ze walvisvaarders waren? Een onderzeeër was ook goed. En Toby vond Tic-Tac-Toc hartstikke gaaf. Of Mowgli, daar was hij gek op.

Yaja keek peinzend om zich heen. Toen haar blik op de stoffige telefoon viel, begon ze te giechelen. 'Ik krijg een meesterlijk idee. Iedereen standby voor het vangen van een rijke stinkerd? Of wacht, gooi eerst die kleuter even overboord. Die kunnen we hier niet bij gebruiken.'

Niels trok zijn broertje overeind, vastbesloten hem niet alleen te laten. Er kon hem wel van alles overkomen. Zijn vader zou het hem nooit vergeven. Samen met Toby ging hij naar buiten. Zodra hij de deur achter zich had dichtgetrokken, vroeg hij zachtjes: 'Junglebook, dat vind jij toch veel leuker?'

'Nee!' schreeuwde Toby. 'Ik wil ook! Ik wil meedoen!'

'Maar jij was toch die tijger? Die gevaarlijke Shere Khan? Jij moet in je kooi, anders eet je iedereen op.'

Toby was even overbluft. Onzeker kromde hij de vingers van zijn ene handje. 'Gggr!' deed hij.

'Brave tijger. Braaf.' Niels hield hem in zijn nekvel vast terwijl hij hem voortsleurde, op zoek naar een geschikte kooi.

Zo lief als jij altijd voor je kleine broertje bent, marsmannetje van me, dat doet niemand je na, hoor.

Hij stond pardoes stil. Waar kwamen die woorden vandaan? Hij keek om zich heen. En ineens snapte hij het. Je had dood en je had dood, jemig, nu was het hem pas duidelijk. Hoe vaak gebeurde het immers niet dat hijzelf iets tegen zijn moeder zei, per ongeluk bijna: mam, ik had een acht voor woordrij, echt waar. Het ging dus helemaal niet via een glas, het ging gewoon via je hart. Net iets voor mama, die altijd voor alles een oplossing had geweten, hoe groot het probleem ook was.

'Zijn er tralies in mijn kooi?' vroeg Toby hoopvol.

Met een wonderlijk licht gevoel duwde hij hem de hoek om, naar het schuurtje. Er stonden maar liefst vier roestige fietsen, plus een stapel plastic tuinstoeltjes met ernaast een hele berg door de zon verschoten kussentjes. Hij versleepte de kussentjes naar een hoek, duwde Toby erbovenop en zeulde de fietsen over de betonnen vloer totdat ze haaks voor zijn broertje stonden.

'Gggrrr,' zei Toby verheugd, rammelend aan de spaken die nu tralies waren.

Kijk mama, Toby is Shere Khan! Hij wist opeens zeker dat ze het kon zien.

'Even een etensbak voor je halen.' Op een holletje ging Niels terug naar het huisje. Hij was zo blij dat het wel leek alsof hij vloog. Maar op de drempel bleef hij met een schok staan. De mutsen waren er nog.

De Engelen keken vol verwachting naar Yaja, die juist met een voldaan gezicht de hoorn van de telefoon neerlegde. 'Gelukt,' zei ze. 'En die pink, die is voor mij. Get it?'

'Je bent net op tijd, Niels,' zei Marleen kribbig. 'Anders waren we zonder jou begonnen.'

'Vergis ik me nou, of zag onze Beatrijs er vroeger heel anders uit?' vroeg Timo. Hij zat onderuitgezakt met zijn benen op tafel en liet het laatste restje champagne in zijn glas ronddraaien. 'Altijd zo fleurig en verzorgd. Als Gwen maar niet ook in zulke trutkleren gaat lopen.'

'Ik heb haar van de week nog een vest van Veronica aangeboden.' Laurens hoorde aan zijn stem dat hij even aangeschoten moest zijn als Timo. Hij stond op om zich een kop koud geworden koffie in te schenken.

'Wie, Gwen?'

'Nee, Beatrijs.'

'Ach, Veronica.' Timo zuchtte. 'Als zij er nog was geweest, was dit allemaal nooit zover gekomen. Zij zou toch meteen korte metten met die Leander hebben gemaakt?'

Ze zaten met z'n tweeën in de keuken, Timo en hij. Beatrijs was even bij Bobbie gaan buurten. Gwen en Leander waren boven bezig Babette in haar bedje te leggen.

'Hij zag Babette iedere dag!' zei Timo, ongewoon venijnig. 'Nou vraag ik je. Hoezo zág die man haar dan? Was Babette soms al die tijd bij hém? En waarom ziet hij nu niet gewoon waar die geflipte ontvoerder uithangt, zodat die opgepakt kan worden? Veronica had die flapdrol direct ontmaskerd. Zij zou hem flink de waarheid hebben gezegd. Moest je net haar hebben.'

Die laatste woorden bezorgden Laurens een onaangename schok. Maar hij kreeg niet de kans er verder over na te denken, aangezien Gwen en Leander weer binnenkwamen.

'Het wordt zo ondertussen onze tijd, mensen,' zei Leander minzaam. 'Ik ga Beatrijs halen, en dan nemen we afscheid. Ik kan toch binnendoor naar de winkel?'

'Ja, maar het is nogal kruip-door-sluip-door. Ik zal het je even moeten wijzen,' zei Gwen. Ze had blossen op haar wangen.

'Dat doet Laurens wel,' zei Timo botweg.

Hij goot zijn koffie naar binnen in de hoop dat de cafeïne zijn verdoofde hersencellen zou opfrissen. Hij zette het kopje zo hardhandig neer dat het even tolde op het schoteltje.

Toen hij Leander even later voorging door de gang naar het voorhuis, was hij zich ervan bewust dat hij nog nooit eerder met hem alleen was geweest en in feite amper ooit een woord met hem had gewisseld. Slechts hun voetstappen op de kale plavuizen waren te horen. Wat zou die man nu lopen te denken? Misschien had Beatrijs hem wel verteld over Veronica's escapade, had ze verteld dat zijn vrouw... Hij stond stil, ineens overrompeld door het besef dat Leander de eerste moest zijn om hem te begrijpen. Misschien was zijn afkeer voor die bezitterige tiran altijd zelfs wel voor een deel gestoeld geweest op het feit dat ze meer gemeen hadden dan hij zich tot dusverre had willen bekennen.

'Zullen we doorlopen?'

Al zijn moed verzamelend draaide Laurens zich om. 'Luister, dit komt misschien onverwacht, maar ik heb je hulp nodig.' Hij overviel zichzelf, hij moest naar woorden zoeken. Kon je het hebben over doden die contact zochten met de levenden, of klonk dat alleen maar paranoïde? De omgekeerde situatie leek hem gewoner. Dat hij verlangde naar zijn overleden vrouw, dat viel heel goed te billijken. 'Ik weet natuurlijk niet of dat mogelijk is, maar ik zou ontzettend graag in contact willen komen met...'

Leander hief zijn hand om hem te onderbreken. Ze stonden zo dicht op elkaar dat, in het licht van het kale peertje dat vlak boven hen bungelde, iedere groef in zijn tanige gezicht te zien was. 'Wat denk je in 's hemelsnaam te bereiken, Laurens?'

'Nou, eigenlijk dat je voor mij...'

'Bemiddelt?'

'Zoiets, ja.' Hij kreeg opeens het gevoel dat er iets niet klopte.

'Ik raad je aan haar met rust te laten.'

Hij aarzelde. 'Maar ze achtervolgt me zelf, op haar manier. Vannacht nog...'

'Ik geloof dat je de zaken omdraait. Volgens Yaja heb jij háár vannacht gebeld.'

'Yaja?' Uit alle macht maakte hij mentaal pas op de plaats.

'Me dunkt dat ze je duidelijk heeft gemaakt dat ze niet van je avances gediend is. En het dan via mij, nota bene, nog een keer te proberen, dat is wel helemaal het toppunt.'

'Ho even,' zei hij, van de spanning bijna in de lach schietend, 'het was andersom. Zij vroeg mij om...'

'Dus je beweert dat zij liegt en dat jij haar niet hebt gebeld?'

'Jawel, of nee, dat wil zeggen, ik heb wel gebeld, maar dat was omdat ik jou wilde spreken.'

'Midden in de nacht? En sinds wanneer hebben wij het soort verstandhouding dat rechtvaardigt dat we elkaar in het holst van de nacht bellen?'

'Oké, je hebt helemaal gelijk. Ik was van de zomer inderdaad ontzettend lomp tegen je. Aanvaard daarvoor alsjeblieft mijn excuses. Ik wil mijn gedrag niet goedpraten maar ik was mezelf niet, ik sloeg van alles op tilt, maar nu...'

'Nu zit je achter meisjes van dertien aan.'

Bijna riep hij uit: 'Waarom zou ik?' maar hij wist zich te beheersen. Hij had geen schijn van kans. Al had hij vannacht zijn best gedaan Yaja zo vriendelijk mogelijk af te poeieren toen ze met haar onverwachte voorstel op de proppen was gekomen, een afwijzing bleef een afwijzing. Hij had de trots van het kleine loeder gekrenkt.

'Nogmaals: kunnen we misschien doorlopen?' vroeg Leander ijzig.

Mechanisch zette Laurens zich weer in beweging. Hij vervloekte elke druppel die hij had gedronken. Als hij scherper was geweest, had hij misschien nog een kans gehad zich hieruit te redden.

In de winkel zat Bobbie achter de toonbank naar haar blocnote te turen. Er stonden inmiddels vier streepjes op het papier, zag hij.

Over haar schouder keek ze uitnodigend naar hem, om bij het ontwaren van Leander meteen te betrekken. Die leek het echter niet op te merken. 'Wat goed je te zien,' zei deze, zijn stem weer warm en diep. 'Ik moet je nog feliciteren met Babette. Al was het op afstand, we hebben geweldig samengewerkt, Bobbie, jij en ik. Zo zie je maar wat wij kunnen bewerkstelligen als we onze energieën bundelen.'

'Hu,' zei Bobbie binnensmonds. Maar de winkelierster in haar was sterker dan zijzelf: ze pakte het potlood en zette resoluut twee nieuwe streepjes. Toen keek ze strak voor zich uit.

'Is Beatrijs er alweer vandoor?' vroeg Laurens om haar te hulp te komen.

'Die heb ik helemaal niet gezien.'

Hij wees naar het vierde streepje.

'Dat was Janna van de overkant. Die heeft twéé dozen kaarsen gekocht. Altijd een topdag, zaterdag.'

Op geduldige toon zei Leander: 'Maar je belde Beatrijs daarnet toch om te vragen of ze even een praatje kwam maken?'

Bobbie negeerde hem. Ze trok de kassalade open, wenkte Laurens en wees naar de inhoud.

'Ja, jij bent je gewicht in goud waard.'

Ze begon te lachen. 'Jij wilt mij versieren, hè Laurens? Denk maar niet dat ik daarin trap.'

Leander trok zijn wenkbrauwen even op en vroeg toen: 'Is Beatrijs soms buitenom teruggegaan?'

'Wat zeg ik nou net tegen die man! Ze is helemaal niet in de winkel geweest.'

Leander knakte zijn bovenlichaam naar voren en bracht zijn gezicht vlak bij het hare. 'Ik was erbij toen Beatrijs jouw telefoontje op haar mobiel kreeg. Dat was Bobbie, zei ze, ik ga even naar Bobbie toe, die zit verlegen om een praatje.'

'Op zo'n beredrukke dag zeker!' zei ze honend tegen Laurens.

Maar ook hij had Beatrijs haar mobieltje zien opnemen.

Met strakke lippen zei Leander: 'Vreemd, al dat mysterieuze getelefoneer in deze vriendenkring. Op z'n zachtst gezegd vreemd.'

Laurens dacht: Aardstralen, misschien? Hij begon die merkwaardige ijzerachtige smaak in zijn mond te krijgen die het gevolg was van drank die op een te vroeg tijdstip was genuttigd en die alleen maar te bestrijden viel met nog meer alcohol. Omdat hij Bobbie niet wilde afvallen, stelde hij voor: 'Laten we Beatrijs zelf om opheldering vragen.'

Buiten was het erf verlaten. Klaar en Karianne zaten nu natuurlijk met hun buitgemaakte eikels op hun kamer om er eikelmannetjes van te maken. Hun zusje was terecht, hun gezin was weer intact. Babettes vermissing was een intermezzo geweest waarover, in de loop van talloze verjaarsfeestjes, met toenemende onverschilligheid zou worden gesproken totdat de hele gebeurtenis nog louter onderdeel zou zijn van dat halfmythologische weefsel dat familiegeschiedenis heet, en niet meer dan dat.

Een golf van heimwee overspoelde hem. Ook hij had een compleet gezin gehad. Maar door zijn eigen schuld was het geluk hem door de vingers geglipt. In een impuls greep hij Leander bij de arm. 'Is het mogelijk dat de doden contact met iemand zoeken?'

Met grote stappen beende Leander voort over het knerpende grind waarover Veronica zo vaak had gelopen dat je wel kon stellen dat zij met iedere afzonderlijke kiezel een intieme relatie had gehad. 'Ik heb je van de zomer mijn hulp aangeboden, maar die stelde je niet op prijs. En wat je nu vraagt, verraadt dat je helaas nog altijd even onnozel bent als toen.'

Oké, dacht Laurens, verneder me maar, ik heb jou ook vernederd, lucht je gemoed maar, opdat de balans zo snel mogelijk weer in evenwicht is. 'Verlicht me dan,' zei hij.

'Als het erom gaat dat je hebt verzuimd met de aardse incarnatie van je vrouw problemen op te lossen, dan is dat natuurlijk tragisch. Maar dat is bij een plotselinge dood wel vaker het geval. Nu is het te laat om nog iets recht te zetten, in dit leven tenminste. Alleen is de troost die die gedachte ons óók biedt, aan jou nu eenmaal niet besteed.'

Ze waren bijna bij de keukendeur. Het gepraat en gedoe dat zich binnen afspeelde, was door het glas heen al hoorbaar. Gwens stem die iets vroeg en een van de Engelen die ongeduldig antwoord gaf. Ja mama, nét waren we in het huisje, maar nu gaan we boven spelen. Veronica had altijd gezegd: 'Het gaat er niet om wat ze precies uitvoeren. Als ze het maar naar hun zin hebben.'

Hij dacht: Het ging er niet om wat jij precies uitvoerde. Als je het maar naar je zin had. Was dat au fond niet waar het allemaal om draaide? Was dat niet hetgeen waardoor je samen gelukkig bleef: door alles niet te nauw te nemen?

'Als jij het over contact met de doden hebt,' vervolgde Leander, terwijl hij zijn hand al naar de deurklink uitstrekte, maar zich ineens omdraaide, 'dan denk je waarschijnlijk aan seances, of hoe noemt iemand zoals jij dat? Neem dit van mij aan. De meeste overledenen die op een zogenaamde seance worden opgeroepen, komen nooit door. Nooit. Die zijn namelijk allang overgegaan. Iedere ziener met ook maar één gram integriteit in zijn donder laat hen dan ook met rust. Alleen de charlatans onder mijn zogeheten collega's beweren contact met hen tot stand te kunnen brengen, om zotten zoals jij geld uit de zak te kloppen. Tot dat niveau zal ik me nooit verlagen. Jij probeert een oplichter van me maken, met je verzoek. Maar ik verzeker je dat dat niet gaat lukken. Ik laat me door jou niet tot kwakzalver degraderen.'

Beroepseer, dacht Laurens verward. Dit was waarschijnlijk onderdeel van de afrekening die hij nog van Leander tegoed had. Maar wel sterk dat daarbij precies de termen vielen waarin hijzelf altijd over de man had gedacht. Het kon geen toeval zijn. En als Leander blijkbaar in staat was zijn gedachten te lezen, dan kon hij nog méér. 'Maar is het dan onmogelijk om met een overledene te communiceren? Zeg je dat, in feite?'

'Jezus, man. Alleen slechte, aardgebonden entiteiten hechten aan contact met de levenden. De levenden zijn hun enige schakel met de fysieke mens. Zij moeten zeer worden gewantrouwd.' Toen ging hij de keuken in en veegde op de mat zijn grote voeten.

Gedurende een ogenblik bleef Laurens staan, verdoofd. Alleen slechte entiteiten hechtten aan het contact met de levenden. Zij moesten zeer worden gewantrouwd. De mogelijkheid was nog niet eerder bij hem opgekomen, maar wie zei eigenlijk dat Veronica iets goeds met hem voorhad? Waarom zou ze ook? Misschien kwam ze Niels zijn nachtkus wel geven om hem en passant wat in het oor te kunnen fluisteren. Het was net iets voor haar om te willen dat haar kinderen de waarheid kenden. Dat zij wisten wat hun vader op zijn geweten had.

Met een waas voor zijn ogen stapte hij naar binnen.

'O, was Beatrijs niet meer bij Bobbie?' zei Gwen net tegen Leander. 'Dan is ze vast een wandelingetje in de tuin gaan maken.'

'Dan zal ik daar maar eens kijken.'

Zodra Leander weg was, mompelde Timo, die nog steeds met zijn benen op tafel zat: 'Wat een blinde vink opeens. Hij zou vanuit hier toch moeten kunnen zien waar ze is.'

'Je bent lam,' zei Gwen boos.

'Dronken mensen spreken de waarheid, mop.'

'Waar zijn Niels en Toby?' vroeg Laurens gejaagd.

'Volgens mij zitten ze met z'n allen boven.' Vaag wuifde Timo naar het plafond.

Hij liep de keuken uit en beende door de gang. 'Niels!' riep hij onder aan de trap. 'Toby!'

Boven verstomde het opgewonden gepraat van kinderstemmen. Na een tijdje ging er een deur open en hobbelde Niels een paar kale treden af. 'Wat is er?'

'Alleen maar even kijken of alles goed gaat.'

'Ja hoor.' De oren van zijn zoontje waren rood en zijn ogen stonden wild. Het was duidelijk dat er kattenkwaad gaande was.

Even leek het Laurens alsof zijn gepijnigde hart wat lichter werd. Niels was jong genoeg om alles weer te kunnen vergeten. En Toby was zelfs nog niet oud genoeg om te begrijpen wat zijn moeder te vertellen had. Maar dat zou niet zo blijven. 'Ook met Toby?'

'Die speelt Jungle Book.'

'O. Jullie niet dan?'

'Wij schrijven een brief. We hebben...' Geschrokken keek Niels naar boven, vanwaar ineens indringend gefluister klonk. Hij werd blijkbaar terecht gewezen.

Straks viel hij nog uit de gratie bij de dames. 'Ga maar gauw verder met die brief. Waar kan ik Toby vinden?'

'Nee, nee, ik ga hem wel halen.' In een paar sprongen was zijn zoontje de trap af, dook onder zijn arm door en schoot weg.

Ze hadden Toby dus ergens in zijn eentje laten spelen. Je kon ze geen ongelijk geven, maar sneu was het wel voor de kleine krokodil. Hij wilde Niels net achternagaan, toen de trap opnieuw kraakte. Meteen klonk Yaja's lijzige stem: 'Wat moet jij nou weer, Laurens?'

Ze stond halverwege, haar voeten in de zwarte laarsjes ongeveer ter hoogte van zijn kruin, zodat hij het hoofd in de nek moest leggen om haar te kunnen aankijken. 'Dat kan ik jou beter vragen,' zei hij nijdig. 'En nu we elkaar toch spreken, prinses op de erwt, waarom heb je je vader leugens over me verteld?'

Hij verwachtte niet anders dan dat ze onwetendheid of onschuld zou veinzen. In plaats daarvan haalde ze haar schouders op. 'Had ik gewoon zin in.'

Even stond hij versteld. 'Met zoiets kun je iemand problemen bezorgen, besef je dat wel?'

'Nou en?' Ze leek een geeuw te verbijten.

Had ik gewoon zin in. Dat was voor zo'n kind voldoende. Zonder haar verder een blik waardig te keuren liep hij naar buiten. Achter in de tuin hoorde hij Leander Beatrijs' naam roepen. Er was een scherpe, dwingende klank in zijn stem.

Waar kon Beatrijs uithangen? Misschien was ze na Bobbies telefoontje per abuis naar het zomerhuis gegaan, in plaats van naar de winkel. Ze hadden allemaal te veel champagne gedronken, midden op de dag, en voor iemand die tegenwoordig zo'n sober leven leidde als zij, kwam dat hard aan. Ze lag wellicht gewoon een uiltje te knappen op Bobbies bed onder de hanenbalken.

Bobbie had het hem weleens aangewezen, van buitenaf dan: Kijk Laurens, daar slaap ik, en die gaten onder de dakpannen, zie je ze, die zijn voor de zwaluwen, die bouwen er in het voorjaar altijd nesten, ze vliegen met hun jonkies in en uit, in en uit.

Hij keek om zich heen waar Niels was gebleven. Zou hij Toby in het vakantiehuisje hebben achtergelaten? Op hetzelfde moment meende hij zijn zoontje in de verte te horen huilen. Direct koersten zijn benen op eigen kracht naar het huisje. Op een draf legde hij het laatste stuk af. 'Toby!' riep hij, terwijl hij aan de klink morrelde. Maar de deur zat op slot. Hij keek door het beslagen raam. De woonkeuken was zo te zien leeg en verlaten.

Hij liep om het huisje heen. De deur van het aftandse schuurtje stond wijd open. Binnen hoorde hij Niels zeggen: 'Die trapper zit klem tussen de spaken, daar komt het door, sukkel.'

Hij ging het schuurtje in.

Niels, die doende was een stapel fietsen uit elkaar te trekken, een taak die duidelijk boven zijn macht lag, keek verschrikt op.

'Papa,' snikte Toby, 'ik wou uit mijn kooi en toen viel alles om.' Hij zat bekneld onder de in elkaar gehaakte fietsen, maar hij zag er verder ongedeerd uit.

'We hebben je zo bevrijd,' zei Laurens. Hij morrelde een fiets los, tilde hem op en zette hem tegen de muur. 'Maar wat deed je dan ook in een kooi, malle aap?'

'Nee pap, ik was een tijger.'

'Helemaal in je eentje?' Hij verwijderde de twee volgende fietsen.

Niels stond erbij met een gezicht dat boekdelen sprak, beducht voor een standje.

Gedeprimeerd dacht Laurens: Ben ik te streng voor hem? 'Help jij me even, Niels? Kom maar op met die spierballen van je.' Samen trokken ze de laatste fiets overeind en zetten die ook tegen de muur. Erachter klonk een doffe bons, alsof iemand in het huisje een zeer groot, zwaar voorwerp op de grond smeet.

'Wat was dat nou?' zei hij. Er was daar toch niemand, de deur zat toch op slot?

'Beatrijs!' riep Leander verderop in de tuin opnieuw.

Niels keek nog twee keer zo benauwd. 'Ik moet plassen, pap.'

'Kom maar, we gaan.' Hij bukte zich en tilde Toby op. Buiten wierp hij in het voorbijgaan, nogmaals een blik op het huisje, maar aangezien de gordijnen van de beide slaapkamers waren gesloten, werd hij niets wijzer. En opeens besprong een verschrikkelijke gedachte hem. Als Veronica er bij hem thuis in slaagde spullen te verplaatsen, dan kon ze dat hier ook. Dan kon ze het overal. Dan kon ze op ieder moment en op iedere plaats haar aanwezigheid kenbaar maken, om hem ervan te doordringen dat er geen neutraal terrein voor hem meer bestond. Hij had haar tekenen tot dusverre eenvoudig verkeerd begrepen. Ze had de jacht op hem geopend.

# Deel III

## *Winter*

# *Spoken*

Uit de autoradio kwamen berichten over winterse buien en mogelijke ijzel. Gwen drukte het gaspedaal van haar aftandse Toyota wat dieper in. Als ze Amsterdam maar haalde voordat het slechte weer toesloeg. Zonder slipgevaar matte het randstedelijke verkeer haar al genoeg af. Ze voelde zich een suffe provinciaal, gewend als ze was aan vrijwel lege wegen met hier en daar een trage tractor waar je geduldig achter bleef hangen. Onophoudelijk zag ze in haar spiegel aanstormende auto's met grimmige haast opdoemen. Je moest je er blijkbaar helemaal in gooien, elkaar snijden en nog toeteren ook.

Volgens een van Veronica's theorieën waren er drie dingen die iedereen rotsvast van zichzelf geloofde, namelijk: 1. ik ben een goede vriend(in), 2. ik ben goed in bed, 3. ik rijd goed auto. Kennelijk was er iets mis met je als je ruiterlijk erkende dat je een middelmatige chauffeur was. Bij de vraag of ze aan de twee andere kwalificaties wel voldeed, wenste Gwen momenteel niet stil te staan.

In de verte doemden de contouren van Amsterdam op. Voor de zekerheid ging ze alvast in de rechterbaan rijden, om straks bij de afslag niet in de problemen te komen. Hoewel ze nu al bijna twee maanden iedere week hetzelfde traject aflegde, bleef het enerverend.

Ze dacht: En toch draaide ik vroeger voor zulke dingen mijn hand niet om.

De meeste mensen begrepen het niet, of maar half. Ze wisten niet wat het betekende om met een onopgelost mysterie te moeten leven. Ze konden zich er geen voorstelling van maken hoezeer zo'n raadsel je zekerheden uitholde, hoe het je vertrouwen in het hele bestaan ondermijnde, inclusief in jezelf. Jij, die er al evenmin in was geslaagd veiligheid te bieden of opheldering te verschaffen. In de ogen van anderen hoorde je allang blij te zijn dat je je kind gezond en wel terug had gekregen. Maar van wie dan? Wie had Babette teruggebracht? En waarom?

Zo redeneerde de rest van de wereld niet. Dat Babettes terugkeer nog steeds net zo min te verklaren viel als haar verdwijning, was natuurlijk hoogst onbevredigend, misschien inderdaad zelfs spookachtig, maar op een gegeven moment moest je ophouden erover te zeuren. Ook bij de recherche lagen de prioriteiten allang elders: er gebeurden dagelijks afschuwelijke dingen, er werden onzegbare wandaden gepleegd en het regende tragische ongelukken. Babettes geval, hoe vreemd ook, was er een met een goede afloop geweest en er waren geen sporen gevonden die enig aanknopingspunt hadden geboden, dus wat viel er dan in alle redelijkheid nog van de politie te verwachten? 'De kidnapper zal eerst nog een keer moeten toeslaan,' had de slisser berustend gezegd, 'en dan hopelijk een fout maken, zodat we hem of haar kunnen pakken.'

Zo cynisch zat de wereld dus in elkaar.

Voor je eigen bestwil moest je maar uit alle macht hopen dat zoveel mogelijk ouders, liever vandaag nog dan morgen, de wieg van hun kind leeggeroofd vonden, de dekentjes nog warm, het hoofdafdrukje nog zichtbaar in het kussen. Dat was, god nog aan toe, je enige kans op gerechtigheid. En ondertussen moest je maar zien hoe je je verstond met de verschrikkelijke willekeur van het bestaan.

Terwijl ze de stad in reed, begon het te sneeuwen, in losse, natte vlokken. Het was alsof ze de kilte door de voorruit heen kon voelen. De lange, donkere winter lag nog helemaal voor haar. En met zo'n kleine hummel die haar mama de hele dag nodig had, kon ze ook nooit eens even loskomen van wat er was gebeurd. Continu zat ze met haar neus boven op het tergende raadsel gedrukt. Daarom was ze zo dankbaar voor de mogelijkheid die Leander haar had geboden. Bij zijn nieuwe project moest iemand Beatrijs aan zijn zijde vervangen, vanzelf, maar hij had ook een ander kunnen uitverkiezen.

Ze had geluk: het verkeer op de gracht zat niet verstopt en parkeren was ook geen probleem. Ze pakte de sleutels uit haar zware tas en ging naar binnen. Het was steenkoud in het zaaltje in het souterrain. Vlug draaide ze de thermostaat van de verwarming hoger. Nog ruim een halfuur had ze, precies genoeg. Ze schoof de grijze plastic stoelen in het gelid, haalde een bezem over het podium, spreidde het dieprode kleed uit over de tafel en zette een karaf water klaar. Iedere week bezorgde de vaste serie concrete handelingen haar het gevoel dat ze weer even de oude was, praktisch en adequaat.

Ze hoorde Leander binnenkomen en volgens zijn gewoonte doorlopen naar de kleine kleedkamer achter de zaal, waar alleen een stoel en een spiegel aanwezig waren. Alles in deze gehuurde ruimte was even bescheiden. Sleets, zou een ander misschien zeggen. Het linoleum op de vloer was door ontelbare anonieme voeten kaalgetrapt. In het plafond zaten bruine vochtplekken. Maar daarvan zou niets meer te zien zijn zodra het zaaltje eenmaal in zacht kaarslicht baadde. Eerst stak ze de wierook aan. Zou je Tiem straks weer horen als ze met die geur in haar kleren thuiskwam. Hij vond dat ze naar tijm en klaver moest ruiken. Hij vond dat ze in de tuin en in het open bijenveld thuishoorde, en niet in half ondergrondse zaaltjes zonder daglicht en frisse lucht. 'En als je er nou nog wat mee verdiende,' had hij al een paar keer op zijn verbouwereerde manier gezegd. Hij kon gewoon niet tegen veranderingen, hij wilde dat alles tot in de eeuwigheid hetzelfde bleef, veilig en vertrouwd, en daarom weigerde hij koppig onder ogen te zien dat hun leven allang veranderd wás, dat het onveilig en onbetrouwbaar was geworden op de dag waarop hun dochtertje was ontvoerd, door buitenaardse wezens, leek het wel.

Ze haalde een paar dozen kaarsen uit haar tas en zette ze in de met was bedropen kandelaars. Daarna stak ze ze aan. Ze knipte het licht uit. Het was tien voor vijf. Vlug trok ze het elastiekje uit haar paardenstaart en draaide haar haren in haar nek in een lage knot. Toen ging ze de deur openen.

Zoals iedere week het geval was sinds Leander met deze sessies was begonnen, stond er buiten al een kluitje mensen te wachten, de meesten van hen vrouwen, een stuk ouder dan zijzelf. Ze stonden kleumerig bijeen in de natte sneeuw, de weesgegroetjes en onzevaders allang voorbij, zwijgend verbonden in de hoop hier vanmiddag eindelijk wél antwoord op hun vragen te krijgen. Ze hadden er geen idee van dat Beatrijs hen eigenlijk had moeten verwelkomen. Ze kenden alleen Gwen als het vleesgeworden voorportaal tot Leander.

In de hal wisselde ze met de vaste bezoekers begroetingen en beleefdheden uit, ze informeerde naar verdwenen huisdieren, kinderen, echtgenoten. De nieuwkomers wees ze op de haakjes in de gang waaraan ze hun druipende jassen konden hangen en ze wimpelde hun getrokken beurzen af: nee nee, we heffen geen entree, maar na afloop kunt u in die schaal daar iets doneren, als u dat wilt. Verdorie, ze was vergeten de kaarsen klaar te leggen die de mensen mee naar huis mochten nemen.

Op een draf ging ze naar binnen om ze te halen. Gelukkig was voorraadbeheer nooit Timo's sterkste kant geweest. Terwijl de laatste bezoekers binnendruppelden, schikte ze de kaarsen in een cirkel rond de koperen schaal. Vijf uur. Tijd om de deur te sluiten en de bel af te zetten.

Terug in het zaaltje sloeg ze op de gong. Het weinige geroezemoes verstomde meteen. Ze nam haar plaats links naast het podium in en vouwde haar handen in haar schoot. Achter in de zaal hoorde ze Leanders voetstappen. Ongehaast liep hij door het middenpad naar voren. Soms stond hij even stil: dan legde hij zijn hand een moment op iemands hoofd. Naarmate hij dichterbij kwam, bedaarde haar hartslag. Samen met alle anderen werd zij opgenomen in zijn kalmerende, helende energie.

Hij besteeg het trappetje naar het podium, ging achter de tafel zitten en spreidde zijn handen, die lichtelijk glansden van de vaseline waarmee hij ze altijd insmeerde, voor een betere geleiding. Boven het zwarte overhemd leek zijn gezicht met het achterovergekamde haar nog bleker dan anders. Hij keek in het rond. 'Goedemiddag en welkom,' zei hij even zakelijk als vriendelijk. 'Sommigen van u kennen mij al. Anderen zijn hier vandaag voor het eerst. Speciaal voor die laatsten even het volgende. Waarschijnlijk bent u al eerder in contact geweest met paragnosten, magnetiseurs of andere lichtwerkers. Zij hebben u niet kunnen geven wat u zocht. Daarom bent u nu hier.'

Het werd nog stiller dan het al was. Geen der aanwezigen verroerde zich.

'Als het u vanmiddag vooral te doen is om het vernemen van boodschappen van overledenen, dan zult u merken dat mijn werkwijze verschilt van wat u eerder hebt meegemaakt. In mijn ervaring is er geen dood en zijn er geen doden. Doodgaan is slechts een poging om te ontwaken uit de staat van mens-zijn en doorgang te vinden tot een andere dimensie. Ik kan u desgevraagd natuurlijk wel vertellen hoe ver uw overledenen op dat pad zijn gevorderd. Maar ik wens hen niet lastig te vallen met aardgebonden vragen. Het is onze opdracht om hen die bezig zijn te ontwaken, in liefde los te laten. Dat is de beste dienst die we hun, maar ook onszelf, kunnen bewijzen.'

Hoe vaak Gwen Leander deze woorden inmiddels al had horen uitspreken, ze bezorgden haar iedere keer weer even een steek van schuldgevoel. Na Veronica's dood had Timo met de ontredderde Engelen een gedichtje ingestudeerd. Marleen en Marise hadden het op de begrafenis dapper voorgedragen, na de volwassen sprekers in de aula. Ze was er nog trots op geweest ook dat haar dochters zoiets aandurfden. Met de hoofden vol schuifspeldjes die het woeste haar in bedwang moesten houden, in identieke geblokte bloesjes zonder scheuren of vlekken. Hun gesmoorde stemmen:

'Als tranen een trap konden bouwen
en herinneringen een brug,
dan klommen we nu hoog de hemel in
en namen we Veronica meteen weer mee terug.'

Zo egoïstisch als je in je verdriet met z'n allen was. Zo klampend en afhankelijk. Zo hulpeloos, kon je misschien ook zeggen. Ze dacht: Vergeef het ons, Vero, we wisten niet wat we deden, echt niet.

Leander nam een slokje water, keek opnieuw de zaal rond en zei: 'Mag ik de eerste van u die een verzoek heeft, uitnodigen naar voren te komen?'

Een bejaarde vrouw met schichtige ogen durfde meteen. Gwen ging staan en nam de foto van haar aan. Kijk, het was de spoorloos verdwenen zoon weer, die een failliet familiebedrijf en een vrouw en drie kinderen had achtergelaten. Het moest nu al de vierde of vijfde keer zijn dat ze dit kiekje en deze mevrouw zag. Ze knikte haar eventjes bemoedigend toe. Daarna legde ze de foto voor Leander op tafel.

Een ogenblik slechts ontmoetten zijn ogen de hare. Er was iets dofs in zijn blik, bijna iets leegs. Maar direct begon hij de foto met zijn glanzende vingertoppen te betasten, en stak toen van wal, zo geconcentreerd alsof hijzelf geen enkele zorg kende.

Bij Timo hoefde ze niet meer met het verhaal over de verloren zoon aan te komen. Toen ze het hem had verteld, had hij gezegd: 'Die gozer is er toch gewoon met een ander vandoor? Die zit in Casablanca, met de bedrijfskas en een nieuwe vrouw. En misschien heeft hij daar wel een goede reden voor. Waar bemoeien jullie je eigenlijk mee?'

Nu had ze gemist wat Leander had gezegd. Ze nam de foto weer van hem aan en gaf die terug aan de vrouw, die straalde van opluchting.

Ook de volgende was een oude bekende: het verdronken meisje uit IJmuiden. Sinds de vorige keer was zij een stuk dichter bij het licht gekomen, zag Leander meteen, maar haar worsteling was nog niet ten einde. Voor Gwens geestesoog probeerde het arme kind in troebel, met wier beslijkt water uit alle macht haar armen en benen uit te slaan, terwijl de lucht zich uit haar longen perste. Maar die worsteling had ze juist allang achter zich. Het ging nu om een heel andere strijd.

Ze luisterde naar Leanders geruststellende woorden. Toch bleef het haar vaak van een onbehaaglijk, zwaar gevoel vervullen dat er aan gene zijde van het leven blijkbaar zoveel werk moest worden verzet. Je was er nog lang niet als je je laatste adem had uitgeblazen. Je moest om te beginnen afleren mens te zijn. Je kwaliteiten waren je niet langer ten dienste, je beperkingen golden niet meer als excuus. Je had je te ontdoen van alles wat je tijdens je leven onvervangbaar en uniek had gemaakt. Bleef je verlangend omzien naar wie en wat je was geweest, dan werd je een kosmische variant van de vrouw van Lot: je bleef muurvast steken in een van de vele doorgangsniveaus tussen het aardse en het hogere. Maar hoe kon een verdronken meisje, zo klein nog, het ooit voor elkaar krijgen níet terug te verlangen naar haar hamster, of naar haar poppenhuis, of naar de sterke armen van haar papa? Het leek zo oneerlijk, zo harteloos ook, om dat te verwachten van iemand die haar eigen veters nog niet eens kon strikken.

Wie jong stierf, zei Leander echter, had doorgaans een oude ziel, dat was bijna een wetmatigheid. Wie jong stierf, kende zogezegd het klappen van de zweep al. Nee, het waren meestal volwassenen in een vroege incarnatie die het verknalden, die het contact met de levenden niet konden loslaten, en daarmee rampspoed over zichzelf en anderen uitriepen.

Eén voor één kwamen de bezoekers met hun foto's

naar voren. Kiekjes van een verloren ring die een dierbaar erfstuk was, van een dwarse, van huis weggelopen puber, van het verdwenen hondje van iemands gehandicapte kind. Het was alles bij elkaar een heel gewone sessie.

Na afloop ruimde Gwen de zaal op. Ze doofde de kaarsen, draaide de verwarming uit en vond in de gang een sjaal die iemand had vergeten. De mensen gingen hier zo verwarmd vandaan dat ze niet eens meer in de gaten hadden welk seizoen het was. Ze haalde het geld uit de schaal, die ze vervolgens reinigde met een brandend stukje sandelhout. Daarna pas ging ze naar de kleedkamer. Leander had altijd wat tijd nodig om bij te komen.

Hij zat voor de spiegel zijn slapen te masseren. Hij zag er grauw en uitgeput uit.

'Moe?' vroeg ze, terwijl ze de bankbiljetten voor hem neerlegde.

Hij knikte alleen maar even.

'Ik heb appels bij me. Wil je er een?'

'Nee, geen trek.'

Er was maar één stoel, dus ze bleef in de deuropening staan.

Opeens keek hij haar recht aan. 'Gwen, voordat ik het vergeet. Zou Yaja dit weekend bij jou terecht kunnen? Ik moet even op krachten komen.'

'Is het alweer haar weekend?' vroeg ze om tijd te winnen. Ze had Timo beloofd samen met hem de bijenkasten te ontruimen. Dat treurige karwei kon ze hem niet in z'n eentje laten opknappen. Heel zijn hart en zijn ziel zaten in die kasten. Maar er was geen redden meer aan. Ontsmetten en opnieuw beginnen, dat was de enige oplossing nu het bijenveld welhaast een spookstad was geworden, bezaaid met dode darren en werksters, de vleugels geknakt.

In het voorjaar hebben we nieuwe volken, dacht ze, o, meer dan genoeg! Alleen, waarom zou je ergens van op aan kunnen? Alsof er ook maar iets bestond waarop je kon rekenen! Zelfs de natuur was niet te vertrouwen, al probeerde ze je zand in de ogen te strooien met haar vaste ritmes. Binnenkort kon er op de hele wereld net zo goed geen enkele bij meer zijn. Zo was het de dodo's ook vergaan.

'Fijn, Gwen,' zei hij. 'Dan zet ik haar morgenmiddag op de trein.' Hij kwam overeind, verrassend vlug voor zo'n grote man, en omhelsde haar. Ze voelde zijn adem in haar hals.

'Is er trouwens nog nieuws?' hakkelde ze, achteruitstappend. Om een of andere reden vermeed ze het Bea's naam uit te spreken.

Hij schudde zijn hoofd. Hij ging weer zitten en stak zonder ernaar te kijken het stapeltje bankbiljetten in zijn broekzak.

Opeens trof het haar op onaangename wijze dat hij nooit eens naar háár problemen informeerde. Werkelijk, het leek tegenwoordig wel alsof al haar planeten verkeerd stonden. Niet alleen had ze voetstoots aangenomen dat Babettes terugkeer de definitieve afsluiting van een ellendige periode van onzekerheid zou betekenen, ze had ook verwacht dat de hele kosmos het er gloeiend over eens zou zijn dat zij met de verdwijning van de baby haar portie narigheid ruimschoots had gehad, en dan nu die toestand met de imkerij erbovenop. Je dacht dat je het boek van je smarten uit had, maar er begon doodleuk een nieuw hoofdstuk. 'Dan ga ik maar,' zei ze.

'Zou je niet liever wachten tot de files voorbij zijn?

Hier, ik heb nog thee.' Hij reikte naar zijn thermosfles. 'Je gaat niet aan die hele reis beginnen zonder eerst iets gedronken te hebben. Kom Gwen, laat mij eens even goed voor je zorgen.'

Met om de haverklap een blik op zijn horloge stoof Laurens door de lange, fleurig betegelde gangen met hun tijdloze geur van kinderzweet en krijt. Als je te laat kwam voor een tienminutengesprek, had je net zo goed helemaal niet kunnen komen. In het voorbijgaan beantwoordde hij over zijn schouder gehaast de groet van een vader met wie hij in het verleden een tijdje had geklaaroverd. De school verwachtte, en terecht, een hoop inzet van de ouders. Dit was per slot van rekening de arena waarin het dagelijks leven van hun kinderen zich afspeelde. Hier keek Niels de kunst af bij de grote jongens. Hier leerde hij meer dan thuis, bij zijn fossiele vader, hier leerde hij de dingen die ertoe deden als je zeven was.

Laurens stormde het lokaal van zijn zoon binnen, opgetogen dat hij het had gehaald, of misschien voelde hij zich wel zo goed omdat dit zo gewoon en alledaags was: de kristalheldere wereld van lezen en schrijven en van schriftjes waarin de juf met een rode pen een grote krul zette als je het er goed af had gebracht. Hier was niets duisters of raadselachtigs aan.

'Ha Nicky,' zei hij, dankbaar.

De leerkracht van zijn zoon was een wat uilig, vroegoud meisje met een doorrookt gezicht. Bij voorkeur ging ze gekleed in een Schots geruite rok, compleet met speld. Niels adoreerde haar, blijkens zijn dagelijkse verhalen. Vertederd rimpelde hij zijn wenkbrauwtjes als hij vertelde hoe ze met een krijtje op het bord schreef:

'Links, pap, dat is toch heel moeilijk?' Vermoedelijk was zij de voornaamste reden geweest waarom hij met Sinterklaas haargel had gevraagd.

'Dag Laurens.' Ze gaf hem een hand. 'En, kun je het allemaal nog een beetje redden?'

Hij knikte maar wat. 'Wat is het hier feestelijk.'

Het lokaal was al versierd voor de kerst. Aan het plafond hingen trosjes goudgespoten dennenappels aan rode linten, en op de vensterbank stond een lange rij kerstwerkjes: van wc-rollen gefabriceerde kaarsen met een vlam van rood vouwpapier. Ze zag hem kijken en wees naar een exemplaar dat met zilveren sterretjes was beplakt: 'Die daar is van Niels. Hij weet er altijd weer iets origineels van te maken. Die heerlijke fantasie van hem.'

Dat de belangrijkste vrouw in het leven van zijn zoontje met lof over hem sprak, verdreef bij Laurens op slag het plotselinge besef dat hij thuis nog helemaal niets aan lichtjes of ballen had gedaan. 'Hij gaat graag naar school,' zei hij gretig. 'Hij is dol op z'n juf.' Hij dacht: Ik koop straks wel een *Libelle*, daar staat vast in hoe je het in huis gezellig maakt.

Ze lachte. 'En ik op hem. Zolang hij me maar niet probeert te ontvoeren.' Het was haar vaste grapje.

Na de herfstvakantie had Niels het op school zelf verteld, in het kringgesprek. We hebben mijn tante gekidnapt. Het verhaal had veel waardering geoogst. Hij was thuisgekomen als de held van de klas, compleet met een ietwat wijdbenige loop en een triomfantelijke blik. Dûh, man. 'Ze vonden het gaaf, papa.' Er zeker niet bij verteld, Niels, wat de gevolgen voor je tante zijn? Maar hij had de woorden weten in te slikken. Hij had het joch al ernstig genoeg de les gelezen. Je kon niet doorgaan je kind vurige kolen op het hoofd te stapelen vanwege een uit de hand gelopen spelletje. Je moest een basis van vertrouwen zien te behouden. Was je met z'n tweeën, dan kon je beurtelings de kwaaie pier uithangen. In je eentje ging dat niet.

'Is er wat?' Opmerkzaam nam Nicky hem op. 'Iets wat ik over Niels moet weten, bedoel ik?'

Hij aarzelde. Het zat hem nog altijd niet lekker. Vond zij het echt normaal, iemand vastbinden en opsluiten? Zij zag dagelijks tientallen kinderen, hij had er maar twee. Maar hij durfde het onderwerp niet verder aan te snijden. Hij wilde voor geen prijs het risico lopen dat hij Niels, verliefd en wel, bij haar in diskrediet bracht.

Ze zei: 'Ik vind dat hij zich dapper weert, onder de omstandigheden. Hij werkt goed. Hij heeft geen concentratieproblemen. Hij is beslist een van de besten met begrijpend lezen en de trubbels met het rekenen beginnen we achter de rug te krijgen. Het enige dat ik aan hem merk, is dat hij nogal de neiging heeft zich in zichzelf terug te trekken. Ik weet niet altijd hoe ik dat moet aanpakken.' Onbevangen keek ze hem aan, alsof hij de deskundige was. 'Hij is zo'n dromertje. Maar het is natuurlijk niet de bedoeling dat hij zich isoleert. Dus af en toe probeer ik hem toch maar te stimuleren met anderen op te trekken. Ben je het daarmee eens, of heb je liever dat ik hem met rust laat?'

Hij sloeg zijn knieën over elkaar en keek naar het plafond. 'Stimuleren, maar.'

'Komen er thuis vaak vriendjes spelen? O nee, hij gaat natuurlijk naar de naschoolse opvang. Wanneer ben je daar eigenlijk voor het laatst op gesprek geweest?'

'Zeg het maar gewoon, hoor. Heb jij het gevoel dat er met Niels iets mis is? Moet ik met hem naar een psychiater of zo?'

'Welnee,' ze zei iets te vlug, 'hij is een kind met verdriet, en net oud genoeg om weet te hebben van dat verdriet. Na een sterfgeval is het de eerste tijd zo roezig, vind je niet? Zelfs als volwassene weet je dan niet meteen wat je precies voelt. En voor een kind... Ik herinner me nog goed dat mijn oma doodging.' Ze lachte zwakjes naar hem.

Hij voelde zich lomp en onaardig, maar hij bracht het eenvoudig niet op om naar haar herinneringen te informeren. Oma's gingen nu eenmaal dood, dat wist je van tevoren.

'Er bestaan tegenwoordig speciale rouwgroepen voor kinderen. Zal ik daar eens voor je naar informeren?'

Niels in een rouwgroep. Dan zou Toby, dansend van enthousiasme of van drift, ook in een rouwgroep willen. 'Mag ik er even over nadenken?'

'Hulp vragen is geen bewijs van falen, hoor. Integendeel.'

'Verder nog bijzondere dingen?'

Ze dacht even na. 'Laatst vroeg hij me... Het was een druk moment, ineens stond hij voor me, ik neem het mezelf kwalijk dat ik toen niet beter heb geluisterd.'

'Wat had hij dan?'

Ze boog haar hoofd. 'Volgens mij vroeg hij of ik met hem mee wilde naar het kerkhof.'

Wilde Niels Veronica's graf aan zijn juf laten zien? Wat kon dat betekenen? Maar misschien was het wel heel gewoon. Misschien was het zelfs een goed teken. Hier ligt mijn mama begraven. Zij is dood.

Er klonk een klopje op de deur. 'Daar is de volgende al.' Nicky ging staan. 'Ik bel je van de week nog wel, goed?'

Enigszins verwezen liep hij terug door de gang. Buiten sneeuwde het niet meer, maar het was waterkoud. Het wegdek glom in het licht van de straatlantaarns. Hij sloeg zijn kraag omhoog en stapte op de fiets. Hij kon binnen vijf minuten thuis zijn en de oppas van haar plicht ontslaan. Maar toen herinnerde hij zich zijn voornemen van daarnet en hij reed de stad in, op zoek naar een kiosk voor vakliteratuur over de kerst.

Even later stond hij voor de schappen vol tijdschriften met sfeervolle omslagen. Kaarsvlammen pinkelden hem toe, haardvuren knapperden dat het een lust was, met poedersneeuw bestoven kerstballen pronkten in kunstige arrangementen van dennentakken. Hij begon systematisch te bladeren. Wit was dit jaar de trend. Met zilveren ballen in een glazen schaal bereikte je een ongewoon, feestelijk effect. Bij kaarsvetlekkage altijd grauw papier en een lauwe strijkbout gebruiken. Neem dit jaar eens niet één grote kerstster, maar twaalf kleintjes en verwerk die in een krans van korstmos. Een boom behangen met zelfgeregen kralensnoeren. Kijk, dat laatste was misschien wel iets voor Toby.

Twee giebelende meisjes reikten langs hem heen naar de *Yes*. Even zag hij zichzelf door hun ogen: een droevige, onverzorgde man in een natte regenjas, verdiept in 'Margriets Wintertips Voor Extra Sfeer In Huis'. Andere mannen kochten een *Nieuwe Revu* of een *Quote*. Of een *Playboy*, voor het spraakmakende interview van de maand. Hij wendde zich wat af en las door.

Het dekken van de kersttafel. Het samenstellen van het menu. Nu werd het menens. Gegrilde kalkoenmedaillons met olijvenboter. Hazenrugfilet met cranberrysaus. In venkel gestoofde konijnenbout. Buffelmozzarella met pistou. Huisgemaakte kippenleverpaté. Auberginetorentje met peterseliesaus. Geurige mosselpakketjes. Oesterzwamstrudel met noten. Tomaat-ricottatimbaaltjes. Aardappelsalade met gerookte kip en korianderdressing. Pikante makreelmousse. Kruidige appelbeignets met geitenkaas. Lasagne met zeevruchten en vermoutsaus. Ciderjus. Kreeftensoep met mierikswortelroom. Romige muntrisotto. Kalkoenrolletjes met zelfgemaakte pesto. Portobellopaddestoelen met balsamicosiroop en roquefort.

Portobellopaddestoelen met balsamicosiroop en roquefort: dat deed hem om een of andere reden de das om. Hij legde het tijdschrift terug, niet langer in staat te ontkomen aan het besef dat alle portobellopaddestoelen ter wereld niet konden uitwissen wat hij zijn kinderen had aangedaan.

Met een geïrriteerd 'Pardon, meneer?' probeerde iemand zich langs hem naar het schap te wringen. Hij stond in de weg, maar het lukte hem niet zijn voeten op te tillen. Wat probeerde hij zich wijs te maken? Dat hij er alleen maar een zesgangendiner en een paar kerstballen tegenaan hoefde te gooien? Door zijn toedoen vonden ze Niels op school rijp voor de psychiater en Toby zou het vast niet veel beter vergaan. Hij had ze hun moeder ontnomen. Hun moeder van vlees en bloed, in elk geval.

Toegegeven, er gingen soms weken voorbij zonder dat Veronica haar aanwezigheid kenbaar maakte. Maar net als hij dacht dat hij zich alles maar had ingebeeld, net als hij zichzelf opgelucht voor stapelgek begon uit te maken, leek ze weer even te zijn langsgewipt, even ongrijpbaar en moeilijk vast te pinnen als ze tijdens haar leven was geweest. Hij wist het nooit helemaal zeker, en dat maakte het extra zenuwslopend. Soms trok hij de verkeerde conclusies en bleek er later een volkomen logische verklaring voor dit of dat te bestaan. Maar als hij zich op die manier kon vergissen, kon hij zich andersom net zo goed vergissen. Hoe moest hij zijn eigen oordeel nog vertrouwen?

Laatst was er weer zo'n moment geweest, op een druilerige zondagmiddag. Niels en Toby ruziënd om een potlood of een autootje: gedoe om helemaal niets. Het was hem aangevlogen. Hij was naar buiten gelopen. Met de handen in de zakken had hij een tijdje door de verwaarloosde tuin geijsbeerd, verlangend naar een sigaret. Uit arren moede had hij ten slotte maar een hark gepakt en was hij het dode blad te lijf gegaan. Hij had het niet voor niets zo lang uitgesteld hier orde op zaken te stellen: de tuin was altijd haar domein geweest. Een kleine ommuurde stadstuin op het noorden was het, er viel niet veel eer aan te behalen, maar zij had met elke struik en plant een innige band gehad. 'Neem nou die sering daar, Laurens. Wat een lorrenbos, eigenlijk. Maar als hij bloeit, vergeef ik hem alles, ieder voorjaar weer.'

En uitgerekend daar, pal onder haar lievelingsstruik, had hij de aarde schoon en keurig aangeharkt aangetroffen, versierd met een dubbele rij witte kiezelstenen. Zijn haren waren recht overeind gekomen. Niets belet mij om hier af en toe nog een beetje te komen tuinieren, Laurens, als ik daar toevallig zin in heb. Snap je wel? Waar ik dankzij jou zit, hebben ze nu eenmaal geen seringen, geen seizoenen.

Als Niels en Toby de waarheid kenden, zouden ze hun vertrouwen in hem nooit, nooit kunnen herwinnen. Ze zouden in feite opgroeien als wezen, bitter en hard. Zijn kleine krokodil, zijn buster: zijn liefste bezit.

's Avonds had hij de telefoon maar weer gepakt, al

kreeg hij tegenwoordig standaard het antwoordapparaat en belde Leander nooit terug.

Opnieuw botste er in de kiosk iemand tegen hem aan, op weg naar de feestelijke kerstspecials. Traag zette hij zich in beweging. Vlak bij de uitgang hing een tros folieballonnen. Met een laffe smaak in zijn mond kocht hij er voor Toby een met Popeye erop en voor Niels eentje met Superman.

Aan het einde van iedere lange, saaie dag volgde er ook nog eens een lange, lege avond. Tenzij er bezoek was. Maar Beatrijs had allang moeten vaststellen dat niet veel mensen het opbrachten week in, week uit langs te blijven komen, temidden van hun eigen besognes. Ze konden zich niet voorstellen hoe het was om twee maanden lang tot je bed veroordeeld te zijn. Dat had zij vroeger zelf per slot van rekening ook niet geweten. Ze kon het niemand kwalijk nemen.

Ze keek naar de gipsbult van haar knie, ernaar verlangend haar linkertenen weer eens te zien, een onmogelijke wens voor iemand die in tractie lag, maar ze moest ergens aan denken om zichzelf af te leiden. Joehoe tenen, ik ben jullie niet vergeten. Ze had vanavond eigenlijk op Gwen gerekend, die kwam bijna altijd na Leanders wekelijkse psychometriesessie. Zelf was hij dan volkomen *op* en moest hij regelrecht naar huis, zonder zich een tussenstop in het verpleeghuis te kunnen veroorloven. Maar blijkbaar was het Gwen vandaag niet gelukt zich nog een extra halfuur op te offeren. Zeker iets belangrijkers of interessanters te doen.

Ze verbeet een zucht. Idioot gewoon, hoe de trouwsten en meest toegewijden het eerst het object van je machteloze toorn werden. Ze mocht zich gelukkig prijzen met een vriendin als Gwen, en Leander al evenzeer. Hij was trouwens wel laat met bellen.

Ze had goed nieuws. Ze verheugde zich erop het hem te vertellen. Hij zou blij zijn.

Op de gang duwde iemand een piepend karretje voort. Verder was het stil.

Rusteloos veranderde ze van houding, voor zover dat ging. De katrollen snerpten even. Wat zou ze nu weer eens verzinnen om zich mee bezig te houden? Alles om haar heen was even oninspirerend. Waarom toch, moest het in een verpleeghuis allemaal zo lelijk zijn? Dat deprimerende formica, die gordijnen zonder kraak of smaak, de twee stoelen met hun skai bekleding, her en der neergekwakt voor het geval je bezoek kreeg; er was niets om je ogen even aan te verkwikken. De enige kleur in haar kamer was afkomstig van de kaarten die Frank met ijzeren regelmaat stuurde, en van de kindertekeningen die op het prikbord tegenover haar bed hingen, onder het snoer van crêpepapieren roosjes dat Marleen en Marise hadden gemaakt. Het was een ongewoon poëtisch werkstuk van die twee, maar ze hadden dan ook wel iets goed te maken, zei Leander steeds.

Het was mijn eigen schuld, dacht ze nu. Als ik niet in paniek was geraakt en uit alle macht Laurens' aandacht had willen trekken toen ik hem in het schuurtje bezig hoorde, dan lag ik hier nu niet. Wie gooide zich nu ook van een bed op de grond, zonder enige mogelijkheid te hebben de val te breken?

Het wachten begon haar nu serieus aan te vliegen. Haar aderen klopten, ze had het warm, ze wilde schone, koele, versgestreken lakens. Abrupt pakte ze de afstandsbediening van het troosteloze nachtkastje en deed de televisie boven haar bed aan. Maar als ze de koptelefoon opzette, zou ze de telefoon niet horen. Een tijdje keek ze naar beelden die zonder geluid allemaal even nietszeggend waren.

Godlof, de telefoon. In een reflex fatsoeneerde ze haar haar. Ze hees zich wat overeind in de kussens en nam op.

'Mag ik Gwen even?' vroeg Bobbie. Ze ademde zo gejaagd dat Beatrijs het voelde ploffen in haar oor.

'O Bob, ben jij het. Gwen is hier niet.'

'Is ze al onderweg naar huis?'

'Dat lijkt me wel, ja.'

'Oké dan,' zei Bobbie op een toon alsof ze meteen weer ging ophangen.

'Is alles goed daar?'

'Nee, want Babette heeft krampjes en Timo is naar de boekhouder. Ik sta er helemaal alleen voor, Beatrijs. Ik weet niet of ik het wel trek.'

Ze zag de ongeruste frons op Bobbies vollemaansgezicht voor zich. Zodra Babette een kik gaf, was iedereen in rep en roer. Ze werd met argusogen in de gaten gehouden. 'Zou je niet even bellen met de huisarts en zijn advies vragen?'

'Weet je wat die hark zei? Leg er maar een kruikje op! Zo kan ik het ook. Babette moet een sinasprilletje, denk je niet? Ze huilt gewoon door, met kruik en al. Ik vind het een schande.'

Ze dacht snel na. Nooit het ergste uitsluiten. Straks was het een acute blindedarmonsteking. Ze hadden Babette niet, haast als van de goden, teruggekregen om haar weer te moeten verliezen. 'Heb je het nummer van Timo's boekhouder?'

'Maar die kan ik nu toch niet bellen? Timo zit daar om, hoe heet het, ons faliekant te regelen. We zijn namelijk bezig faliekant te gaan. Als ik daarbij stoor, stuur ik dat misschien in het honderd.'

Waarom had Gwen haar niet verteld hoe hoog de nood gestegen was? Je lag een paar maanden in bed en niemand zag je meer voor vol aan! Wie weet wat er nog meer voor haar werd verzwegen. Om haar te ontzien, natuurlijk, om haar nodeloos gepieker te besparen, maar toch. 'Luister Bobbie, Babettes gezondheid is belangrijker dan geldzaken. Dat vindt Timo ook. Dus bel hem maar. Als hij tegensputtert, dan zeg je gewoon dat het van mij moest.'

'Nou, in dat geval.' Het klonk alsof ze er weinig van verwachtte.

'Joh, hij zal je er alleen maar dankbaar voor zijn. Hij zal zeggen: Dat was typisch weer onze Bobbie, altijd even verstandig als het erop aankomt. Zeg nou zelf! Als jij me toen niet in het huisje had gevonden...'

'Ja, iemand vínden. Daar is geen kunst aan.'

'Nou, ik vind het anders een speciaal talent.'

'Ik niet,' zei Bobbie. 'Je hebt zoekers en je hebt vinders. Maar als je erop staat, bel ik die man wel.' Meteen verbrak ze de verbinding.

Ook Beatrijs hing op, bijna beduusd dat ze zo daadkrachtig te werk was gegaan. Sterker nog, over tien minuten zou ze Bobbie terugbellen om te horen hoe het was afgelopen. En als dan zou blijken dat ze haar moed niet had kunnen vergaren, zou ze haar het nummer van die boekhouder ontfutselen en zelf ingrijpen.

Op het nachtkastje rinkelde opnieuw de telefoon.

'Dag, godin,' zei Leander. 'Hoe...'

'Babette is niet in orde.'

Even was het stil. Toen zei hij: 'Het is niets.'

'Weet je het zeker?'

'Geloof me, tegen de tijd dat Gwen thuis is, is het over.'

Ze herademde, en meteen voelde ze hoe haar hart overstroomde van liefde en trots. Dankzij hem was alles helder, zeker, veilig. 'O, gelukkig! Maar liep het vanavond zo uit bij jullie, dat Gwen nu nog onderweg is? Dan zul je wel moe zijn.'

'Inderdaad, dus ik wil het graag een beetje kort houden.'

'Goed. Maar hoor eens, wist jij dat er bij Gwen en Timo een faillissement dreigt? We moeten ze natuurlijk helpen. Wat hebben we aan al mijn geld op de bank als zij aan de rand van de afgrond staan?'

'Licht in mijn ogen, wacht even.'

Hij was altijd bang dat ze zichzelf te kort deed. Maar er was heus geld genoeg. 'Ik vind het gewoon mijn plicht om te helpen. En bovendien doe ik het graag.'

'Gwen is volkomen wars van materie. Dat maakt haar tot zo'n ongewoon zuiver mens. En bij zo iemand wil jij met zakken geld komen aanzetten?'

'Nou ja, ik dacht aan een renteloze lening of zo.'

'Luister je wel, Beatrijs? Je noemt het helpen, maar in feite trek je Gwen omlaag, het aardse slijk in, als je bij dit plan blijft.'

'Doe niet zo raar,' zei ze, opeens onzeker.

'Ik meen het. Onderzoek jij je motieven eerst maar eens. Wat ontleen je eigenlijk aan dat pakhuis vol geld van je?'

Hij vond haar onwaardig. Hij vond van haar wat zijzelf altijd van Frank had gevonden als die wilde betalen voor hun verblijf in Bij de Sluis. Of hij dacht dat ze uit een bepaalde vorm van eigenbelang of ijdelheid handelde. Maar dat was toch niet zo? Of wel? 'Ze hebben hoe dan ook geld nodig, met vijf kleine meisjes. Daar doe ik het in de eerste plaats voor.'

'Alsof jij iets aan dat stel verplicht bent. Me dunkt.'

Ze zweeg. Toen ze die middag, op weg naar Bobbie, van achteren door een kluit kinderen was besprongen, had ze gedacht: O hemel, weer zo'n hardhandig spel van de Engelen. Maar aangezien meespelen altijd erg werd gewaardeerd, had ze zich geblinddoekt en wel naar het huisje laten slepen. Daar hadden die kleine boeven haar van top tot teen met touw omwikkeld. Wat je noemt tante rolmops. Niels, die schooier, zat er dus ook bij. Ze hadden haar, gekneveld met een sjaal die naar kinderzweet smaakte, op een van de bedden achtergelaten en zich uit de voeten gemaakt. Ergens was het wel een mop: ze kon letterlijk geen vin verroeren. En het was natuurlijk ook een hele eer om mee te mogen doen. Alleen jammer voor de kinderen dat het maar kort zou duren. Zodra Leander haar miste en zich afvroeg waar ze uithing, zou hij automatisch *zien* wat er aan de hand was en haar komen bevrijden.

'Ik meen het, Beatrijs. Ik moet je soms tegen jezelf beschermen. Je bent niets verschuldigd aan die kleine terroristen.'

'O, hou toch op,' viel ze opeens uit. Hij had het over beschermen, maar hij had haar die middag finaal in de steek gelaten. Haar hoofd zoemde van woede. 'Bij iedere gelegenheid zit je op Marleen en Marise te hakken, en op Niels ook als je de kans krijgt. Het is niets anders dan een afleidingsmanoeuvre van je. Want aan wie heb ik het nog meer te danken, dacht je, dat ik hier lig te rotten? Nou?'

Hij zweeg even, als overdonderd. Bij het besef dat ze dit nooit zou hebben aangedurfd als hij hier was geweest en ze oog in oog hadden gezeten, stokte ze, van haar apropos gebracht.

Hij zei: 'Strikt genomen heb je je val aan jezelf te wijten, ja, dat klopt. Maar hoor je mij dat ooit zeggen? Het is voor mij nu ook al maanden improviseren, maar niemand heeft er iets aan als jij je schuldig voelt, mijn zonnetje.'

Om een of andere reden zag ze ineens het verdronken meisje uit IJmuiden voor zich, over wie hij onlangs had verteld: het kleine kind dat vocht voor haar leven, terwijl het haar te moede moest zijn geweest alsof een grote, zware hand haar kopje-onder duwde. Naar adem snakkend riep ze uit: 'Waarom doe je eigenlijk altijd net alsof Yaja er niet bij was? Terwijl zíj erachter zat! Zij heeft me naar buiten gelokt met dat zogenaamde telefoontje van Bobbie!'

Langzaam zei hij: 'Beatrijs. Wat bezielt je? Zo ken ik je helemaal niet. Jij bent niet iemand die haar eigen inschattingsfouten afwentelt op een dertienjarige. Als jij niet zoveel champagne had gedronken, had je heus wel gehoord dat het niet Bobbie was die je belde, en dan was dit hele... avontuur je bespaard gebleven.'

Het was pas tot haar doorgedrongen toen de alcohol haar blaas op springen had gebracht. Op het wanhopige moment dat ze geen andere keuze had gehad dan haar urine in de matras van het bed te laten lopen, was het haar gedaagd: dat was Yaja net, op mijn mobiel. Yaja was er haast diabolisch knap in geslaagd Bobbie te imiteren, maar bij het ophangen had ze 'See you!' gezegd. En bij dat besef was de paniek begonnen, toen was het touw gaan knellen, toen was ze bijna gestikt in de wollen prop in haar mond.

'Ze wilde me iets aandoen. Ze wilde...'

'Ze houdt van je,' zei hij kalm. 'Dus dit lijkt me een projectie, Beatrijs. Of op z'n minst een geval van met twee maten meten. Als je het over die drie andere deugnieten hebt, noem je het altijd kinderspel. Het is het een of het ander. Vind je zelf ook niet?'

Maar voor de anderen wás het ook maar een spelletje geweest. Marleen had haar later, hier in het verpleeghuis, de losgeldbrief laten zien, onbevangen lachend. 'En die zouden we samen met een van je vingers naar Leander opsturen, tante Bea. Cool, hè.' Dof vroeg ze: 'Heb je Yaja er überhaupt wel op aangesproken?'

'Leg me nu eerst eens even uit waarom we het hierover moeten hebben. Volgens mij lig jij je daar zo te vervelen dat je begint te ijlen over oude koeien.'

'Je hebt het er dus niet eens met haar over gehad.'

'Zoals je weet mag ik haar maar eens per maand zien. Ik heb haar sedertdien dus welgeteld één weekend over de vloer gehad. En je weet, dan staat er altijd al een hele hoop op het programma.'

'Welk programma? Voor zover ik weet ga je meestal twee dagen in bed liggen!' Ze werd weer razend.

'Ja, maar dat komt natuurlijk óók doordat jullie samen een karmisch thema uit te werken hebben, en dat geeft spanningen waar ik...'

'Leander, ik was er niet eens bij! Ik lag hier aan de katrollen! Je was alleen met haar!'

Op redelijke toon zei hij: 'Ik probeer in alle rust op je verwarde aantijgingen te reageren, maar als je gaat schreeuwen en me niet laat uitspreken, houd ik het voor gezien.'

Bevend trachtte ze zichzelf weer genoeg meester te worden om het gesprek te kunnen vervolgen. Maar waarom zou ze eigenlijk? Ze wist nu eindelijk, met pijnlijke scherpte, waarom ze dit onderwerp nooit expliciet had willen aansnijden. Tegen Yaja zou hij het nooit voor haar opnemen.

'En met bokkig zwijgen bereik je heus niets. Je weet, ik ben allergisch voor manipulaties. Ik ga ophangen en naar bed. En ik zet nu meteen het antwoordapparaat aan, vanwege je vriend Laurens. Een goedenacht gewenst, godin. Hopelijk brengt de morgen je wat rust en helderheid.' En weg was hij.

Ze legde de telefoon neer. Ze wist precies hoezeer hij na een sessie aan het eind van zijn Latijn was en het verdiende ontzien te worden: ze had het verkeerde moment gekozen om uit haar vel te springen. Zeker, hij zou het haar vergeven, hij vergaf haar altijd alles als ze daarom vroeg. Dat was zo bijzonder aan wat ze samen hadden. Hij hield geen oude rekeningen bij, hij was altijd bereid ergens een streep onder te zetten. Bereid haar met eindeloos geduld weer in het juiste spoor te helpen. Maar andersom zou ook weleens fijn zijn.

Een verpleegster kwam haar kamer binnen, een karretje met po's achter zich aan trekkend. 'Bent u er al aan toe om te worden klaargemaakt voor de nacht?' Het was dat pittige blondje met die prachtige mond vol hagelwitte tanden. 'Méér geld voor de zorg,' had Laurens natuurlijk gezegd toen hij haar hier een keer aan het werk had gezien.

Vrolijk zei het meisje, terwijl ze een po pakte: 'Ik heb goed nieuws over u gehoord.'

Beatrijs hernam zich. 'Ja, morgen wordt er weer een foto gemaakt, en als mijn knie in orde is, gaat het gips er meteen af. En als de fysiotherapeut me dan snel op de krukken krijgt...' Ze hees zich met beide handen omhoog aan de papegaai boven haar bed en wachtte op de po.

'Dus als het meezit, bent u zaterdag of zondag al thuis. Vindt u het fijn of ziet u ertegen op?'

Ze liet zich op de koude metalen rand zakken. 'Tja,' zei ze aarzelend.

'Dat hebben veel mensen na zo'n lange opname. Als het eindelijk zover is, slaat de angst ze om het hart. Het zal thuis best even wennen zijn, maar u zult zien dat het reuze meevalt.'

Beatrijs deed haar plas. Zou het waar zijn en was ze alleen maar in de greep van een blijkbaar doodgewone gemoedstoestand? Dan moest ze Leander alsnog maar even bellen en hem uitleggen waardoor het kwam dat ze zo... zo *labiel* was. Nu wist hij door al het gekibbel nog niet eens dat ze elk moment kon worden ontslagen.

'Ik kom dadelijk terug met uw slaappil,' zei de zuster, de dekens weer dichtslaand.

'Doe maar rustig aan.' Maar terwijl ze haar hand naar de telefoon uitstrekte, realiseerde ze zich dat Leander het antwoordapparaat natuurlijk al aan had staan. Vanwege Laurens. Een onbestemd, beklemd gevoel bekroop haar. Het was niet de eerste keer dat Leander erop zinspeelde dat Laurens hem regelmatig in wanhoop opbelde, bij nacht en ontij zelfs. Laurens die uit eigen vrije wil contact met Leander zocht was al een vreemde gedachte, maar Laurens die zijn *hulp* inriep? Het was weliswaar iets waarop ze in het verleden vurig had *gehoopt*, maar Laurens had zich wat dat betreft altijd even onverbeterlijk betoond. Laurens moest zo nodig zijn eigen boontjes doppen. Dat wist iedereen. 'Maar jij bent er niet bij als hij me weer eens belt omdat hij spoken ziet,' zei Leander telkens als ze zijn verhalen een beetje lacherig probeerde weg te wimpelen.

Zij was er niet bij, dat klopte. Zij lag hier, terwijl het leven verder ging. Haar kon je alles wijsmaken. Ze schrok van de gedachte.

Heel de tijd dat ze nu in dit vermaledijde bed lag, had ze het weten te vermijden zich in dit onderwerp te verdiepen. Ook tegenover Laurens, die onregelmatig en altijd even gehaast bij haar op bezoek kwam, was ze er nooit over begonnen. Het gesprek had immers alleen maar pijnlijk en onaangenaam kunnen verlopen. 'Waar zie je me voor aan, Beatrijs? Je laat je toch niet op de mouw spelden dat ik iets van die man moet? Kijk maar uit, zijn geweldige succes met Babette is hem naar het hoofd gestegen. Nu gaat hij ons ongevraagd allemáál redden.'

Wie tot maanden liggen was veroordeeld, kon zich niet veroorloven van alles het naadje van de kous te willen weten. Je mengen in zaken waarin je zelf toch geen actieve rol kon spelen, leverde je niets op, behalve frustratie. Maar nu ze zogezegd weer op de drempel van het volle leven stond, kon ze zich niet langer afzijdig houden. Voordat ze het wist zou ze thuis zijn en daar zou ze deelgenoot worden van wat er gaande was tussen die twee, of ze wilde of niet.

De eerste keer dat Laurens haar was komen opzoeken, had hij een bedremmelde Niels aan de hand gehad. 'We komen sorry zeggen en het afkussen.' Niels had haar een grote, hartvormige doos kersenbonbons gegeven, waarvan niet onvermeld was gebleven dat die van zijn eigen zakgeld was gekocht. 'Niels vergeet het weleens, maar in wezen is hij een heer,' had Laurens gezegd. 'Hij en ik hopen dat zijn vermaarde tante rolmops het over haar hart kan verkrijgen hem te vergeven, hè Niels?'

Hij had altijd al een talent voor het juiste gebaar gehad. Het was een innemende eigenschap. Maar hij was nu eenmaal een man van de wereld, met een eigen bedrijf en zakenrelaties: dan werd je vanzelf handig in zulke dingen. Ze kon het Leander moeilijk kwalijk nemen dat hij dergelijke charmes ontbeerde, hij was op het hogere gericht. En het waren per slot van rekening ook maar oppervlakkige charmes: het was haar eigen manco dat ze ervan onder de indruk was.

Niet malen. Enigszins verbeten probeerde ze een zo comfortabel mogelijke houding te vinden en drukte toen op de bel voor haar slaappil. Wachtend op de verpleegster concentreerde ze zich op onbeladen, prettige gedachten. De lang verbeide aanblik van haar eigen tenen, misschien morgen al. Geen spierpijn meer, geen gevoelige doorligplekken. De wereld weer in verticale stand te zien. De wind in haar haren te voelen. Een nieuw kookboek met recepten waarvan het succes verzekerd was. De smaak van kersenbonbons.

Was het louter een charmant, op effectbejag gericht handigheidje als iemand zijn kinderen bijbracht dat excuses gepast, terecht en welkom konden zijn? Al was Yaja maar zwijgend met een vleesetende plant komen aanzetten, dat was al voldoende geweest! *Durfde* Leander zijn dochter soms niet ter verantwoording te roepen? Die schijterd, had Yaja hem weleens genoemd.

Nu was het maar goed dat haar minnaar allang sliep en geen toegang had tot haar gedachten. Dit ben jij niet, Beatrijs, zo ken ik je helemaal niet. Hier spreekt louter je *ego.* Geloof me, dit ben jij niet.

Ze grabbelde naar het flesje met essentiële oliën in haar laadje om er haar voorhoofd mee te zalven. Het lag buiten haar bereik. Ze was ervoor aangewezen op de komst van de zuster. Waar bleef dat vrolijke blondje met haar mooie mond, méér geld voor de zorg, Laurens was er met zijn bezoekje met Niels alleen maar opuit geweest haar ego aan te boren, door haar *gevoelens* af te schilderen als iets waarmee rekening gehouden moest worden, werkelijk, alsof gevoelens er iets toe deden, je hing juist als een hulpeloze marionet aan de touwtjes van je gevoelens zolang je *ego* aan het stuur zat. Pas wanneer je de ketenen van het ego wist te verbreken, kreeg je vleugels. Anders bleef je je als een zielige, met olie besmeurde meeuw strompelend over het strand voortslepen, in plaats van vrij boven de golven te zweven, boven de wolken zelfs, met een machtige, rustige vleugelslag.

'Hier ben ik,' zei een vertrouwde stem vlak bij haar oor. 'Vanwaar die tranen?'

Ze kon het niet uitleggen. Ze wendde haar gezicht af en strekte haar hand uit, de palm naar boven: geef me mijn pil nu maar, schenk me vergetelheid.

'Nooit de hoop verliezen, hoor.'

Ze schudde werktuiglijk van nee. Ze veegde haar natte wangen af aan het stugge linnen van de kussensloop. Was de uitdrukking trouwens niet 'nooit de *moed* verliezen'? Ze keek in haar hand. 'Zuster, ik heb mijn slaappil nog niet.'

Waar was de verpleegster nou? Beatrijs knipperde met haar ogen. De kamer was leeg. Blijkbaar was ze even weggedoezeld, al was ze zich daar niet van bewust. Gek hoe verkwikt en helder ze zich voelde. Precies zoals Veronica altijd had beweerd: 'Slaap je niet, dan rust je toch.' Het was haast alsof ze een bemoedigend duwtje in de rug had gekregen. Morgen zou ze Leander gewoon recht op de man of vragen wat Laurens nu eigenlijk van hem moest.

De ijzel had een kettingbotsing veroorzaakt, waardoor er laat op de avond nog een file was ontstaan. Het gaf Gwen in elk geval een goed verhaal waarom ze zo idioot laat uit Amsterdam thuiskwam. Maar toen ze, voortkruipend over de enige open rijstrook, eindelijk de ravage van verkreukeld blik en glasscherven passeerde, kromp ze toch even in elkaar. Wat was het bestaan broos. Van het ene moment op het andere kon alles je uit de vingers glippen. Onwillekeurig vroeg ze zich af waar ze terecht zou komen als ze nu, op dit ogenblik, uit het leven zou worden weggerukt.

Haar Klaar en Karianne geloofden momenteel heilig in de hel. Waar ze die overtuiging vandaan hadden, was Gwen onbekend, hopelijk niet uit een vorig leven. Bij hun beschrijvingen van het gruwelijke oord legden haar dochtertjes een ongebreidelde wellust aan de dag. In hun visie was de hel een soort kolossale vuilverbrandingsplaats vol rokende zwavelpoelen en vuur, waar pijnigingen zonder einde plaatsvonden. Er liep een sinistere, op Zorro gelijkende man rond die Stan heette – hij was de baas – en die met een grote zeis ieders botten aan gort sloeg, en vaak ook nog de tanden erbij. De dag was er veranderd in een pikzwarte nacht en het was er 'duizend graden heter dan in kokend water'. Timo moest er telkens daverend om lachen.

Het beeld van haar man rees voor haar op, lachend om de hel. Was het naïviteit van hem, of sprak er botte onwil uit om zich ook eens te verdiepen in het niet-tastbare? Maar ze kon zich beter op de weg concentreren, anders belandde ze nog in de vangrail. Op dit stuk was weliswaar al gestrooid, maar je wist maar nooit.

Nee, je wist inderdaad maar nooit wanneer je leven ineens een wending zou nemen die je niet had voorzien. Vroeger zou ze tegen die fatalistische gedachte hebben gerebelleerd, en dat zou ze gezond verstand hebben genoemd, maar Babettes ontvoering had haar uit de droom geholpen dat je meester was over je eigen lot. Alles was chaos en toeval, en dat idee maakte haar bang. De dingen moesten verklaarbaar zijn en ergens toe leiden. Volgens Leander was dat ook zo, alleen gebeurde het op een kosmisch niveau waar je als mens geen zicht op had. Ergens was er dus wel degelijk een sturende kracht aanwezig. Dat gaf haar een gevoel van houvast. Louter en alleen dankzij Leander ging ze niet helemaal kopje-onder.

Ze voelde zijn lippen nog op de hare, zijn handen op haar huid. Ze wist niet of ze blij was of zich schaamde. Ze wist niet eens of ze wel wilde terugdenken aan de afgelopen uren. Het was gewoon vanzelf gebeurd. Maar zomaar een opwelling kon het niet zijn geweest: hij had haar godin genoemd.

De laatste etappe, op de beijzelde weg langs het kanaal, reed ze stapvoets. De verraderlijke klinkers glansden in het licht van haar koplampen. En daar doemde de imkerij al op, haar thuis. Er brandde geen enkel licht meer. Tegen haar gewoonte in parkeerde ze op het voorerf. Ze stapte uit. Onder haar voeten knerpten de kiezels die Bobbie eens per week aanharkte, haar mond tot een resolute streep getrokken: ik houd van netjes.

Ze keek naar het huis waarin haar man en haar dochters sliepen. Hier hadden zich de gelukkigste jaren van haar leven afgespeeld. Hier waren haar weerspannige kinderen verwekt en geboren, in het bed met de drie poten. Hier had ze met Timo gelachen totdat de tranen over haar wangen liepen, hier heette ze mop.

Het was koud. Ze kon de vorst in de lucht proeven, metalig en hard.

Binnen gooide ze haar jas in de keuken over een stoel en at, staande bij de koelkast, een stuk kaas. Op de tafel lag een scheve stapel ordners en mappen. Dat was waar ook: Timo zou vanavond naar de nieuwe boekhouder gaan. Jarenlang had Frank zich over hun balans en belastingaangifte ontfermd. Zelfs in magere tijden had hij hen op wonderbaarlijke wijze nog in de plus weten te houden. Maar sinds Beatrijs en hij uit elkaar waren, had het hun niet gepast geleken nog langer van zijn kosteloze vriendendiensten gebruik te maken. Hem betalen, dat zat er met zijn uurtarief voor hen niet in, en de nieuwe boekhouder vroeg maar een fractie van die prijs. Alleen moesten ze nu zelf een hoop meer doen. De onbekommerde tijd van de schoenendoos met bonnetjes waarmee Frank altijd wel raad wist, was voorbij. Als Beatrijs niet in Leanders armen was beland...

Ze dacht: Daarmee is het allemaal begonnen, tot op dat moment was ons leven op orde. Nu hebben we zelfs geen bijen meer.

Ze wilde er niet bij stilstaan. Ze knipte het licht uit en ging naar boven, waar ze haar tanden poetste en met koud water haar gezicht waste. In de spiegel tuurde ze naar de lijntjes rond haar ogen en haar mond. Was ze nog wel goed zoals ze was, of werd het tijd voor vochtinbrengende, herstellende crèmes? Haar huid was nooit haar sterkste kant geweest, dat kreeg je van een leven in de buitenlucht. Beatrijs, die haar leven binnenshuis sleet, was nog volkomen rimpelloos. Maar dat had ook met vet te maken. Dikke mensen hielden langer een glad gezicht. Door al dat liggen leek ze trouwens wel tien kilo te zijn aangekomen. Dat werd straks weer afzien voor haar.

Als ze haar knie niet had verbrijzeld, met die stomme val van haar, dan zouden Leander en zij nu getrouwd zijn geweest.

Gwen trok haar kleren uit, bestudeerde zich terloops en profil in de spiegel en deed haar slaapshirt aan. Een bijna onbedwingbare behoefte om vannacht alleen te slapen nam bezit van haar. Wat had je in een huwelijk toch bitter weinig ruimte voor jezelf. En dan was je ook nog uitleg verschuldigd over iedere stap die je zette. Het was alleen maar een beetje zoenen, dacht ze verdedigend.

Op haar tenen ging ze de babykamer in om even te kijken of Babette rustig sliep. In het donker merkte ze niet meteen op dat Timo naast de wieg zat, met hun dochtertje op schoot. Het gaf haar een schok hen te zien opdoemen. Het flitste door haar heen dat ze haar vast al uren zaten op te wachten, vader en dochter, in stil verwijt. Waarom ben je zo laat? Waar heb je zo lang uitgehangen? Wat heb je uitgevoerd? En met wie?

'Sorry, er was een gigantische file,' mompelde ze met neergeslagen ogen.

'Sst. Ze slaapt net.' Zijn hand beschreef trage cirkels op Babettes buikje.

Gwen dempte automatisch haar stem. 'Was ze aan het spoken dan?'

'Ze blèrde van hier tot Assen, van de krampjes.'

'Heb je haar venkelthee gegeven?'

'Ja, natuurlijk.'

'Ze is toch al veel te groot voor kramp? Heb je de dokter...'

'Die is nog speciaal komen kijken, anderhalf uur geleden. Ze heeft geen koorts, dus het kan niets ernstigs zijn. Misschien hebben we te vroeg iets aan haar dieet veranderd. Zo'n geprakte banaan gaat meestal wel goed, maar in haar geval blijkbaar niet.'

Het was dus háár schuld. Ze had zo de pest aan die flessenvoeding. Een baby die naar een rubberspeen had leren happen: het bezorgde haar nog steeds een onbehaaglijk gevoel, haast iets van weerzin. En iedere voeding bracht dezelfde vraag weer naar boven. In wiens armen had Babette twee maanden lang aan haar speen liggen lurken? Bij de recherche zeiden ze dat kinderrovers voor het overgrote deel verwarde stakkers en zielenpoten waren. 'Ze zijn meestal niet eens in staat hun daad te verklaren. In een impuls nemen ze een kindje mee. Het was zo'n mooie baby, zeggen ze later, zo'n baby had ik altijd al willen hebben. Je wordt er geen steek wijzer van, mevrouw, neemt u dat nu maar aan.' Wat ze bedoelden was: niets van de toedracht te weten, dat was in feite nog heilig vergeleken met de onbevredigende confrontatie met zo'n warhoofd. Wat ze bedoelden was: laat het nu maar rusten.

'Kun jij haar nog even helpen dóór te slapen? Ik zit erdoorheen,' zei Timo.

'Ga maar gauw naar bed.' Ze voelde zijn vrije arm om haar heup glijden toen ze de baby van hem overnam. Timo, die van venkelthee en fruithapjes wist, die niet wegliep voor volle luiers, voor huilbuien zonder einde.

Hij rekte zich even uit, masseerde zijn nek, liet zijn armen molenwieken. 'Bobbie belde me over Babette toen ik net bij de boekhouder zat. Ze voelt zich altijd zo verantwoordelijk.'

Ze dacht, onwillekeurig: Alleen met Bobbie zou jij het vast ook wel redden.

## *Sterretjes*

Iedere vrijdagmiddag hadden ze handenarbeid. Dan was er genoeg geleerd, zei Nicky altijd.

Vandaag maakten ze van stevig zwart vouwblad een sterrenhemel. Eerst moesten ze de Ster van Betlehem natekenen die op het bord stond, met die wapperende sluier eronder. Vervolgens prikten ze in het papier een heleboel gaatjes. Daarna vouwden ze onderaan een reep om, ze maakten er inkepinkjes in, en lijmden de rand in de vorm van een halve cirkel vast op een stuk karton. Als je moeder er straks thuis een waxinelichtje achter zette, of je vader, zei Nicky, dan scheen het vlammetje dwars door de gaatjes heen en was het net alsof er echte sterretjes aan je hemel pinkten.

Niels verfde zijn Ster van Betlehem zilver, met een gouden randje eromheen. Met potlood tekende hij er een paar wolken bij. Pas toen hij na lang wikken en wegen tevreden was over het resultaat, durfde hij ze met witte verf in te kleuren. Door de donkere ondergrond bleven ze een beetje grijs en doorzichtig, net als echte wolken.

Het was nu alleen te hopen dat er thuis ergens waxinelichtjes lagen. Sommige dingen waren er tegenwoordig ineens niet meer. Dat besefte hij meestal pas als hij ze bij Perry of Gijs wel aantrof. Een vaas met bloemen. Een kandelaar met een kaars erin. Schaaltjes vol zorgvuldig geschikte koekjes of bonbons. 'Hè, leg ze nu eerst even gezellig neer,' zeiden de moeders van zijn vriendjes als iemand in een kast een rol biscuits had gevonden. Hij was blij dat zij niet zagen dat papa, Toby en hij hun koekjes zo uit het pak aten.

Terwijl hij lijm op het karton smeerde, kwam Nicky langs. Hij hield zijn adem in. Het geluid dat haar rok maakte: woesj, woesj. Ze stond stil. 'Dat wordt geweldig, Niels. Hoe kom je nu weer op die wolken?'

Hij keek naar haar middel, hoger durfde hij zijn hoofd niet op te heffen.

'Bij jou schijnen de sterren zelfs dwars door de wolken heen.'

Hij hield zijn duimen op het papier gedrukt terwijl zij verder liep. Ze vond zijn hemel mooi. Zodra de lijm droog was, schreef hij met grote letters op het karton: Voor Nicky, van Niels. Dat ze allebei met een N begonnen, vervulde hem van ontzag. Tussen zijn wimpers tuurde hij naar zijn wolken. Misschien moest hij maar piloot worden, dan kon hij haar in een straaljager meenemen, hoog de lucht in. Op de rand van de grootste wolk tekende hij vlug nog een zwaaiend poppetje. Dat was mama, die hen voorbij zag komen. Haar haren wapperden, haar ogen straalden: ze was er trots op dat hij zo'n snoeihard vliegtuig kon besturen. Daarvan had ze altijd gehouden, van het wilde, het avontuurlijke. Zijn moeder was nergens bang voor geweest.

Nadat de les was afgelopen, bleef hij talmen bij zijn tafeltje. Hij had goed nagedacht over hoe hij het zou aanpakken. Dit keer zou hij gewoon wachten tot iedereen weg was. De klas was al bijna leeg. Op de gang klonk gejoel. Door het raam zag hij moeders met fietsen op het schoolplein staan. Om een of andere reden bracht die aanblik hem te binnen dat Toby en hij vandaag rechtstreeks naar huis konden, dat had papa vanochtend gezegd. Hij had een verrassing voor hen.

Een verrassing. Stel dat zijn vader thuis klaarzat met een taart, omdat hij jarig was. Vroeger had mama hem dat altijd op tijd ingefluisterd, zodat hij iets moois voor hem kon maken. Grote mensen kenden alle data uit hun hoofd. Maar hij niet. Zijn vader kon best jarig zijn zonder dat hij het wist. Bij de gedachte aan hoe vreselijk hij het zelf zou vinden als zijn verjaardag zou worden vergeten, werd hij bijna misselijk van medelijden. Hij had voor zijn vader niet eens een sterrenhemel die echt twinkelde! Zou hij Nicky's naam snel uitgummen? Voor papa, van Niels.

'Wat sta jij bedremmeld te kijken,' zei Nicky. Door het lege lokaal kwam ze op hem toegelopen. Ze boog zich voorover om het werkje in zijn hand nog eens te bezien. Ze begon te lachen. 'Nee maar, dat is lief van je, zeg! Dat zet ik thuis meteen op de schoorsteenmantel.'

Schoorvoetend gaf hij haar zijn hemel.

De lach bestierf op haar lippen. Ze wees. 'Is dat mama?'

Hij knikte. Allicht. Mensen gingen daar soms zo vreemd en plechtig over doen.

'Weet je wat ik denk?' zei Nicky langzaam. Ze liet zich op haar hurken zakken en keek hem ernstig aan. 'Ik denk dat jij het fijn zou vinden om een keer samen met mij naar het graf van mama te gaan. Is het niet?'

Nu was hij helemaal sprakeloos.

'Dat begrijp ik best, hoor. Ik ken alle moeders immers. Haar wil ik ook weleens gedag zeggen. Zullen we dat in de kerstvakantie samen doen? Dan nemen we bloemen voor haar mee en dan zeggen we: Hier zijn Niels en Nicky, Veronica. Ik weet zeker dat ze ons hoort, op haar wolk. Nu trouwens ook, hoor.' Ze streek met haar vingertop over het zwarte papier.

Natuurlijk hoorde mama hem, dat was geen nieuws, maar Nicky's scheiding zat zo recht en haar ogen glommen zo en ze wist hoe zijn moeder heette! Als zijn vader vandaag jarig was geweest, had ze het hem natuurlijk op tijd verteld, net zoals mama altijd had gedaan. Er viel een pak van zijn hart. Hij riep uit: 'Word je eigenlijk nog jarig als je dood bent?'

Ze dacht even na. Haar neus was zo lief en het pukkeltje bij haar lip was zo grappig. 'Ja, waarom niet? In de hemel wordt dat vast wel gevierd. Daar komt die uitdrukking natuurlijk vandaan: in de wolken zijn.'

Hij snapte niet wat ze bedoelde, maar ze lachte zo leuk en haar tanden waren zo mooi vierkant, en als ze liep deed haar rok woesj-woesj.

'Wat denk jij, Niels? Hoe zou een verjaarspartijtje in de hemel zijn?'

'Met slingers!'

'Ja, natuurlijk. En alle engelen hebben hun feestjurk aan. En...'

'... er staan overal vazen met bloemen en schaaltjes met koek!'

Ze lachte weer.

'Zeker weten,' zei hij stoer.

Ze ging staan. 'Ik zal het wel met papa regelen, goed? En dan gaan jij en ik er in de vakantie samen heen. Ik haal je op met de auto.'

Hij voelde zich net een pakje boter dat in een warme keuken op het aanrecht lag, echt waar.

Laurens had de middag vrij genomen, gehaast en gepreoccupeerd. Er was een probleem met een van zijn persen, het was een ongelukkig moment om van zijn werk weg te lopen. Eerst had hij vol ongeduld op een uitbundig versierde straathoek een van de hars kleven-de kerstboom gekocht en die achter op de fiets naar huis vervoerd. Toen was hij op zolder op zoek gegaan naar de dozen waarop in Veronica's handschrift 'Kerstmis' stond. Het waren er wel vier. Hij had zijn jas weer aan-getrokken, de plakboom opnieuw achterop gebonden en was hem gaan ruilen voor een grotere, die hij bij thuis-komst in de serre had gezet. Het versieren had hem uren gekost. Er was iets mis geweest met de lichtjes, hij had ze maar met moeite op gang gekregen. Ze flakkerden onzeker.

Nu zat hij met een kop thee even uit te blazen. Maar dat was geen goed idee, merkte hij algauw. Koortsach-tige gedachten staken meteen de kop op. Die kerst-boomballen in die glazen schaal uit dat tijdschrift dan maar. In de lade onder de lang niet gebruikte oven vond hij vond een langwerpige glazen schotel met zwart aan-gekoekte hoekjes: sporen van maaltijden die Veronica nog had bereid, lasagne, zuurkool met ananas. Hij had haar een keer een schort cadeau gedaan waarop het naak-te torso van een vrouw stond afgebeeld. Veer met dat ranzige schort om.

Met een schuursponsje boende hij de schaal schoon en schikte de overgebleven kerstballen erin. Het zag er zeldzaam onfeëriek uit. Maar wacht eens. Er was nog een bus poedersuiker in huis, van bij de magnetron-poffertjes van laatst. Met gefronst voorhoofd be-sneeuwde hij de ballen ermee. Zo in die ovenschaal leek het nog het meest op een gerecht van Beatrijs. Misschien een paar takken uit de boom erbij. Ja, zie je wel, het kwam opeens in de richting van een kerststukje. Nu had hij alleen nog iets roods nodig, rood lint of zoiets. Speurend keek hij om zich heen. Naar boven gaan en een shirtje van een van zijn jongens in repen scheuren? Hij was er gek genoeg voor.

Dan toch maar liever een paar kaarsen, die waren er zat. In een van de dozen lag een nog onaangebroken pak uit de imkerij. Een kaars in alle vier de hoeken van de schaal, en eentje in het midden, dat was het. Hij stak ze aan, liet wat kaarsvet op de bodem druppelen en drukte ze stevig vast, zijn vingers plakkerig van de suiker.

Hij was net op tijd: hij hoorde Niels en Toby al in de gang. Snel schoof hij de dozen onder de tafel, zette de suikerbus terug in de kast en ging, met een opgelaten gevoel, naast de boom staan. 'Kom eens in de serre kijken, jongens!' riep hij, zijn stem geknepen. Traag kapseisde in de ballenschaal de eerste kaars, als om de zinledigheid van zijn inspanningen te onderstrepen, het pathetische ervan, misschien.

Toby stoof naar binnen, om meteen op zijn kousenvoeten stil te blijven staan. 'Pa-pa!' zei hij, met kogelronde ogen naar de kerstboom kijkend.

'Mooi?'

'Ja, maar pap! Het klokje moet toch bóvenin?'

'O ja,' zei Laurens. 'Als ik jou niet had.' Hij tilde zijn kind op en gaf hem gauw een kus in zijn smalle nek. 'Zo, hang jij het maar goed.'

Op zijn arm gezeten begon Toby in de boom orde op zaken te stellen, waarbij hij luidkeels 'Stille nacht' inzette. Wat waren zijn enkeltjes dun en koud. 'Hé, krokodil. In de kerstboom op school hebben jullie zeker een klokje bovenin?'

Toby staakte zijn gezang en keek hem wat bevreemd aan. 'Nee, maar zo deed mama het toch altijd?'

Bijna zei hij: Dat kun jij helemaal niet weten. Het geheugen werd pas na het derde levensjaar actief, zo had Veronica tenminste altijd zelf beweerd, vanwege de een of andere biochemische oorzaak. Hou nou op, Laurens! Er waren immers albums vol kerstfoto's uit betere tijden. Dat moest de verklaring zijn.

Niels kwam nu ook binnen. Jas uit, Niels... of laat ook maar. 'We gaan het hier de komende tijd reuzegezellig hebben, mannen.'

'Waarom staat hij op langzaam knipperen?' vroeg Niels. 'Snel is veel gaver.' Hij liep naar het snoer van de flakkerende lampjes en drukte op de trafo een knopje in dat Laurens tot dusverre was ontgaan. Meteen pulseerden de lichtjes twee keer zo hard. Straks zag iedereen scheel van de koppijn.

Toby begon te giechelen. Hij wees naar de ballenschaal op tafel. 'Die ene kaars staat helemaal scheef!'

'Wat is het eigenlijk?' vroeg Niels twijfelend.

'Ik heb het niet zelf bedacht,' haastte Laurens zich te zeggen. 'Het stond in de *Margriet*. Voor een extra feestelijk effect. Het leek me wel leuk.'

'Het is best mooi, hoor pap. Maar ik zal wel even een sterrenhemel voor je maken. Dat heb ik vandaag geleerd.'

'Ik ook!' riep Toby uit.

'Eikel. Dat krijg je helemaal nog niet in groep één.'

Laurens liep naar de koelkast, schonk drie grote glazen appelsap in en zette die op tafel. Door de aanwezigheid van de opgetuigde boom leek het alsof het een kerst zoals alle voorgaande zou worden en Veronica ieder moment de serre kon binnenstappen. Misschien had hij beter niets kunnen ondernemen.

Niels had de knutseldoos al gepakt en er papier uit gehaald. Hij tekende Toby, die op zijn knieën op een stoel zat, een grote ster voor. Met de hoofden vlak bij elkaar togen ze aan het werk.

Het was een ongewoon moment van de dag voor Laurens om, in hun nabijheid, zomaar even wat te zitten, in plaats van van hot naar her te rennen en twaalf dingen tegelijk te moeten regelen. Er kwam een zekere rust over hem. Hij dronk zijn sap. Hij keek naar zijn kinderen en hield van ze. Hij dacht: In het nieuwe jaar ga ik gewoon iedere dag al om halfvier naar huis, ik neem wel wat werk mee, offertes kan ik immers ook best hier op mijn laptop schrijven. Na de vakantie geen naschoolse opvang meer voor Toby en Niels. Gewoon lekker thuis, bij papa, een beetje aanklooien.

Toby kraste met een potlood over het papier, bij elke haal met arendsogen de kunst bij zijn grote broer afkijkend. Niels wierp af en toe een laatdunkende blik opzij, maar wist zich van commentaar te onthouden. Goed zo, Niels. Vrede op aarde.

Kerstkransjes, een tulband, gevulde speculaas: hij zou het allemaal in huis halen.

Niels zei tegen Toby: 'Die wolken, kijk dan, die moet je heel groot maken, want mama moet erop kunnen.'

'O, de hémel.' Toby kraste voort. Even later vroeg hij: 'Hoe lang blijft ze nou eigenlijk nog dood?'

'Mongool! Altijd, natuurlijk!'

'Pap! Papa! Niels zegt...'

'Toby, dat weet je toch wel? Dood is voor altijd. Dat zegt Niels heel goed.'

'Moet ze dan voor altijd in die doos onder de grond blijven?'

'Kist,' verbeterde Niels. Onaangedaan schroefde hij een potje plakkaatverf open.

Tranen begonnen over de ronde wangen van de kleuter te biggelen. 'Dat wil ik niet, dat wil ik niet!'

'Lieverd, kom eens bij papa.' Laurens strekte zijn armen uit.

'Stel je niet zo aan,' zei Niels. 'Je kunt toch nog gewoon met haar praten? Ze hoort je echt wel.'

Met een bonkend hart kwam Laurens overeind en tilde Toby op. 'Hoezo, Niels? Praat jij met mama? Wat zegt ze dan?'

'Gewoon,' zei Niels schokschouderend.

'Dat wil ik ook!' snikte Toby.

Een radeloos gevoel maakte zich van Laurens meester. Hij dacht: Waar ben je toch op uit, Veronica, waarom laat je Niels niet met rust? Zeg me in godsnaam wat ik moet doen om hier een einde aan te maken. Wreek je op mij, maar geef Niels en Toby de kans om me te vertrouwen. Kwel onze kinderen niet met kennis die hun leven zal vergallen. Verpletter ze niet onder de waarheid.

Met Toby op zijn arm liep hij naar het aanrecht, scheurde een stuk keukenpapier af en liet zijn zoontje snuiten. Hij was tot alles bereid om haar genoegdoening te verschaffen. Alleen, hoe moest hij haar dat ooit duidelijk maken? Ze hield zich doof voor al zijn aanroepingen. Ze hield zich doof, wat hij ook probeerde.

'Niels,' zei hij, zonder zich om te draaien, 'hoe doe je dat dan, als je met mama praat?'

Het bleef even stil. Toen zei Niels: 'Jij doet het zelf toch ook? Ik hoor het vaak genoeg.'

Toby greep hem bij de kraag van zijn overhemd. Happend naar adem bracht hij dreigend uit: 'Ik blijf huilen, hoor papa, ik blijf nog heel lang huilen.'

'Dan blijf ik je gewoon net zo lang troosten totdat alle tranen op zijn.' Hij klemde zijn tanden even op elkaar. Waar kon hijzelf terecht? Zou hij het wagen Leander nog een keer te benaderen? Hij durfde zichzelf amper te bekennen hoe vaak hij nu al een beroep op hem had gedaan, en telkens nog tevergeefs ook. Bijna iedere keer als de paniek hem in de greep kreeg, bezweek hij voor de verleiding hem op te bellen. Het bezorgde hem een beschaamd en kwetsbaar gevoel zo in Leanders macht te zijn beland. Want dat was het toch. De man kon hem maken of breken. Maar hulp vragen was geen bewijs van falen, zoals Nicky laatst ook nog had gezegd.

'Het is klaar. Nu alleen nog een waxinelichtje,' zei Niels.

En ineens werd hij besprongen door een gedachte. Zeker, tot dusverre had Leander hem steeds al zo ongeveer bij het eerste woord afgepoeierd. Maar zou hij ook zo hardvochtig blijven als hij vernam dat Niels zijn dode moeder voortdurend om zich heen had? Hij dacht dat Laurens iets voor zichzelf wilde bewerkstelligen, daarom hield hij de boot af. Vanwege zijn gekrenkte trots, of omdat het een esoterische of spirituele wet was dat zoiets niet mocht. Maar zijn hulp inroepen voor een kind was een andere kwestie, een die zeker serieus genomen zou worden.

Hij moest erheen. Gewoon aanbellen en zeggen: Leander, ik ben een ezel, ik ben tot nu toe niet duidelijk geweest. Luister alsjeblieft even vijf minuten. Het gaat erom dat ik mijn kinderen moet beschermen.

Het was zo logisch. Het liefst zou hij er meteen op af gaan. Maar het was aan de andere kant van de stad en het spitsuur was al begonnen: hij kon Niels en Toby niet voor onbepaalde tijd alleen laten, dat deed hij nooit. Ze meenemen en in de auto laten wachten? Het hoefde niet lang te duren. Het ging per slot van rekening alleen maar om het maken van een afspraak. Leander zou heus niet meteen tijd hebben.

'Hebben we wel van die lichtjes?' vroeg Niels.

'Verdorie, nee,' zei hij. Hij zette Toby op de grond. 'Maar die gaan we direct even kopen. En omdat het al zo laat is, pakken we lekker de auto.'

Gwen keek toe hoe Bobbie in een razend tempo prei voor in de erwtensoep hakte. Het werd tijd haar dochters naar binnen te roepen, die in het donker nog steeds in de tuin aan het rondrossen waren: soms schalde er even, dwars door de gesloten ramen, een bloeddorstige kreet de keuken in. Wat was het warm bij het fornuis, en wat stond de radio hard aan. Ze voelde zich onrustig en lusteloos tegelijk, al zou Veronica hebben gezegd dat dat onmogelijk was. Zelfs als het leek alsof je ten prooi was aan wel twintig tegenstrijdige emoties, dan beleefde je die volgens haar niet gelijktijdig, maar stuk voor stuk. Eén enkele, voorbijflitsende emotie per nanoseconde: tot het vermengen ervan was het menselijk hart eenvoudig niet in staat.

Ze verlegde de rookworst van links naar rechts op de snijplank, om Bobbie niet het idee te geven dat zij vol toewijding in haar eentje stond te koken. Daarna staarde ze, nietsziend, naar de stoffige plinten. Wat zou het heerlijk zijn Vero nu in vertrouwen te kunnen nemen, haar om advies te vragen. Zij zou het meteen hebben gerelativeerd. Gwennie, niet miepen, geniet ervan, wie schaad je nou met een beetje dagdromen, niemand toch?

'Raar hè,' zei Bobbie, terwijl ze de prei in de pan stortte, 'wat je soms allemaal droomt. Je raadt het nooit, Gwen. Vannacht droomde ik dat ik met Laurens ging trouwen. Veel gekker moet het niet worden, hoor.'

'Nee,' zei ze vaag. Had Beatrijs er niet ooit op gezinspeeld dat Vero zelf ook eens vreemd was gegaan? Ze wist het alweer, het was op de avond van Babettes verdwijning geweest. Ze moest het verkeerd hebben begrepen, het kon niet waar zijn. Veronica en Laurens waren een hecht en gelukkig stel geweest, na jaren nog helemaal stuk van elkaar. Zoals Veronica naar hem kon kijken, met dat knipoogje van haar, je voelde je bijna beschroomd als je het toevallig onderschepte.

Hoe zouden anderen Timo en haar bezien?

'Ik wist niet hoe ik in huis ruimte voor Niels en Toby moest vinden,' kletste Bobbie verder. 'Dat trouwen vond ik al zo gek, maar ja, zoiets kan gebeuren. Alleen wil je dan wel een kamertje hebben voor de kinderen van zo iemand.' Ze keek om zich heen. 'Hebben we geen worst?'

'Hier,' zei Gwen.

'Ja, dat zie ik. Maar is dat alles?'

'Hier zullen we het mee moeten doen. Als we Timo moeten geloven, eten we binnenkort alleen nog maar Brinta.'

'Op Brinta heeft Reinier Paping anders mooi de Elfstedentocht gewonnen.'

'Bob! Je lijkt Veronica wel.'

'Ik weet het ook van haar.' Bobbie sneed de worst in flinterdunne plakjes. Ze begon vrolijk te lachen. 'Als zij nog had geleefd, had ik natuurlijk nooit kunnen dromen dat ik met Laurens ging. Zeg nou zelf.'

Wat probeerde ze zich wijs te maken? Veronica zou er nooit om hebben gelachen. Ze zou haar stevig door elkaar hebben gerammeld. Als je het maar uit je hoofd laat, Gwen, geen gedoe met de vent van een vriendin, een van je beste vriendinnen nog wel, die in het ziekenhuis ligt nota bene, je lijkt wel niet goed snik.

Morgen zou Bea thuiskomen. Ze had er speciaal over opgebeld.

Gwen dacht: Juist, en dat zal mij dan voor verdere misstappen behoeden, zo zal het gaan, dat is dat, einde verhaal. Het was een benauwende gedachte Beatrijs en Leander weer samen te zien, wat vroeg of laat onontkoombaar zou gebeuren. Ze nam het Beatrijs al op voorhand kwalijk hoe akelig ze zich dan zou voelen.

'Ik had een roze jurk aan,' zei Bobbie dromerig. 'En Klaar en Karianne waren de bruidsmeisjes. In de kerk werd op het orgel die muziek gespeeld, weet je wel: pa-PA-pa-paaa! Iedereen zong mee. Jij ook, hoor Gwen. Je droeg een hoed met een stel pauwenveren erop, maar dat had je zelf gelukkig niet in de gaten, anders had je je doodgeschaamd voor Frans Bauer en Marco Borsato, die naast je zaten. Ik vond het net een droom. Wat het ook was. Goed, hè?'

'Ik zou wel eens op vakantie willen.'

Verstoord keek Bobbie haar aan. 'Hoe kom je daar nou ineens bij?'

Ze zag het voor zich. Een week voor zichzelf en haar eigen dromen en gedachten. Eén enkel, miezerig weekje maar. Was dat nou werkelijk te veel gevraagd? Straks hadden de meisjes weer vrij van school en zou het dag in, dag uit van de vroege ochtend tot de late avond bal in huis zijn. Ze zou geen seconde aan zichzelf toekomen.

'We kunnen helemaal niet weg! Ik kan de winkel toch niet zomaar dichtgooien?'

'Nou, dan blijf jij hier.' Waar stond eigenlijk geschreven dat je in een gezin altijd maar met iedereen rekening moest houden en andermans belang moest laten prevaleren boven het jouwe? Vijftien jaar had ze hier vanwege Timo's bijen zonder een enkele onderbreking aan huis gekluisterd gezeten. Nu de laatste volken dood waren, was ze eindelijk vrij. Het was opeens zo klaar als een klontje.

Bobbie hield op met in de soep te roeren. 'Alsof Timo het gezellig zou vinden om zonder mij op vakantie te gaan! Zo zout heb ik het nog nooit gegeten.'

'Dan blijft Timo toch thuis, bij jou?' Drift maakte zich van haar meester. 'En de meiden hoeven ook niet mee, anders missen ze maar een judoles of iets anders belangrijks. En Babette blijft ook hier, want die merkt niet eens waar ze is, als iemand af en toe maar een fles in haar steekt, kan niet schelen wie.'

'Maar dan ben jij helemaal alléén.' Onzeker bevingerde Bobbie het sleutelkoord om haar nek.

'Ja. Vreselijk, hè?'

Bobbie keek alsof zij plotseling licht in het duister zag. 'Dan blijf je toch gewoon lekker bij ons?'

'Ik stuur jullie wel een kaartje als ik heimwee krijg.'

'Nee, echt, dat kan ik niet over mijn hart verkrijgen. Oké, Gwen, vooruit dan maar. Ik ga wel met je mee.'

'O mijn god,' bracht Gwen uit. Ze wilde iets of iemand slaan.

Op dat moment kwam Timo, met een gezicht als een oorwurm, binnen met Yaja, die hij van de trein had gehaald. Hij zag eruit alsof hij van plan was zijn handen meteen van haar af te trekken.

Welja, Timo. Gooi het maar weer op mijn bord, zadel me maar op met nog meer verantwoordelijkheden en verplichtingen.

'Yo,' zei Yaja in het algemeen en gooide haar tas op de grond. Ze droeg een enkellange jurk van bloedrood velours met een armoedig jack van zwart nepleer eroverheen.

Bij haar entree was Bobbie van kleur verschoten. ‘Komt die man ook?’ vroeg ze ongerust aan Timo.

‘Relax,’ zei Yaja. Ze pakte een stukje worst van de snijplank op het aanrecht en stak het in haar mond. ‘Mijn vader heeft me hier gedumpt omdat-ie even zwaar moest chillen.’

‘Ja, daar zijn we mooi klaar mee,’ zei Timo terwijl hij zijn ogen liet rollen.

Hij was echt nijdig geweest over de logeerpartij. Verdomme Gwen, we hebben dit weekend al genoeg aan ons hoofd, we moeten het veld opruimen, en de voorraden van de winkel en de kaarsenmakerij inventariseren, en je wíst toch ook dat ik Laurens heb gevraagd om morgen nog even naar de boeken te komen kijken, en nu ik het daar toch over heb, we zijn momenteel niet in de positie om er een extra eter bij te hebben en benzine te moeten verstoken met heen en weer rijden naar het station.

‘Je bent hier van harte welkom, Yaja,’ zei ze om Timo te ergeren, of omdat Leander het altijd zo waardeerde als ze lief was voor zijn dochter. ‘Als je het leuk vindt, mag je Babette haar volgende flesje geven.’

Haar man keek haar aan alsof ze gek was geworden. ‘Ik dacht het niet. We moeten even uitkijken met het hoe en wat van haar voedingen.’

‘O Timo,’ zei Bobbie angstig, ‘zou ik haar gisteravond niet goed heb laten boeren? Is het daardoor gekomen?’

‘Welnee, meisje. Het kwam door die banaan.’

‘Wat Timo bedoelt,’ zei Gwen, ‘is dat het mijn schuld was. Nietwaar, Tiem?’

Terwijl ze het ene plakje worst na het andere naar binnen werkte, volgde Yaja met interesse de discussie. Met volle mond vroeg ze: 'Wat was er dan met Babette?'

'Ze had kramp. Ik had haar iets verkeerds te eten gegeven.'

'Wat ging dat wurmpje tekeer,' zei Bobbie hoofdschuddend. 'Ze leek wel van de duivel bezeten.'

Onwillekeurig moest Gwen even aan Stan denken, die volgens Klaar en Karianne de baas was in de hel. Stan de Stoker, dat zou zijn volle naam wel zijn. Hield hij je zonden bij, je dwalingen en je onkuise gedachten, en wreef hij zich dan al bij voorbaat vergenoegd in zijn zwartgeblakerde knuisten? Eigenlijk kon het haar geen zier schelen. Ze leefde nu. Ze was toe aan iets roekeloos. Ze was toe aan avontuur.

Alsof zij haar gedachten raadde, riep Bobbie opeens uit: 'Zeg! Maar nu nog eens iets anders. Gwen en ik gaan op vakantie.'

Snel zei Gwen tegen Yaja: 'Ik ga Babette wel even halen. Dan kun je zelf zien dat ze weer blaakt van gezondheid.'

'Die Babette,' zei het meisje. 'Er is altijd wat met haar. Echt vet.'

Ze kreeg een wee gevoel in haar maag. Hoe kon ze zelfs maar spelen met de gedachte haar hummel een week uit het oog te verliezen? Het was de goden verzoeken. Er was nog steeds een psychopaat op vrije voeten. Ging Leander maar over aardse gerechtigheid, dan was alles allang opgelost. Maar op dit niveau was zelfs hij machteloos.

Met moeite iedere gedachte aan hem uit haar hoofd bannend, repte ze zich naar de babykamer. Ze bukte zich net over de wieg om haar slapende dochter op te tillen toen Timo met grote stappen achter haar aan kwam.

Eerder verbaasd dan ontstemd vroeg hij: 'Wat is dat nou voor geklets over een vakantie, mop? Dat kunnen we ons toch helemaal niet veroorloven? Straks rekent Bobbie er nog op.'

Ze zocht naar woorden. 'Ik ben gewoon zo moe.'

Hij schuifelde als een bedremmeld kind met zijn voeten. 'Als jij er zelf even uit wilt, als het daarom gaat... Ik bedoel, ik wil niet hebben dat je doordraait. Eerst die spanningen rond Babette, en nu weer dat financiële gezeik. Is er niet iemand bij wie je een paar dagen kunt logeren?'

Nee, niet meer. Want Vero was dood, en morgen kwam Beatrijs alweer thuis. Wat was het ooit zo behaaglijke weefsel van haar leven dun en schraal geworden.

'Bij Laurens bijvoorbeeld,' vervolgde Timo. 'Als ik Niels en Toby in de kerstvakantie nou een paar dagen neem. Dan is het bij hem thuis lekker rustig en hoef je nergens achter aan te draven.'

Zijn grootmoedigheid maakte haar gemeen. 'En dan red jij het hier wel met al die koters? Kom op, zeg. Alleen Yaja erbij is je al te veel. En wat moet ik nou bij Laurens? Samen met hem naar de Bijenkorf gaan?' Ze lachte onaardig.

'Hij vindt het vast leuk je een beetje te verwennen. Hij is dol op je, Gwen. En jullie kunnen toch ook naar een museum, of zo?'

'Jezus, man, ben je er soms opuit mij in zijn armen te drijven? Wil je van me af?'

'Ik vraag alleen maar wat jij wilt.'

Redelijkheid was niet waar ze nu op zat te wachten. 'Leuk hoor, dat je je vrouw bij een andere man wilt parkeren. Maar evenzogoed mooi dat ik het weet.'

Ineens was het gedaan met zijn kalmte. Hij greep haar bij haar pols en trok haar ruw naar zich toe. Zijn ogen in de hare borend bracht hij uit: 'Wat mankeert je toch?'

Ze rukte zich los. 'Ik heb er gewoon schoon genoeg van! Van alles!'

Babette schrok wakker en begon te huilen, grote, trage tranen uit haar nog gesloten ogen persend, die meteen overgingen in een waterval van verdriet. Ze zwaaide met haar armpjes terwijl ze rood aanliep van woede, ongemak, honger, wie zou het zeggen, een volle luier, te warm of te koud... wat een ramp toch om zo klein te zijn en niets te kunnen zeggen, niet wat je nodig had, niet wat je miste, niet wat je pijn deed, niet waar het om ging. Gwen pakte haar dochter op en drukte haar tegen zich aan, automatisch haast.

'Alles?' zei Timo bitter. 'Dat is wel een beetje veel. Je gaat me toch niet vertellen dat ik daar opeens ook onder val?'

Ze draaide hem de rug toe. Met de krijsende baby op de arm ging ze voor het raam staan. Het was buiten al helemaal donker: ze zag niets anders dan haar eigen weerspiegeling in het glas. 'Op het moment wel, ja.' Het klonk koud en hard, als iets wat iemand zonder gevoel zou zeggen. Waar was ze mee bezig, wat richtte ze aan? Maar toch had ze niet de geringste neiging haar woorden terug te nemen. De onverschilligheid ervan beviel haar eigenlijk wel. Waarom zou ze er doekjes om winden?

Achter haar zei Timo: 'Wat krijgen we nou, Gwen?' Hij moest zijn stem verheffen om boven Babette uit te komen.

'Je hoort me toch?' Nukkig bleef ze voor zich uit kijken.

'Ik ben er anders altijd van uitgegaan dat wij voor goede én slechte tijden samen waren. Maar nu we even pech met de bijen hebben, gooi jij meteen de handdoek in de ring.'

Ze was zo perplex dat ze zich omdraaide. 'Denk je nou werkelijk...'

Hij pakte Babette uit haar armen en hief haar hoog in de lucht. 'Even dimmen, liefje.' Het geblèr van de baby nam enigszins af.

Gwen sloeg haar ogen neer. Misschien moest ze hem maar in de waan laten. Typisch Timo om te denken dat alles om zijn bijen draaide. Zo argeloos. Ja, maar ook zo oppervlakkig, zo stupide, zo laag-bij-de-gronds. Dat hij niets aan haar zag, niets aan haar rook. Al hield ze er zeven minnaars op na. Zo belangrijk en onmisbaar was ze nou voor hem.

'Gwennie. We hebben wel eerder magere jaren gehad. Maar we zijn er altijd weer bovenop gekomen. Je kent ons toch? We zijn net onkruid.'

'Zeg, spreek voor jezelf.'

Hij perste zijn lippen even op elkaar en zei toen: 'Ik denk dat de meiden zo onderhand wel toe zijn aan een bordje soep. Ga je mee naar beneden?'

Toen ze geen antwoord gaf, liep hij met Babette de kamer uit. Als een geslagen hond, of als een zuil van tolerantie en zelfbeheersing? Ze wist het niet. Maar wat kon het haar schelen of ze hem op z'n hart had getrapt? Wat kon het haar schelen of ze hem had gekwetst? Hij kon er zelf ook wat van. Onkruid! Altijd even complimenteus, die Timo.

'Vooruit, mop!' zei ze hardop tegen zichzelf, ineens hartgrondig van het woord walgend, terwijl ze driftig wat kleertjes begon op te rapen die op de grond lagen.

Geen tel kon je in dit huishouden zitten niksen. Zelfs als je alle reden had om je man z'n hersens in te slaan, kon je beter eerst even een wasje draaien, anders groeide het je allemaal boven het hoofd. En als je de situatie in alle oprechtheid onder woorden trachtte te brengen, werd je uit logeren gestuurd. Bij Laurens nog wel.

Opeens stokte ze, de handen vol vochtige, onwelriekende rompertjes. Was Timo eigenlijk wel zo onschuldig als hij zich voordeed? Hij wist best dat Laurens en Leander water en vuur waren. Zou zij buddy-buddy haar intrek onder Laurens' dak nemen, dan zou Leander dat hoogst onaangenaam vinden. Dus zo zat het. Ze werd helemaal niet voor haar welverdiende rust naar Laurens verscheept, het was alleen maar Timo's bedoeling dat Leander van haar zou balen. God, wat doortrapt. Je dacht dat je iemand kende, je dacht dat hij treurde om zijn bijen en om de verloren idylle van de imkerij met de zonnige, geurige weide, de van goudgele honing druipende raten, de rijke, royale droogrekken vol kaarsen – even was het alsof ze zichzelf neuriënd in de kaarsenmakerij bezig zag en haar hart kromp ineen – en de tuin die zoveel onderhoud vroeg, met al die oude bomen die voor onuitroeibaar mos zorgden, en... Ze was de draad kwijt. In gedachten rondde ze boos af: maar ondertussen ging het Timo om heel iets anders.

Je zou zien dat ze hem zelf nog op het idee had gebracht ook, toen ze hem onlangs had verteld dat Laurens op een donderdagavond vlak voor de sessie bij het souterrain op de gracht was opgedoken, als verstekeling tussen de overige bezoekers. Leander had hem resoluut de deur gewezen. Wie zijn dode vrouw niet met rust kon laten, zei hij, was bij hem aan het verkeerde adres. Maar Laurens had zich niet zomaar laten wegsturen. Het was kennelijk zowat op een handgemeen uitgedraaid.

Het was die keer geweest dat zij op de heenweg een lekke band had opgelopen en meer dan een uur op de Wegenwacht had moeten wachten. Anders had ze Laurens misschien nog kunnen kalmeren.

Ze verzamelde de laatste babykleertjes en bracht de hele bundel naar de badkamer om die in de wasmachine te stoppen. Morgen zou hij hier zijn, om Timo met de administratie te helpen. Ze moest de gelegenheid te baat nemen om een serieus onderonsje met hem te hebben. Hij moest Veronica loslaten. Hopelijk zou hij naar haar luisteren als ze zei: Ze is uit alle macht bezig wakker te worden. Ze probeert te ontwaken, en jij hindert haar daarbij. Dat wil je toch niet?

Van beneden riep Marleen: 'Mam! Mama! Waar blijf je nou, mam?'

Even aarzelde ze. Toen trok ze, in een impuls, haar kleren uit, draaide de douche open en stapte onder de straal, ineens obstinaat. Door het warme water liet ze iedereen die een beroep op haar deed, van zich afspoelen. Voor Jan en alleman klaarstaan, ieders geluk dienen, zelfs dat van de doden, ze had er genoeg van.

Al brandde er geen licht in huis, toch drukte Laurens tegen beter weten in tot drie, vier keer toe op de bel. Hij moest zich bedwingen niet ook nog met zijn vuisten op de deur te roffelen: in de auto, die vlakbij geparkeerd stond, konden zijn jongetjes alles volgen.

Had hij zijn ingeving maar een halfuur eerder gekregen. Gezien het tijdstip was de kans groot dat Leander al op weg was naar het bezoekuur van het verpleeghuis. Terwijl hij de straat afspeurde in de hoop zijn rijzige gestalte in de verte te zien lopen, viel zijn blik op een klein café aan de overkant. Het nuttige met het aangename verenigen, zo heette dat toch?

Hij liep naar de auto en opende het portier aan Niels' kant. 'Zullen we lekker biefstuk met frietjes gaan eten?'

Met een zorgelijke frons keek zijn zoontje op van de doos waxinelichtjes die hij op schoot hield. 'Gaan we niet thuis eten dan?'

'Je hebt toch wel gemerkt hoe hard ik van de week heb gewerkt? Ik heb een hoop geld verdiend, hoor.'

Even later zaten ze met z'n drieën aan een tafel bij het raam. Het was met rode linten in kleine vierkantjes verdeeld waarvan de hoeken waren ingespoten met kunstsneeuw, maar er viel nog redelijk door naar buiten te kijken. In theorie had hij nu minstens een uur. Een gevoel dat bijna te omschrijven viel als welbehagen nam bezit van hem. Hier zaten ze dan, hoog en droog en met elkaar, in een gezellige buurtkroeg met op de toog een stoffige bladplant waarin kerstballen hingen. Bij de slonzige maar opgewekte serveerster die naar hun tafeltje kwam, bestelde hij bier en cola, en drie keer biefstuk, patat en appelmoes.

'Weet jij hoe je het beste een konijntje kunt vangen, papa?' vroeg Toby.

Een levende knuffel voor zijn kleintje: wat een goed idee. 'Weet je wat? Morgen zijn we toch bij Timo. Daar in de buurt hebben ze vast wel konijnen te koop.' Samen zouden ze in de tuin een hok timmeren, hij had er nu al zin in, met een ren erbij.

Achter zijn hand souffleerde Niels: 'Het is een raadsel.'

Toby's ogen blonken. 'Je moet achter een boom gaan zitten en het geluid van een worteltje nadoen!' Hij sloeg voorover van het lachen.

Met het dedain van iemand die zich baas boven baas weet, zei Niels: 'Het is rood en het ligt op het strand. Weten jullie het echt niet? Roodkrabje!'

Toby bleef erin. Nog even en hij brak in tweeën van het gieren.

'Het is groen en het is altijd moe? Een krop slaap.'

'Niet zo vlug, zo onthoud ik ze nooit,' zei Laurens lachend. Hij nam een slok bier.

'Waarom drinken muizen geen alcohol? Omdat ze bang zijn voor een kater. En nou komt er een goeie voor op je werk, pap. Iedereen stinkt erin. Wat voor kinderen krijg je van een geel condoom? Nou?' Genietend kneep Niels zijn ogen samen.

'Een condoom?' Hij zette zijn glas terug op tafel.

'Een géél condoom.'

Blijkbaar begon de school tegenwoordig maar alvast in groep vier met het verstrekken van nuttige informatie over soa en aids. Had Niels weet van dit soort dingen dankzij zijn juf, of van het schoolplein? Wat maakte het ook uit. Even werd het hem van dankbaarheid bijna licht in het hoofd: zijn kinderen hadden een heel leven buiten hem om. Ze smoesden met leeftijdgenoten, ze leerden van anderen volwassenen. Hij was niet het enige baken waarop ze voeren. Waar hij tekortschoot, vielen er niet per definitie gaten.

'Gele kinderen,' zei hij.

Niels barstte in hoongelach uit. 'Géén kinderen krijg je ervan.'

'Nee maar, die is goed.'

Er was een verontruste trek op Toby's ronde gezicht gekomen. Snel zei Laurens: 'En nu jij. Ik zie ik zie wat jij niet ziet.'

De hele maaltijd lang spoorden ze voorwerpen op die

zwart, groen, rood of blauw waren. Af en toe keek Laurens naar buiten. Onder de straatlantaarns passeerden mensen met capuchons en mutsen op, klaar met hun werk, op zoek naar vertier. Hun adem kwam in rokerige flarden uit hun mond. Het huis aan de overkant was nog steeds donker.

Na het eten werd het moeilijker om Niels en Toby gelukkig te houden. Ze wilden naar huis, om een waxinelichtje achter hun sterrenhemels te zetten.

'Nog even, jongens. Ik krijg nog koffie. Niels, ander woord voor auto, vijf letters.' Hij trok Toby bij zich op schoot en gaf hem zijn balpen om ermee op de papieren onderleggers te tekenen.

'Wagen.'

'Hé, Batman, niet zo vlug! Ander woord voor kooi...'

'Hok,' mompelde Toby.

'Ja zeg, die was veels te makkelijk,' zei Niels verontwaardigd.

'Ander woord voor machine.' Hij telde op zijn vingers. 'Acht letters.'

Daar was zijn koffie verdomme al. Vlug keek hij naar buiten.

'Machine?' zei Niels. 'Wat voor soort machine dan?'

'Om koffie mee te zetten bijvoorbeeld.' Koud laten worden, dat was voorlopig het beste idee.

Toby ging tegen hem aanhangen. Niels geeuwde.

'Niels, ik geef je de eerste letter cadeau. Het begint met een a.' Als Leander na zijn bezoek aan Beatrijs direct naar huis was gegaan, zou hij nu ieder moment kunnen arriveren. Ik ben een ezel geweest, Leander. Ik had je meteen moeten zeggen dat het erom gaat mijn kinderen te beschermen.

Hij rechtte zijn rug. Eindelijk deed hij het juiste. En

wacht eens, hij had ook altijd nog een kans via Beatrijs. Tot nu toe had hij, uit schaamte, vermeden haar bemiddeling in te roepen. Ze was er zelf ook nooit over begonnen, al zou Leander haar heus wel over zijn telefoontjes en de rest hebben verteld. Ze vond het vast zijn verdiende loon dat hij steeds bot ving. Maar Niels zou ze zonder enige aarzeling te hulp komen.

'Apparaat,' zei zijn zoon, zo te zien verbaasd over zijn eigen vondst.

'Bingo, buster. Gefeliciteerd.'

'Maar nou wil ik niet meer, hoor.'

Haastig boog hij zich weer naar het raam. 'Goed, dan doen we galgje, oké?'

'Je zit de hele tijd te kijken of we weer een parkeerbon hebben. Laten we nou gewoon gaan.'

'Of we doen spreekwoorden. Dat zijn die dingen die... die iedereen altijd zegt. Doen jullie al spreekwoorden, bij Nicky?'

Het was midden in de roos. Bij het horen van haar naam kreeg Niels op slag een vage, verliefde blik. 'Weet je wat zij altijd zegt, pap?'

'Nee, schat.'

'Zolang er leven is...'

'Is er...?' Op dat moment zag hij Leander de straat in lopen, ietwat ineengekrompen van de kou. Behoedzaam, om Toby niet wakker te maken, kwam hij overeind en zette het slapende kind op zijn stoel. 'Heel even op Toby letten, Niels. Ik ben over drie minuten terug en dan gaan we meteen naar huis.'

'Wat ga je dan doen? Papa!'

Ander woord voor leven, vier letters. Zonder jas sprintte hij het café uit.

Leander stond bij zijn voordeur, in zijn broekzak naar

zijn sleutels tastend. Blijkbaar hoorde hij iemand naderen, want opeens keek hij over zijn schouder. Hij verstrakte.

Laurens schoof snel tussen hem en de deur, terwijl hij verontschuldigend beide handen hief. 'Sorry, ik weet dat het een idiote indruk maakt dat ik hier zo onaangekondigd opduik...'

Leander was bleek geworden. 'Nu ga je echt te ver.'

'Laat het me even uitleggen. Het gaat niet om mij, het gaat...'

'Laat me erdoor.'

Laurens klemde zijn handen ineen om te voorkomen dat hij de ander bij zijn mouw zou grijpen. Dat was laatst ook al verkeerd uitgepakt. 'Het gaat om Niels en Toby, ze hebben je hulp nodig, ik heb ze meegenomen, ze zitten daar in het café, je kunt het Niels zelf vragen.' Het ging niet goed, hij was niet duidelijk, er stond te veel op het spel.

Leander stak zijn hoofd naar voren en trok zijn schouders op. 'Als je me niet naar binnen laat gaan, haal ik er de politie bij. Dat je nu zelfs al bij mijn huis staat te posten, is werkelijk de limiet.'

Hij dwong zich tot kalmte. 'Help mijn kinderen alsjeblieft. Ik smeek het je.'

Er gleed een trek van weerzin over Leanders gezicht. 'Wat ben je toch een theatrale aansteller, Laurens. Ik heb het je al vaak genoeg gezegd, er zijn zat paragnosten bij wie mensen zoals jij terecht kunnen. Waarom doe je dat niet in plaats van mij te achtervolgen en jezelf te vernederen?'

Aan de overkant zag hij Niels' gezicht opdoemen achter het raam van het café. Met zijn neus tegen de ruit gedrukt keek zijn zoontje door een van de besneeuwde rode vierkantjes toe. Ineens vond hij de juiste woorden. 'Niels blijkt hele gesprekken met Veronica te voeren. Dat moet stoppen.'

'O, en daar moet ik je vrouw opdracht toe geven?'

'Als dat kan, ja.' Dit was het langste gesprek dat ze de afgelopen maanden hadden gehad. Ditmaal ging het goed aflopen.

Leander boog zijn lange gestalte voorover. 'Misschien troost het je zoon wel dat zij hem opzoekt. Heb je die mogelijkheid weleens overwogen, of denk je alleen maar aan jezelf?'

Het was alsof hij een stomp in zijn gezicht kreeg. 'Maar je hebt me zelf verteld dat contact met aardgebonden entiteiten gevaarlijk is! Dat heb je zelf gezegd! En nu beweer je...'

De ander nam hem op alsof hij een zeldzaam smerig insect was. 'Dit is precies de reden waarom ik me niet met jou wens in te laten: je bent er alleen maar op uit om mij ergens op te betrappen. Onder het mom van je zielige verhalen is het van meet af aan je ziekelijke missie geweest om mij als een bedrieger te ontmaskeren en door de mand te laten vallen. Het is maar goed dat ik Yaja vanmiddag op de trein naar Gwen heb gezet. Anders had jij haar wel omgekletst je binnen te laten. Dan had je nu pontificaal in mijn woonkamer gezeten. Ga opzij, man, of ik bega een ongeluk.'

'Nee, wacht! Ik zal je...'

Met opeengeklemde tanden zei Leander: 'Je vergist je als je denkt dat je me kunt commanderen of intimideren. Ik verzoek je dringend me verder met rust te laten. En dat geldt ook voor mijn dochter.'

Nu moest hij zich niet van de wijs laten brengen door ongerijmde insinuaties. 'Maar laten we dit dan ook oplossen, dan ben je van me af. Ik zal je er goed voor betalen.'

'Dat geldt voor mij als een onzedelijk voorstel.'

'Dan moet je zelf maar bepalen hoe ik je kan belonen.'

'In zulke termen denk ik helemaal niet. Mijn werk is mijn beloning. Plus de vrijheid, natuurlijk, dat ik zelf kan beslissen mijn handen aan jou niet vuil te maken.'

In een moment van onaangename helderheid dacht Laurens: Waarom sta ik hier eigenlijk met die pedante kwast te praten? Waarom loop ik niet weg en kijk ik thuis op internet onder 'paragnost'? Onzeker zei hij: 'Als je me blijft wegsturen, lever je me in feite uit aan de spirituele onderwereld. Is dat je bedoeling? Wil je soms dat ik een lesje leer? Wens je me toe dat ik...' Hij hoorde zelf dat hij klonk als iemand die om klappen vroeg. En ineens daagde het hem hoe waar dat was. Hij was al die maanden niet eens op het idee gekomen om iemand anders dan Leander te raadplegen, omdat diens verbrijzelende zelfgenoegzaamheid onderdeel van het geheel was: het was zo'n helse beproeving hem te moeten bidden en smeken en voor hem door het stof te moeten kruipen, dat het iets purgerends had. Als een hond achter deze man aanlopen, dat was zijn manier geweest om zichzelf te straffen voor een daad die anders onbestraft zou zijn gebleven.

'Ik wens je helemaal niets toe. In mijn universum besta je niet eens.'

'Ik begrijp het,' zei Laurens, maar ditmaal was zijn nederigheid gespeeld. De ban was op een of andere manier verbroken, nu hij zichzelf doorzag. Hij kon beter een andere methode bedenken om zijn schuldgevoel te delgen, want hiermee schoten zijn kinderen en hij niets op. 'Ik zal je niet meer lastig vallen. Een goedenavond nog.' Hij draaide zich om en stak de straat over, verbaasd over zichzelf.

Achter het raam van het café veerde Niels op. Hij begon enthousiast te zwaaien.

Laurens zwaaide terug in het besef dat hij niets had opgelost. Toch ervoer hij een kortstondig moment van immense opluchting. Het spel was uit, hij was weer een vrij man. Als hij niet uitkeek, ging hij nog denken dat hij Leander een zware slag had toegebracht door eigener beweging af te haken.

Hij ging het café in en rekende aan de tap af. Zijn zoontjes zaten er helemaal reisklaar bij, de ritssluiting van hun jack tot aan de kin opgetrokken.

'Wat zei Yaja's vader?' vroeg Niels.

'Niet zoveel bijzonders. Zullen we eens gaan kijken hoe het met jullie sterrenhemels is?'

Ze reden naar huis. In de serre schitterden de kerstboomlampjes hen tegemoet. Ze deden ze uit en staken twee waxinelichtjes aan. In het donker keken ze met z'n drieën naar de pinkelende hemeltjes. Ze deden Laurens denken aan de sterretjes in Veers ogen, en meteen opende zich een afgrond voor zijn voeten, een afgrond van angst, maar ook van verdriet, gemis en verlangen. Die ene avond over te kunnen doen. Hij zou er zijn ziel voor aan de duivel verkopen, maar eerst zou hij moeten verzinnen wat nu te beginnen.

Blij dat hij zo'n topdag had gehad, kroop Niels onder zijn dekbed. Het vervulde hem van trots dat hij zijn vader met zijn raadsels aan het lachen gekregen. Misschien zou hij het ook wel leuk vinden om te horen wat de grote jongens op het schoolplein allemaal zeiden. Als ik jouw kop had, ging ik ernaast lopen. Krijg de galkanker.

Pis maar in je panty. Laat je restaureren. Een kropje slaap was leuk voor iemand van Toby's leeftijd, maar eerlijk was eerlijk, ook daar had zijn vader om gelachen, echt gelachen, met zijn bierglas in de hand, als een vader uit een televisiereclame.

Het was gezellig als je daarop leek, op mensen die samen rookworsten of chips aten.

Hij trok mama's trui onder zijn kussen vandaan en legde zijn wang erop. Mama, vandaag heb ik pap aan het lachen gemaakt, ik heb de big een sterrenhemel geleerd en weet je wat? In de kerstvakantie komt Nicky me in haar auto ophalen.

Dat laatste was zo ongelooflijk, dat was echt maximum galkanker. Hij zou naast haar in haar paarse Rover zitten, en misschien zou ze zijn hand wel vasthouden als ze samen over de begraafplaats liepen. Ze had van die zachte handen, en als je naar haar vingers keek, dan vroeg je je af waarvoor mensen eigenlijk van die volmaakte halve maantjes in hun nagels hadden, zomaar of met een bedoeling?

Hij zuchtte diep en wilde zich net omdraaien toen zijn vader binnenkwam. Hij deed de gordijnen dicht, vouwde een broek op en legde die in de kast, en ging toen op de rand van het bed zitten om de wekker in te stellen. Hij leek helemaal niet meer op een vader uit een televisiereclame. Hij was weer in zichzelf gekeerd en treurig. Op zijn elleboog kwam Niels overeind. Hij stompte hem tegen zijn schouder. 'Laat je restaureren, pap!' Vol zelfvertrouwen begon hij te lachen.

Zijn vader zette de wekker terug en streek langs zijn ogen.

Had hij de grap wel gehoord? Niels' blije bui ebde weg. Eén keer in de honderd jaar lachen was niet genoeg. Hij wilde iedere dag samen plezier maken.

Onverwachts vroeg zijn vader: 'Vertel eens, Niels? Is het eng of fijn om met mama te praten?'

Hij wist niet wat hij moest zeggen. Het was geen van beide, het was gewoon. En ze hadden het hier vanmiddag toch ook al over gehad?

'Of laat ik het anders vragen. Zou je willen dat het ophield, of zou je het dan juist missen?'

'Missen, natuurlijk,' zei hij verbaasd. 'Maar het houdt toch niet op?'

'Als je het niet prettig vindt, kun je dat tegen mama zeggen, bedoel ik.' Zijn vader liet het hoofd in de handen zakken.

Het was zwaar om in je eentje twee kinderen op te voeden en ook nog al het geld te moeten verdienen, dat had hij de moeders van Perry en Gijs weleens tegen elkaar horen zeggen. Als zijn vader maar niet zo bekaf raakte dat hij het bijltje erbij neergooide. Hij moest iets verzinnen om hem een beetje op te vrolijken.

'Je vraagt je misschien af waarom ik hier zo over doorzeur, maar dat komt doordat ik me soms zorgen maak of... Wat doe je nou?'

Niels dook onder zijn bed en grabbelde in de doos die daar stond. Hij had het flesje met de gouden dop dadelijk te pakken. Het was nog steeds meer dan halfvol.

'Niels, nu even geen...' Zijn vaders stem stokte toen hij het parfumflesje zag.

'Dit is nog van mama, weet je dat? Wil je een beetje?' Voortvarend schroefde hij de dop open. Het vertrouwde geurtje steeg op. Hij pakte zijn vader bij de pols, kantelde het flesje en sprenkelde een paar druppeltjes op zijn mouw. Toen duwde hij de mouw naar zijn gezicht. 'Je moet goed ruiken, dat doe ik ook altijd.'

Zijn vaders voorhoofd was helemaal zweterig geworden. Hij zat roerloos, de mouw tegen zijn neus gedrukt, met starre ogen voor zich uit starend. Alleen zijn kaak bewoog even, alsof hij iets wilde zeggen, maar het niet kon. Na een paar momenten begonnen zijn schouders te schokken.

'Vind je het niet lekker?' vroeg Niels.

Zijn vader deed zijn ogen dicht en toen weer open. 'Dus zo doe jij het ook altijd, zeg je?'

'Wat praat je raar.'

'Sorry.' Hij schraapte zijn keel. 'Dank je wel, buster, en welterusten.' Schielijk stond hij op en liep, met de zwalkende passen van iemand die een borreltje te veel op heeft, de kamer uit.

Niels liet zich achterover vallen. Het stomme van grote mensen was dat ze niet gewoon zeiden wat ze dachten of voelden. Daarom kon je ze nooit echt helpen, al deed je nog zo je best.

Pis maar in je panty, papa! Boos klauterde hij uit bed om de deur te sluiten en het licht uit te doen. In het donker kroop hij weer onder zijn dekbed. Het flesje parfum was naar het midden van de matras gerold: hij voelde het in zijn zij drukken. Hij groef het op en zette het met een bons op zijn nachtkastje. Het had hem nog wel zo'n goed voorstel van zijn moeder geleken, toen ze het hem daarnet had ingefluisterd.

## *Zekerheid*

Bij iedere stap die Beatrijs zette, steunend op haar krukken, bleef ze zich verbazen over het effect: ze kwam zowaar vooruit, ze vorderde. In het tempo van een slak weliswaar, maar na zo lang stationair te hebben geleefd, was beweging iets onvoorstelbaars, iets magisch bijna. Terwijl ze, enigszins zwalkend maar toch op eigen kracht, door de lange gang van het verpleeghuis naar de uitgang zwoegde, bezag ze zichzelf plotseling in een geheel nieuw licht: als iemand die buiten adem van het lachen op zonnige terrasjes neerstreek of een weekend in Parijs ging winkelen. Als iemand die energiek, sexy en zorgeloos was en vol grappige gedachten zat. Dat het gevoel van vaste grond onder de voeten, eindelijk weer grond onder de voeten, zoiets met je kon doen.

Daar was de lifthal eindelijk. Ze hief een kruk en stompte er uitgelaten mee op de drie knoppen.

Leander, die haar twee tassen met kaarten, kindertekeningen, toiletspullen en uitgewoonde pyjama's droeg, zei: 'Nu komen er drie naar boven.'

'Niet zo zuinig, jij. Ik pas niet meer in één lift.' Ze lachte naar hem, terwijl ze een klopje op haar achterwerk gaf. Langdurig liggen was een drama voor de lijn. Vaak had ze zich een almaar uitdijende molshoop gevoeld, een onappetijtelijke koeienvlaai, maar om een of andere reden leken dat nu hersenspinsels. Zulke dingen dachten alleen eenzame, onbeminde vrouwen die nooit de kans kregen om samen met een geliefde langs de Seine te wandelen. Dikke mensen waren blijer, dat was algemeen bekend. Maar feitelijk was haar gewicht niet van belang. Twee maanden lang was ze louter knie geweest: het werd hoog tijd dat de rest ook weer eens aan bod kwam. Ze zag al voor zich hoe Leander haar, nog voordat ze thuis de drempel over waren, de kleren van het lijf zou stropen en haar van onder tot boven en weer terug langzaam en intens zou aflikken alsof ze een ijsje was. Op het bezoekuur was het, omdat je nooit wist wie er onverwachts kon binnenvallen, al die tijd maar behelpen geweest. Daar hoorde of las je nu nooit eens iets verstandigs over, hoe je het met de seks moest oplossen als je langdurig in een verpleeginstelling lag.

De eerste deur ging open en ze stapten in. In de lift stonden twee keukenhulpen bij hun karretjes met dienbladen te kletsen, zodat ze Leander niet hardop deelgenoot kon maken van haar voornemens. Ze had graag haar arm door de zijne willen haken, alleen ging dat met krukken niet. Ze moest een bijna hysterische giechel verbijten.

Beneden wachtte ze op een bankje bij de draaideur, terwijl hij de auto haalde. Het was een donkere ochtend, typisch december. Maar het gebrek aan daglicht, normaal gesproken zo deprimerend, raakte haar niet. Ze ging naar huis. De fysiotherapeut had haar tot gistermiddag in spanning gelaten of ze het weekend nog zou moeten blijven. Achteraf was het goed uitgekomen dat hij pas op het laatste moment zijn fiat aan haar ontslag had gegeven, anders had ze nu met Yaja opgescheept gezeten. Leander had beteuterd gezegd: 'Als ik had geweten dat je al naar huis mocht, had ik haar het weekend hier kunnen houden.'

Natuurlijk was het waar dat je er voortdurend naar moest streven om een goed mens te zijn. Maar misschien hoefde dat niet elke dag.

Onderweg zeiden ze niet veel. Leander, die de pest aan autorijden had, zat stijfjes naast haar te sturen. Ze wist wel beter dan hem nu aan te raken. Daarom keek ze net zo geconcentreerd door de voorruit als hij, om hem te ondersteunen. Stoplichten veranderden van kleur, trams doken rinkelend op, overmoedige fietsers leken uit op zelfmoord, honden deden op de stoep hun behoefte. Alleen al het feit dat het decor bewoog, was een aanslag op haar energie. Toen ze voor de deur stopten, was ze heel moe. Misschien hadden ze daarnet voor die lange wandeling door het verpleeghuis beter even een rolstoel kunnen pakken. Nu nog uitstappen zonder te veel gewicht op haar slechte been te laten rusten. Kruk links, kruk rechts. Niet duizelig worden. Nog maar een paar tellen en ze zou zich op haar eigen chaise longue kunnen uitstrekken.

Leander ging haar voor, met de tassen. Behoedzaam, bang om uit te glijden of om te vallen, ploeterde ze achter hem aan. Bij het oefenen had de fysiotherapeut steeds achter haar gelopen, zijn handen rond haar middel, of wat daarvan over was. ‘Goed zo. Goed zo. Goed zo.’ Dankzij hem had ze gedacht dat ze een hele Piet was. Nu hield die man natuurlijk alweer iemand anders vast, of sliep hij lekker uit naast zijn vrouw. Misschien had hij alleen maar met haar ontslag ingestemd om vandaag niet vroeg te hoeven opstaan.

‘Welkom thuis,’ zei Leander. Hij zwaaide de deur open.

Ze hobbelde naar binnen. En meteen viel het haar op: de afgetrapte kaalheid van de smalle gang, de vaalheid, het gebrek aan kleur.

‘Koffie?’ vroeg Leander.

‘Wacht even,’ zei ze, onthand om zich heen kijkend. Was dit waarover ze al die tijd had gedroomd, ingekerkerd in het formica van het verpleeghuis?

‘Ga jij nu eerst maar zitten.’ Hij liep naar de keuken.

Ze zeulde zichzelf de woonkamer in. De twee versleten beige ribstoelen bij de haard waren bedolven onder de oude kranten. Gebruikt serviesgoed stond her en der op de houten vloer. Op een stapeltje ongeopende post balanceerde een besmeurd eierdopje. De prullenbak leek in geen maanden te zijn geleegd. Het huis zag er weer net zo uit als toen ze bij Leander was ingetrokken. Het schreeuwde haar in het gezicht dat hij geen man was om voor zichzelf te zorgen. Hij had haar *nodig*.

Terwijl ze een arm vol wasgoed opzij schoof om op haar chaise longue te kunnen gaan zitten, was ze zich er weer eens van bewust dat zij zonder hem iemand zou zijn die geen enkele rol van belang vervulde. Wie maakte zij, op de keper beschouwd, nu *gelukkig*? De kinderen, ja, de kinderen van haar vrienden: die konden altijd op haar rekenen voor een ontvoering hier of daar. Alleen kregen ze daar achteraf nog voor op hun kop ook. Verdikkeme, zelfs als tante was ze geen onverdeeld succes.

Leander kwam de kamer binnen. Hij zette koffie voor haar neer en ging in zijn eigen stoel bij de koude haard vol as zitten. ‘Zo. Daar zijn we dan weer. Wat kijk je?’

En als een blok beton viel het besef op haar neer: gedurende de afgelopen maanden had ze, verlangend naar haar gewone bestaan, vagelijk steeds haar oude appartement voor zich gezien. De glanzend gewreven antieke meubels, de kleurige kussens en kleden, de royaal uitpuilende boekenkast, haar Alice in Wonderland-verzameling achter de kristallen raampjes van de etagère.

'Ik vroeg je wat, Beatrijs. Is er iets mis?'

Ontwijkend zei ze: 'Gek hoe je alles even helemaal met nieuwe ogen beziet als je een tijdje weg bent geweest.'

'Ja, daar frist een mens van op. Dan waardeer je je omgeving weer des te meer, vind je niet?'

'Nee,' zei ze plompverloren. 'Dat vind ik niet, nee.'

'Maar het is wel zo, hoor.'

'Dat vind jij misschien, maar ik daarom nog niet.'

Ongelovig keek hij haar aan. 'Het ís zo, zeg ik net. Laten we er maar over ophouden. Wat zijn je wensen, voor vandaag?'

Ze dacht: Nieuw behang. Een fleur-de-lys-motief, bijvoorbeeld, met een mooie contrasterende bies. Haar leven lang had ze zich omringd met spullen die met zorg en aandacht waren uitgekozen. Schoonheid deed iets met je ziel, je werd erdoor opgetild. Een beetje stijl, een beetje allure... Liet je daarmee per slot van rekening niet zien dat je het bestaan dankbaar omhelsde?

'Wil je rusten, of heb je daar juist genoeg van? Jij hebt het voor het zeggen, godin.'

Ineens was ze bang dat ze in tranen zou uitbarsten. 'Laat me maar even. Ik weet zelf niet wat me bezielt. Het is op een of andere manier allemaal een beetje een anticlimax.'

Hij keek gekwetst. Een ogenblik later stond hij op en verliet de kamer.

Op slag maakte haar huilerige stemming plaats voor irritatie. Ze had niet de minste aandrang om achter hem aan te gaan. Ze dronk haar koffie. Hij had er best iets lekkers bij in huis kunnen halen. En een bloemetje kunnen neerzetten. Zo'n kunst was het nu ook weer niet om het leven een beetje te versieren. Ze liet haar blik door de kamer dwalen. Misschien kon ze Frank vragen of ze bij nader inzien toch de notenhouten secretaire mocht hebben. Als ze die hier tegen de korte muur zette, en die belegen ribstoelen gingen eruit... De telefoon rinkelde, en ze grabbelde naar haar krukken. Maar zo te horen nam Leander al op, in zijn werkkamer, net toen ze overeind was gekomen.

Nu ze toch stond, drentelde ze wat rond. Ze had de behoefte voorwerpen aan te raken en te herschikken, haar stempel op de dingen te drukken: ik ben er weer.

Leander kwam weer binnen. 'Dat was Yaja.'

'O.' Ze trok een neutraal gezicht. Niet oordelen, Beatrijs. Want je weet, godin, als je oordeelt, zet je alles vast. En inderdaad, zo was het toch? Ze was het alleen maar ontwend, de afgelopen acht weken. Drieëntwintig uur per dag zonder hem. Drieëntwintig uur per dag de tijd om de grammofoonplaat van het leven terug te laten vallen in de oude, verfoeilijke groef.

'Of ik haar wil komen halen. Ze heeft het helemaal niet naar haar zin bij Gwen.'

'Joh, laat het toch even betijen. Over een uurtje heeft ze vast weer een prima humeur.'

'Dus dat moest ik dan maar even gaan doen.'

'Even? Het is een rit van anderhalf uur! En jij bent het achter het stuur al na tien minuten zat. Kan ze niet met de trein komen?' Meteen betreurde ze haar woorden, want daarmee accordeerde ze Yaja's komst als het ware.

'Als ik haar ophaal, kan ik nog even een praatje met Gwen maken. Dat lijkt me beter dan Yaja op eigen houtje met een kwaaie kop te laten vertrekken.'

Dat was aardig en attent van hem. Ze kon er niets tegen in brengen. Behalve dan dat ze het tegenover haarzelf niet erg hartelijk vond dat hij op de dag van haar thuiskomst zo nodig taxichauffeur voor zijn dochter moest spelen, maar met het uitspreken van die gedachte zou ze alleen maar een kinderachtige, ego-gedreven, *emotionele* indruk maken. Zichzelf overvallend zei ze: 'Ik ga met je mee.'

'Zou je dat nou wel doen? Je moet je een beetje ontzien.'

Eigenlijk was het een geweldig idee. Alles was beter dan hier kniezerig naar die ribstoelen te moeten zitten staren. Het zou gezellig zijn bij Gwen en Timo. Ineens had ze haast om weg te komen. Haar tassen pakte ze later wel uit, daar zat toch niets in dat haar de afgelopen maanden niet al geweldig de keel was gaan uithangen. 'Laten we dan maar meteen gaan.'

'Ik heb liever dat je thuis blijft. Het is veel te vermoeiend voor je.'

'Ik ben niet ziek of zo.' Ze porde hem goedmoedig in zijn zij en hobbelde naar de deur. In de gang trok ze haar jas aan. Ze kon straks mooi de gelegenheid te baat nemen om Gwen aan de praat te krijgen over haar financiële problemen. Ze was een vrouw met een missie, dat was ze. Toch bleef het gevoel knagen dat ze bezig was op een holletje het huis te ontvluchten waarin ze woonde. Bezwerend dacht ze: Ik moet mezelf wat tijd geven om te wennen, het is een hele overgang, dat is alles.

Pas in de auto herinnerde ze zich weer dat ze van plan was geweest om urenlang met Leander te vrijen. Was het er niet van gekomen omdat ze een zonderling gevoel van afstand ervoer? Maar lag dat niet juist aan het feit dat er zo lang geen sprake was geweest van echte fysieke intimiteit? Bedremmeld legde ze haar hand op zijn knie. 'Ik heb je gemist, hoor.'

'We halen het wel weer in,' zei hij, terwijl hij even in haar vingers kneep.

Haar hart maakte een salto mortale van opluchting.

'Ik zit net te denken, Beatrijs. De donderdagavond, die blijft van Gwen en mij. Dat begrijp je toch wel?'

'O, dat is goed, hoor.'

'Zij is vanaf het begin bij die sessies betrokken geweest. We zijn inmiddels helemaal op elkaar ingespeeld.'

'Mooi.'

'Het zou geen enkel doel dienen daar verandering in aan te brengen.'

Ze trok haar hand terug. Een zekere spanning nam bezit van haar. Ze had toch al gezegd dat het wat haar betrof prima was? Waarom bleef hij er zo over doorgaan? Ze was glad vergeten hoe het was, maar nu voelde ze het weer: iets zei haar dat ze op haar tellen moest passen.

Hij wierp haar een zijdelingse blik toe. 'Je zoekt er toch niet iets achter, hè?'

Ze zweeg, in verwarring gebracht.

'Zie je wel, je zit meteen bokkig te doen.'

'Ik doe helemaal niet bokkig.'

'Weet je wel dat je me de hele ochtend al tegenspreekt? Ik krijg er gewoon hoofdpijn van.'

'Maar ik zei juist...'

'Daar ga je weer. Het lijkt wel alsof je ruzie zoekt.'

'Waarom zou ik, in hemelsnaam?'

'Dat moet je mij niet vragen.'

Maar misschien was het wel waar en had ze meer de pest in dan ze zichzelf wilde bekennen. 'Het is net alsof je helemaal niet blij bent dat ik weer thuis ben,' barstte ze uit.

'Dat lijkt me een projectie.'

Wat had ze toch een gruwelijke hekel aan dat woord.

Het was zo onweerlegbaar. Je projecteert. Ik projecteer helemaal niet. Jawel, je projecteert. En als je niet projecteerde, inderdaad, dan *oordeelde* je wel. Of je was bezig *af te rekenen*. Zodra je iets onwelgevalligs zei, kreeg je de bal terug en werd je beticht van dubieus gedrag, in plaats van dat je klacht serieus werd behandeld. 'Je kunt ook wel eens gewoon naar me luisteren.' Ze was opeens zo nijdig dat haar stem oversloeg. 'Je hebt niet eens een bloemetje in huis gehaald. En je begint meteen alweer met boos de kamer uit te lopen als ik het niet met je eens ben. En je hebt me nog geen tel...'

'Wat mankeert jou plotseling?'

Ze wist het zelf niet. Ze wilde eigenlijk alleen maar dat hij zijn armen naar haar zou uitstrekken.

'Ik begin over Gwen en jij overlaadt me meteen met allerlei verwijten waarover ik je daarvoor niet heb gehoord. Je gaat me toch niet vertellen dat je er jaloers op bent dat ik met haar zal blijven samenwerken?'

'Helemaal niet!'

'Als dat waar was, zou je niet zo schreeuwen. Nee, stop, Beatrijs, je schreeuwde wél. Ik zég je toch dat je schreeuwde? Nog even en je beeldt je in dat er tussen Gwen en mij iets gaande is. En dan kan ik wel bij hoog en bij laag beweren dat dat niet zo is, maar als jij je ergens in vastbijt, heb ik geen enkele kans meer op een eerlijke behandeling. Zo ben jij nu eenmaal.'

Naar adem snakkend klemde ze haar handen in elkaar. In wat voor een schimmengevecht was ze beland?

'Dus weet je wat? Ik geef je gewoon al bij voorbaat gelijk, aangezien je het er toch op gaat aansturen. Dat bespaart ons een hoop gezanik. Inderdaad, Gwen en ik hebben een gepassioneerde verhouding, we kunnen eenvoudig niet van elkaar afblijven. Zo tevreden?'

Even voelde ze een intense afkeer. 'Ik vind die manier van redeneren van je niet erg verheffend.'

Hij reageerde niet.

Ze keek naar zijn ongenaakbare profiel. 'Toe nou, Leander.'

Hij bleef zwijgen.

'Laten we nou niet zo stom harrewarren om niets.'

Hij gaf geen krimp.

'Zeg nou wat! Eerst lul je me plat en dan hou je opeens je mond.'

'Ik heb gezegd wat ik zeggen wilde.'

De rest van de rit werd er geen woord meer gesproken. Beatrijs probeerde greep te krijgen op haar rondtollende gedachten. Als ze die rotkrukken niet had gehad, zou ze Leander hebben laten stoppen en was ze uitgestapt. Om hulp zoekend keek ze naar de voorbijglijdende winterse akkers. Hier zou ze niet gauw een taxi vinden. Meteen was ze geschokt over zichzelf. Ze waren nog geen halve dag samen en ze wilde er al vandoor? Het kon niet waar zijn. Ze was alleen maar wat uit haar evenwicht geraakt door het lange liggen, ze was intensief menselijk verkeer ontwend en ze had te hooggespannen verwachtingen over haar thuiskomst gehad. Morgen zouden ze er samen om lachen.

Tijdens het laatste stuk langs het kanaal leek Leander wat te ontdooien. Hij begon over de omgeving, over het weer en over de kwaliteit van de weg. Ofschoon ze blij was dat de wurgende stilte eindelijk werd verbroken, bleef er iets in haar hart steken, een onaangename, koude scherf.

Op het voorerf van de imkerij stond een rode stationwagon, met op de achterruit vrolijk gekleurde plastic plakplaatjes. Op hetzelfde moment dat ze de auto herkende, zei Leander met toonloze stem: 'Je vriend Laurens is er zo te zien ook. Hoe krijgt hij het voor elkaar!' Hij draaide het contact uit en sloeg zijn armen over elkaar.

'Dat je zijn auto kent,' zei ze, op slag weer zo gespannen als een veer.

'Ja, dat komt, die was gisteravond pal voor onze voordeur geparkeerd, terwijl Laurens zelf in het portiek stond te posten. Hij sprong me op mijn nek toen ik terugkwam uit het verpleeghuis.'

Na een moment zei ze vlak: 'Is het heus? En dat vertel je nu pas?'

'Wat doet het er verder toe? Ik heb hem afgepoeierd.'

'En daarom,' ze kon de woorden.eenvoudig niet binnenhouden, 'duikt hij nu hier maar weer op, in de hoop dat je hem alsnog te woord staat? Leander, hij wist niet eens dat we vandaag ook maar in de buurt zouden zijn. Dat wisten we twee uur geleden zelf nog niet eens.'

'Nee, maar hij wist wel dat Yaja hier logeert. Dat heb ik hem gisteren zelf verteld.'

Er kwam een radeloos gevoel over haar. Bij god, dat Laurens serieus achter Yaja aan zou zitten, was nog stukken ongerijmder dan dat hij iets van Leander zou willen! Dat kon een kleuter toch al begrijpen!

Maar Leander blijkbaar niet, want hij zei: 'Enfin, met hem hier in huis hebben we nog een extra reden om Yaja mee terug te nemen.'

Hoe kwam hij toch aan die paranoïde ideeën? Ze werd er bang van. Als mensen dwangmatig dachten dat zijzelf of hun dierbaren op de hielen werden gezeten, wat was er dan met ze aan de hand?

Maar sommige vragen kon je niet stellen zonder al doende je eigen geluk te ondermijnen. Ze hóórde het

Veronica weer zeggen. Het zweet brak haar uit, en om zichzelf de pas af te snijden klampte ze zich even vast aan het beeld van haar vriendin, dat als een veilig en vertrouwd baken voor haar oprees. Het was die keer geweest, vlak voor haar dood, dat Veronica haar had verteld over Laurens' onverwacht heftige reactie op haar escapade. 'Hij blijft maar dingen vragen die hij beter helemaal niet kan weten.' Ervan uitgaand dat hij net zo om de absurditeit van de situatie zou moeten lachen als zij, had ze het hem zelf gewoon verteld. Stom. Maar zo zag je maar: je meende iemand als je eigen broekzak te kennen, maar na jaren en jaren kwamen er toch nog onverwachte trekken aan het licht. En wat moest je daarmee? Hoe kreeg je de geest ooit weer terug in de fles, als je opeens dingen zag die je liever niet zou willen zien? Beatrijs had gezegd: 'Concentreer je maar een tijdje op zijn goede kanten en let niet te veel op de rest.' Mistroostig had Veronica geantwoord: 'Dat lukt me nooit, daar ben ik veel te pinnig voor. Dat is meer iets voor jou. Jij hebt nu eenmaal de gave van de bewondering.'

Naast haar zei Leander: 'Ik had hem gisteren veel harder moeten aanpakken, die ellendige stalker.' Hij stapte uit en liep om de auto heen. Aan haar kant bleef hij wachten terwijl zij met haar krukken stuntelde.

Haar knie moest wel pijn doen na zo lang in dezelfde stand te hebben verkeerd, maar het drong amper tot haar door. De gave van de bewondering had Veronica het genoemd. Veel andere gaven en talenten die haar oprechte blijdschap schonken, bezat ze nu ook weer niet. Met het onbestemde gevoel dat haar iets was ontstolen, hees ze zich uit de auto en sjokte ze achter Leander aan naar de imkerij.

In de keuken van tante Gwen was het zoals altijd een bende, maar je kon met je eigen ogen zien dat de dingen het best gezellig vonden hoe ze erbij lagen. Hoe moest een sok anders ooit in een fruitschaal belanden, of een stuk kaas met een scheef mes erin in een omgekeerde vergiet?

Niels stelde zich voor dat alle voorwerpen elkaar 's nachts, als de mensen sliepen, opgewonden over hun avonturen vertelden. Wat ik vandaag nu toch weer heb meegemaakt, beste pollepel. Gunst, mevrouw pannenlap, breekt u mij de bek niet open. Stel dat hij een ding was, dan zou hij hier ook wel willen liggen, of anders zou hij in een cadeaufolder voor de feestdagen willen staan, tussen glanzende dinky toys die stuk voor stuk speciaal waren uitgekozen om iemand blij mee te maken.

Het waren leuke gedachten, maar na een tijdje kreeg hij het gevoel dat hij die gekke invallen alleen maar had om niet aan andere dingen te hoeven denken. Het was net alsof er in zijn hoofd een klein mannetje uit alle macht bezig was vrolijke briefjes aan hem te schrijven, alleen maar om hem af te leiden. Ondanks de vertrouwde troep was de sfeer in huis anders dan anders. Zwaarder. Vreemder. Babette lag boven veilig in haar eigen wieg, dus daar kon het niet aan liggen. Toch leek het alsof er in een van de donkere, rommelige hoeken iets onbenoembaars verscholen zat, klaar om toe te slaan, klaar om iets af te maken wat ooit, misschien wel per ongeluk, in werking was gezet. Maar was het kenmerk van rampen en onheil nu juist niet dat je ze nooit kon zien aankomen?

Naast hem slobberde Toby geconcentreerd van zijn chocolademelk, maar Niels voelde dat zijn broertje ieder moment weer kon beginnen zich te vervelen. Buiten had hij het daarnet ook al niet lang volgehouden.

Terwijl het juist zo gaaf was geweest op het bijenveld, waar je anders nooit mocht komen. Iedereen was er druk in de weer met het slopen en verslepen van allerlei dingen. Hij had een tijdje woest meegewerkt, erop belust de dozen te laten zien dat hij zijn mannetje stond. Maar toen Toby, die voor alles nog veel te korte armen had, was gaan snottebellen, had zijn tante gezegd: 'Ga maar even met hem naar binnen, naar papa en Timo, om iets warms te drinken.'

Dus daar zaten ze nu, mijlenver van alle actie verwijderd. Als Toby ooit het geluk zou hebben een ding te worden, wat voor een ding zou hij dan zijn? Iets kleins en doms, natuurlijk. Het stokje van een ijslollie bijvoorbeeld. Zou je alleen zien dat die big meteen zou denken dat hij minstens uit een Magnum kwam. Van ergernis gaf hij hem een stoot in zijn zij.

Op het geloei van zijn broertje keek hun vader op van de grote mappen waarover oom Timo en hij aan de overkant van de keukentafel gebogen zaten. Hij schoof zijn leesbrilletje omhoog naar zijn voorhoofd. 'Niels, als je met alle geweld wilt klieren, ga dan even ergens anders heen.'

'Eh, Laurens, sorry, maar hoezo klopt dit volgens jou dan wel?' Oom Timo tikte met zijn vinger op een van de kolommen.

'Dat is de administratie van de winkel. Het ziet ernaar uit dat het bij Bobbie klopt tot op de cent.'

Achter zijn hand zei Niels tegen Toby: 'Je wordt een lullig ijslolliestokje.'

Zijn broertje was het er niet mee eens. Driftig begon hij hem met zijn kleine vuisten te bewerken.

'Niels! Toby!'

Ook oom Timo leunde nu even in zijn stoel achterover. 'Yaja is boven, jongens. Waarom gaan jullie niet samen met haar iets ondernemen?'

Niels zoog zijn adem naar binnen. Hij hield op Toby's slagen af te weren. 'Is Yaja hier dan?'

'Ja, ze logeert bij ons.' Oom Timo keek weer naar de map vol cijfers.

Misschien was dat het dreigende dat hij zojuist had gevoeld: Yaja was in huis. Hij had helemaal geen zin in die druipsteengrot. Alleen, stel dat zij wel iets met Toby zou willen doen, zodat hijzelf weer naar het bijenveld kon? Hij stond op en trok de big met zich mee. In het passeren hield zijn vader hem even staande. Zachtjes zei hij: 'Je niet laten verleiden tot spelletjes waar je later spijt van krijgt, hè?'

Werktuiglijk schudde Niels het hoofd. Zijn broertje voor zich uit duwend rende hij de keuken uit, de gang door, de trap op.

Op de overloop stond de deur van de logeerkamer open. Yaja lag languit op het onderste stapelbed in een tijdschrift te bladeren. Haar dofzwarte haar sliertte over de rand van de matras. Het was zo lang dat het bijna de vloer raakte. Met een vuile trek op haar gezicht keek ze op. 'O Lord,' zei ze, 'de mottenballen.'

'Hoi,' zei Niels zo onverschillig mogelijk.

Toby zei ongerust: 'Dat is mijn bed. Daar slaap ik altijd in als we hier zijn.'

'So what?' Yaja sloeg het tijdschrift dicht. Ze geeuwde zo hevig dat je tot achter in haar keel kon kijken. Toen ging ze overeind zitten en krabde lusteloos onder haar oksel, waarna ze even aan haar vingers rook. 'Ik verveel me te pletter. Het enige dat hier te doen is, is werken op dat vieze veld. En als je geen zin hebt om je te laten afbeulen, dan zoek je het verder zelf maar uit. Mooi dat ik mijn vader heb opgebeld.' Ze knipte met haar vingers. 'Hij komt me zo halen.'

Toby klauterde naast haar op het bed. 'Niels zegt dat ik een ijslolliestokje word.'

Er gleed een glimp van interesse over haar gezicht. 'O ja? En hoe ga je dat voor elkaar krijgen? In je volgende leven, zeker? Sukkel! Je kunt helemaal niet lager reïncarneren dan als plant of dier, hoor, en daarvoor moet je al minstens achtenvijftig losers hebben omlegd of je moeders handen hebben afgehakt, kleine drol.'

Als ze nou niet opschoten, was haar vader straks hier, en dan was Niels' kans verkeken om op het bijenveld zijn spierballen te laten zien. 'Kun jij hem niet een tijdje voorlezen? *Jungleboek* vindt hij leuk. Dat ligt op de kamer van Klaar en Karianne.'

Ze leek hem niet te horen. Met haar zwarte nagels harkte ze het haar uit haar gezicht, waardoor er boven de witte schmink een roze randje zichtbaar werd, als een nieuw velletje onder een korstje, of alsof er twee Yaja's waren, de ene verborgen onder de harde buitenkant van de andere. Langzaam zei ze: 'Weet je wat mij nou superstrak lijkt? In je volgende leven terugkomen als poes. Dan mag je bij iedereen op schoot en je wordt de hele dag geaaid en iedereen is dol op je.'

Op dat ogenblik begon, een deur verderop, Babette mekkerend te huilen.

'En je hoeft er alleen maar een luizig leven voor te leiden, dat is nog het mooiste.' De hunkerende trek was van Yaja's gezicht verdwenen. Ze rekte zich uit en sprong op. 'Even kijken wat er met Babette is.'

Straks kwam ze niet terug. Met Toby aan de hand vloog Niels achter haar aan naar de babykamer. Het rook er naar talkpoeder en natte lapjes. In haar wieg lag Babette met een rooie kop te krijsen. Ze hield haar vuistjes gebald en trappelde met haar beentjes. Ze zag eruit alsof ze elk moment kon ontploffen.

Yaja tilde haar op. 'Wat is het dan, wat is het dan, lekker ding van me?' koerde ze met een hoog stemmetje.

'Misschien wil ze een fles,' zei Niels. Baby's moesten de hele dag eten, dat was bekend.

Op haar arm husselde Yaja Babette door elkaar. 'Volgens mij wil ze wandelen, in haar wagentje. Die Timo heeft een te gekke kar voor haar getimmerd. Ik heb gisteren wel een uur met haar gelopen. Hé, kleine schreeuwlelijk, klep dicht, anders gaan we nog geloven wat Bobbie over je zei.'

'Wat zei ze dan?'

Yaja trok een sensatiebelust gezicht. 'Het leek laatst alsof Babette ziek was, maar volgens Bobbie was ze eigenlijk door de duivel bezeten. Vet, hè?'

Niels zweeg, verbouwereerd. Ook Babette hield van de weeromstuit haar mond. Ze zag nog steeds knalrood en haar neusje was gerimpeld van het huilen. Ze greep een streng van Yaja's haar en trok eraan.

'Door de duivel bezeten,' herhaalde Yaja op plechtige toon. 'Zie je wel.'

'Ik ook!' riep Toby vurig uit.

'Nou moet je niet overdrijven, jij. Get real.'

Toby stampvoette. Hij liep bijna even rood aan als Babette. 'Welles!'

Niels stond te popelen om weg te komen. Als de bijenkasten waren gesloopt, zouden ze in de fik worden gestoken. Hij wist niet of hij het Toby ooit zou kunnen vergeven als hij dat vuur misliep.

'Ik heb dat ook, met die duivel!' schreeuwde zijn broertje.

‘Wacht eens,’ zei Yaja. Er kwam iets ongewoon levendigs over haar. ‘Als je wilt kan ik wel voor je uittesten of je gelijk hebt. Hoe deed die gast in *The Exorcist* dat ook alweer? Het komt zo bij me terug.’

Toby keek blij.

‘Oké, dan,’ zei Niels haastig. Voordat Yaja van gedachten kon veranderen, was hij de babykamer al uit, in zijn sas omdat Toby onder de pannen was. Hij schoot naar beneden, zei in de keuken tegen zijn vaders rug dat hij naar het bijenveld ging, greep zijn jack en rende de deur uit. Er was nergens rook te zien: hij was vast nog op tijd.

Hij sprintte over het grindpad langs Bobbies huis en dook toen de bosjes in om een stuk van de weg af te snijden. Hier hadden ze van de zomer menseneter gespeeld. Het leek jaren geleden.

Op de rand van het bijenveld stond hij stil. Vanochtend was nog goed te zien geweest hoe het veld er altijd bij had gelegen, met de dubbele rij kasten op hun wiebelpoten en bij de schuur het rek met rieten korven voor de zwerfvolken. Maar tijdens zijn afwezigheid hadden de mutsen niet stilgezeten: niets deed meer denken aan de plek waar zijn oom altijd fluitend had rondgelopen, in zijn ruimtepak en met zijn rookpompje, en waar de bijen af en aan waren gevlogen met dikke stuifmeelklompen aan hun pootjes. Overal lagen versplinterde planken, die de Engelen met een verbeten gezicht naar een al hoog opgetaste brandstapel sjouwden. Klaar en Karianne waren bezig het hout met een koevoet nog verder tot moes te slaan. Hun moeder rustte net even uit, geleund op een hooivork. Ze merkte Niels op en zwaaide naar hem. Ondanks het vrolijke gebaar zag ze er moe en verdrietig uit.

En ineens herinnerde hij zich weer hoe boos hij de afgelopen zomer op haar was geweest, omdat het had geleken alsof ze zijn moeder al finaal vergeten was. Zó boos dat hij Babette óók had weggewenst om Gwen een lesje te leren. Het deed er niet toe dat iemand wegwensen helemaal niet kon, hij was eropuit geweest haar een loer te draaien. En het maakte ook niet uit dat zij dat niet eens wist. Hij wist het. Schoorvoetend kwam hij naderbij.

'Zo, Niels. Zijn Timo en Laurens nog niet klaar?'

'Dat weet ik niet.' Om haar niet aan te hoeven zien keek hij strak naar het hout.

'Wat een bende, hè?'

Hij knikte verlegen.

'En dan te bedenken dat het bijna de kortste dag is. Normaal gesproken zouden we allang zijn begonnen met inwinteren. In de zomer leeft een bij zes weken, maar 's winters moeten ze zes maanden meekunnen. Wist je dat?'

'Hou op, mam,' zei Marleen, terwijl ze een paar planken op de grond smeet. 'Je lijkt papa wel.'

'O.' Gwen keek ietwat verbaasd.

'Fenomenáál zoals ze de tros zélf exáct op een temperatuur van twáálf graden weten te houden,' zei Marise.

Klaar en Karianne begonnen te lachen.

'Ja, en tijdens de winterrust vermindert het aantal bijen in een volk helemaal vanzelf tot een kwart!' zei Marleen tegen Marise.

'Tjongejongejonge.' Marise wreef zich erbij in haar handen. 'Je raakt er nooit op uitgekeken, hè. Je blijft je verbazen.'

Nu schoot ook tante Gwen in de lach. Op een toon alsof ze het maar met moeite toegaf zei ze: 'Nou ja, aan enthousiasme heeft het hier in elk geval nooit ontbroken. Vooruit, meiden, er is nog een hoop werk aan de winkel. Help jij ook mee, Niels?'

Hij schaamde zich dat hij haar van de zomer kwaad had willen berokkenen. Uit alle macht probeerde hij iets te verzinnen wat ze fijn zou vinden om te horen. 'Ik heb van oom Timo een heleboel over de bijen geleerd.'

'Dat zal best.' Ze tilde de hooivork op.

'Bijvoorbeeld...' hij dacht ingespannen na, 'dat een volk eigenlijk één enkel levend wezen is, omdat de bijen allemaal precies hetzelfde willen en dat is samen gezond en wel in stand blijven.'

Getroffen zei ze: 'Dat heb je goed onthouden.' Toen wendde ze zich af.

Marleen stompte hem tegen zijn schouder. 'Ga je nog iets doen, watje?

Meteen spuugde hij in zijn handen, hij holde naar de rand van het veld en begon planken te verslepen.

Laurens zette zijn bril af. Hij wreef over zijn ogen. 'Het zal er natuurlijk sterk van afhangen hoe snel je volgend voorjaar met nieuwe bijen kunt gaan oogsten,' zei hij, 'maar het bedrijf heeft in grote lijnen altijd zo netjes gedraaid dat een overbruggingskrediet nooit een probleem kan zijn. En die besmette kasten die nu vernietigd moeten worden, waren volgens de boeken toch al afgeschreven. Je moet het gewoon zien als een doorstart.' Hij hief zijn hoofd. Hoorde hij Toby boven een angstige kreet slaken? Maar het was alweer stil.

'Dat zegt me niets, een doorstart,' zei Timo. Hij schonk nog een keer koffie in.

'Zo heet dat tegenwoordig, als je omhoog klimt uit de afgrond.'

'En jij denkt serieus dat dat kan?'

'Ik zou het er altijd op wagen als ik jou was. En weer een behoorlijke boekhouder nemen. Die verdient zichzelf heus wel terug.' Hij glimlachte bemoedigend, in de hoop dat hij het juist zag. Als je voor iemand het beste wenste, was je oordeel soms gekleurd.

Timo liet zich onderuitzakken. 'Jongen, wat een opluchting. Hoe moet ik je ooit...' Er klonk een klopje op de keukendeur en hij draaide zich om. Ook Laurens keek over zijn schouder.

'Beatrijs!' zei Timo. Van blijdschap verscheen er een blos op zijn gezicht.

'Ha, Timo,' zei Beatrijs in de deuropening. Leander stond naast haar.

Timo sprong op, liep op haar toe en omhelsde haar. 'Allemachtig, hebben ze je eindelijk laten gaan? Hoe is het, weer op eigen benen?'

'Nogal wankel.' Omzichtig met haar krukken manoeuvrerend kwam ze verder de keuken in, zichtbaar gespannen en onzeker. 'Dag Laurens. Jij ook hier?'

Hij was volkomen overrompeld. Automatisch schoof hij een stoel voor haar naar achteren. 'Flinke meid. Kon je het niet laten je kunsten meteen te komen vertonen?'

Ze lachte zenuwachtig. 'Het is allemaal nog erg onwennig. O, ik ben blij dat ik alweer zit.'

'Moet er niet iets van steun onder dat been?' vroeg hij om uit te stellen dat hij Leander nog moest begroeten, die met langzame passen naderbij kwam. Hij was bang dat hij iets krankzinnigs tegen hem zou zeggen zodra hij zijn mond opendeed. Maar plotseling kwam er een merkwaardige kalmte over hem. Het krankzinnigste dat hij te berde zou kunnen brengen, was hooguit: Je had in zekere zin wel gelijk toen je zei dat ik alleen maar aan mezelf dacht.

'Ik ga Gwen even roepen,' zei Timo. 'Wat zal ze blij zijn je te zien, Beatrijs.' De daad bij het woord voegend schoof hij langs Leander de keuken uit. Het moest beslist voordelen hebben om Timo te zijn.

Er viel een korte stilte. Daarna zei Leander: 'Alle gekheid op een stokje, Laurens. We zijn hier om Yaja op te halen.' Hij stond bij het aanrecht zijn handen te bestuderen.

Laurens voelde al zijn wijzers direct weer in het rood uitslaan, zo heftig rees de hekel in hem op. 'Dat is mooi,' zei hij, terwijl hij opstond. 'Maar nu jullie er toch zijn, denk ik dat Bobbie het ook wel leuk zal vinden om Beatrijs nog even te spreken.'

Met het gevoel dat hij de grootste zak van de wereld was, liep hij binnendoor naar de winkel. Het sukkelige peertje waaronder hij Leander maanden geleden voor het eerst had aangeklampt, bungelde nog steeds even precair aan zijn draadje. Hier hadden ze samen staan praten. Het had allemaal tot niets geleid, maar waarom voelde hij zich nu eigenlijk zo zakkerig? Was dat omdat het, vreemd genoeg, uiteindelijk wel degelijk tot iets had geleid en hij eenvoudig niet de grootmoedigheid bezat om dat ruiterlijk te erkennen?

Nog worstelend met zichzelf deed hij de winkeldeur open.

Achter de toonbank zat Bobbie te slapen. Haar hoofd hing schuin, ze snurkte zachtjes. Aan haar blocnote te oordelen had ze vandaag nog geen klanten gehad.

Hij raakte haar schouder aan.

Ze veerde op. 'Hé, Laurens,' zei ze, meteen helemaal monter. 'Wat kijk je somber.'

'Zeg eens eerlijk: ben ik een zak?'

Ze lachte. 'Niet aldoor, hoor.'

'Nou, dat is al heel wat. Luister, Beatrijs is er. Jij wilt haar vast wel zien.'

'Wat leuk. Maar dan moet jij even op de winkel passen.'

Dat was nog eens een oplossing. Dankbaar zei hij: 'Vanzelfsprekend.'

Ze trok haar stofjas uit en overhandigde die aan hem. 'Goed opletten met geld teruggeven, hoor. En de ratenkaarsjes zijn van de week in de aanbieding.'

'Twee halen, één betalen?'

'Ja, wat anders?' Ze keek hem aan alsof ze plotseling aan zijn capaciteiten twijfelde.

'Ik heb het helemaal onder controle, Bobbie. Er kan heus niets misgaan.'

Toen ze weg was, trok hij na een korte aarzeling haar jasje aan, niet zeker wetend of dat de bedoeling was. Het zat hem te strak onder de armen, maar wat gaf het. Kon je door het dragen van iemands kleding ook maar diens persoonlijkheid aannemen. In Bobbies hart heerste zeker meer vrede dan in het zijne.

Hij ging op haar stoel zitten. Hij vouwde zijn armen op de toonbank en legde zijn hoofd erin. Hij zag Niels weer voor zich, gisteravond, met Veronica's parfumflesje in de hand, en opnieuw was het alsof de aarde onder zijn voeten beefde.

Al die tijd had ze het dus helemaal niet op hem gemunt gehad. Hoe kon ze ook? Ze was dood. Dat was zijn werkelijke straf: dat ze dood was, onherroepelijk voorbij was, voor altijd weg was.

Ze hadden nog geprobeerd haar te reanimeren. Hij had een halve nacht naast haar bij de monitor gezeten, verbijsterd van angst en zelfverwijt. Toen alle kansen waren verkeken, had de dienstdoende arts gezegd hoe wreed het toch was dat dat zomaar kon, zelfs bij jonge, kerngezonde mensen: een zwak bloedvat dat barstte, en je was verleden tijd.

Alleen was het niet zomaar gebeurd. Die avond had hij haar voor de zoveelste keer uitputtend aan de tand gevoeld over haar avontuur in de trein van kort daarvoor. Meteen na zijn werk, met zijn jas nog aan, was hij in de keuken begonnen tegen haar uit te varen. Niels was verontrust komen aanlopen, net toen hij haar voor slet uitmaakte.

‘Wat is een slet?’ Het gezicht van dat joch.

Hij had zich weten te beheersen, maar niet lang. De kinderen waren nog niet naar bed of zijn gekrenkte gevoelens waren weer met hem op de loop gegaan.

‘Zeg, vertel eens, kwamen jullie eigenlijk gelijktijdig klaar?’

‘Laurens, hier heb je uiteindelijk alleen jezelf maar mee.’

‘Of was hij een heer en liet hij jou voorgaan, voordat hij zijn zaad in je spoot?’

‘Hou op me zo in het nauw te drijven!’

‘En welke stadia van ontkleding moet ik me hier trouwens bij voorstellen, zo in die trein? Kon hij bij je tieten?’

‘Het is niet gezond, weet je dat, hoe je…’

‘Nee, gezond is het pas om je te laten naaien door de eerste de beste passerende puber. Had hij eigenlijk al haar op z’n ballen? Veronica? Ik vraag je wat!’

Hij wist niet eens wat hij nu eigenlijk wilde, maar het draaide hem helemaal op. Uren kon hij doorgaan, onafgebroken zuigend. Hij moest en zou het naadje van de kous weten, al kon hij niet goed onderscheiden of zijn walging uitsluitend haar betrof of ook zichzelf. Hij zaagde maar door in de diffuse verwachting dat hij pas tot bedaren zou kunnen komen als hij van haver tot gort wist waartoe zijn vrouw in staat was. Geen idee te hebben van het precieze hoe of wat maakte hem stapelgek.

Maar hoe hij ook boorde, sarde, dreigde, pleitte, ze liet bitter weinig los. Hij zou er alleen maar beroerder van worden, zei ze. O ja? O ja? Hoe spectaculair was het wel niet toegegaan als ze de feiten voor hem meende te moeten verzwijgen? Als nadere informatie hem overstuur zou maken, dan was er blijkbaar nog meer aan de hand dan al gevreesd moest worden. Dan was het niet zomaar een uitglijder geweest, dan hadden ze het samen onvergetelijk gehad.

'Man, ik zou het allang vergeten zijn als jij er niet zo over bleef doordrammen, dag in, dag uit.'

'O, dus zo zit jij in elkaar? Dondert niet wie zijn pik in je steekt, even neuken en dan weer over tot de orde van de dag?'

En zo maakte, al zei ze niet veel, elk woord dat hij wel uit haar wist te persen, haar wandaad onmiskenbaar groter. Met al zijn wilskracht bleef hij haar met de rug tegen de muur duwen, tot in elke vezel alert op tegenspraak, omkeringen of uitvluchten. Hij had niets anders om zich aan vast te klampen dan zijn eigen volharding. Het was een kwestie van doorgaan. Tegen zo'n kruisverhoor zonder respijt en zonder einde zou geen mens bestand zijn.

Werd ze al murw?

Ze keek hem kalmpjes aan en zei: 'Je bent bespottelijk, wist je dat?'

Maar die kalmte was slechts schijn. Haar lippen beefden. Ze was net zo wit geworden als het shirt dat ze droeg en het zweet was haar uitgebroken. Haar ogen draaiden weg. Ze opende haar mond, alsof ze naar lucht hapte. En toen gleed ze zijdelings van de stoel, op het puntje waarvan ze de hele avond weer koppig had zitten zwijgen, en belandde met een doffe bons op de vloer, aan zijn voeten.

Even had hij gedacht hij dat het opzet was. Dat ze zich uit pure frustratie op de grond wierp, zoals Toby soms ook deed wanneer hij boven zijn kunnen werd getergd. Dat ze hem nu bij zijn enkels zou grijpen en hem zou smeken deze foltering te stoppen.

De herinnering vloog hem zo aan dat hij achter de toonbank vandaan kwam en door de winkel begon te ijsberen. Het kon wel waar zijn dat zelfs in de hersenen van een blakende, fitte vrouw als Veronica spontaan een vat kon barsten, maar werd die kans niet oneindig vele malen groter wanneer iemand zonder ophouden werd gesard, gekweld en onder druk gezet? In haar laatste moment moest zij hebben gedacht: Laurens drijft me nog liever de dood in dan dat hij erover ophoudt.

En waarom? Om geen enkele andere reden dan dat hij de hele geschiedenis op zichzelf had betrokken. Omdat hij, inderdaad, alleen maar aan zichzelf had gedacht. En daar was hij na haar dood nog mee doorgegaan ook. Hij had haar eigenhandig uit haar graf gesleurd en een wraakzuchtige schim van haar gemaakt.

Ook in dat opzicht had Leander gelijk gehad. Hij had zijn vrouw niet in liefde losgelaten, hij had haar geen rust gegund. Integendeel. Kom maar op, Veronica, zet het me maar betaald. Want door rekeningen te vereffenen, zo zat het toch en dat was cruciaal, werd schuld uiteindelijk afgelost. Tenietgedaan. Uitgewist.

Voor het raam stond hij stil en staarde naar buiten. Het erf lag er verlaten bij. Ook de weg langs het kanaal leek uitgestorven. Het was een grijze dag. Zo'n dag waarop de meeste mensen maar het liefst binnen blijven. Haar had het weer nooit iets uitgemaakt. Zij zou vandaag met plezier een lange wandeling zijn gaan maken om terug te keren met een verhaal over wulpen die ze op een ondergelopen weiland had gezien, of een paartje ongewone zwanen, knobbelzwanen konden het niet zijn geweest, ze waren veel ranker, misschien waren het wel wilde zwanen die helemaal vanuit Lapland waren komen overvliegen om hier te overwinteren.

Verbrijzelende spijt maakte zich van hem meester. Twaalf jaar lang was ze zijn bondgenote geweest, zijn slimme, bloedmooie, grappige meisje. Ze was met hem in zee gegaan en had hem op koers gehouden, ze had hem geplaagd en uitgelachen, er was geen dag voorbijgegaan of ze had hem weten te verbazen, ze had hem tot in zijn merg verwarmd, ze had hem leren pokeren en zijn overhemden leren strijken, en in haar korenblauwe jurkje had ze altijd even onvoorwaardelijk achter hem gestaan. En hem was het niet eens gelukt haar nagedachtenis recht te doen.

Na de begrafenis had Gwen gezegd: 'Gek is dat, maar bij zo'n onverwachte dood denk ik altijd dat het voorbestemd was.'

Maar al had het inderdaad met onwrikbare zekerheid vastgestaan dat zijn Veertje was voorbestemd om op een voorjaarsavond voortijdig aan een hersenbloeding te overlijden, ze hadden op dat moment ook samen in bed kunnen liggen vrijen. Dat was het hele punt.

De tranen uit zijn ogen knipperend liep hij naar het schap waarop Bobbie de honing altijd zo kunstig opstapelde. Hij pakte een pot tijmhoning, goed voor de luchtwegen. Bij de toonbank haalde hij zijn portemonnee te voorschijn en rekende gepast af. Hij deed het geld in de kassa, stak de pot in zijn zak en zette een streepje op Bobbies blocnote.

Het opruimen van het bijenveld had Gwen meer aangegrepen dan ze had verwacht. Onder de kale linden liep ze mismoedig langs de perken waarin ieder voorjaar skimmia, muurbloem en mahonia had gebloeid, en iedere zomer korenbloem, lavendel, guldenroede en slangenkruid, en in de herfst heide, bruidssluier en grote hoeveelheden sterasters, paars met gele hartjes: voor alles een eigen seizoen. Het was allemaal zo overzichtelijk geweest. Bijna alsof er zoiets bestond als een zekere bestendigheid die niet anders kon dan zichzelf rustig draaiende houden.

De kinderen sleepten het laatste hout naar de brandstapel. Nog even en de hens kon erin. Ze vroeg zich af of ze Timo moest waarschuwen, en dat verwarde haar. Ze wist toch zeker wel of hij al dan niet wilde toekijken als zijn kasten in rook opgingen? Het dilemma werd opgelost doordat hij net kwam aanlopen.

Er was in zijn stap iets opgewekts dat haast misplaatst leek: hij liep erbij alsof de hemel volmaakt onbewolkt was. Waarom was hij toch altijd zo verdomd blijmoedig en veerkrachtig? Hij was net zo'n ouderwets duikelaartje. Geen macht ter wereld kreeg hem omvergetikt. Hij bleef even onverstoorbaar als altijd, terwijl zij hier tussen de brokstukken van zijn droom stond.

'Beatrijs is er,' riep hij haar toe.

Ze schrok. 'Hoezo? Ze is vanochtend net ontslagen en dan komt ze meteen hierheen?'

'O, daar heb ik niet naar gevraagd.' Timo keek om zich heen. 'Jullie zijn goed opgeschoten, zeg. Maar wat denk je, zullen we volgend seizoen daar linksachter weer eens een paar vakken dopheide nemen? Als we de planten nu klein inkopen, zijn we er maar een schijntje aan kwijt.'

Ze was te zeer van streek om naar hem te kunnen luisteren. Had Bea nu al lucht van de situatie gekregen en kwam ze haar ter verantwoording roepen? Wat moest ze in vredesnaam tegen haar zeggen? Ach kind, zulke dingen kunnen nu eenmaal gebeuren, dus wat maakt het verder uit dat we elkaar levenslang blindelings hebben vertrouwd, al sinds de tijd waarin jij Bessie Turf was en ik Katrien Duck? Wat doet het ertoe dat we ooit hartstochtelijk in elkaars poesiealbum schreven: 'Rozen verwelken en schepen vergaan, maar onze vriendschap blijft altijd bestaan'? Moet het soms enig gewicht in de schaal leggen dat we al als pukken uit innigheid onze mutsen ruilden en trots elkaars wanten droegen, dat we later trouw elkaars huiswerk overschreven, dat we samen onze eerste sigaret rookten en samen onze eerste condooms kochten, dat we elkaar dekten tegenover argwanende volwassenen, dat er geen traan en geen lach was die we niet deelden? Wie kan het wat schelen? Onze vriendschap stamt uit de tijd dat het kwaad van de wereld nog geen vat op ons had, maar de tijden zijn veranderd, meisje, dit is het tijdperk van baby's die op klaarlichte dag worden gestolen en die maanden later doodleuk op dezelfde plek worden teruggelegd zonder dat een mens zich daar iets van behoort aan te trekken, het tijdperk kortom van de heerschappij van alles wat je altijd onbestaanbaar zou hebben geacht. Vertrouw maar liever nergens meer op. Want nu is het domweg ieder voor zich.

Met een schok dacht ze: Maar zo iemand wil ik helemaal niet zijn.

'Ga je niet naar binnen, mop?' vroeg Timo. 'Ik maak het hier wel af met de kids.'

Enigszins duizelend liep ze weg van de kale borders waarin de skimmia, de guldenroede en de duizenden asters de bijen jaar in, jaar uit aan het werk hadden gehouden. Zich schrap zettend ging ze de keuken in.

Beatrijs zat met Bobbie te praten aan de tafel die nog steeds met Timo's paperassen was bezaaid. Leander stond bij het aanrecht koffie te drinken. Ze had er niet bij stilgestaan dat hij er ook zou zijn: Beatrijs kon natuurlijk niet zelf autorijden. Hij zette zijn kopje neer en knikte haar zo uitdrukkingsloos toe dat ze zich gedurende een kort, hoopvol moment wist in te beelden dat er tussen hen beiden nooit iets was voorgevallen, maar meteen daarop voelde ze zich leeg en teleurgesteld.

'Gwen!' riep Beatrijs uit. Ze stommelde half overeind, overduidelijk blij haar te zien.

'Blijf zitten.' Gwen wapperde met haar armen, heen en weer geslingerd tussen opluchting en schuldbesef. 'Wat doe jij hier nou, gek? Moet je niet thuis met een pot thee op de bank zitten?'

'Leander komt Yaja halen. Het leek me gezellig om mee te rijden.'

'O, maar ik dacht dat Yaja het hele weekend zou blijven?'

'Is ze boven?' kwam Leander op terloopse toon tussenbeide. 'Dan ga ik haar meteen even roepen.' Hij zou zich ook wel opgelaten voelen. Met het hoofd tussen de schouders getrokken liep hij de keuken uit.

Meteen boog Beatrijs zich voorover. 'Ik weet niet goed hoe ik dit tactvol moet brengen, Gwen.' Haar blik was zowel bezorgd als nerveus. 'Hoe staan jullie er financieel nou eigenlijk precies voor? Je weet toch dat jullie altijd een beroep op me kunnen doen, hè? Als ik iets moet voorschieten, zeg je het maar.'

Ze bezweek zowat onder die trouwhartige bruine ogen. Om zich een houding te geven trok ze haar paardenstaart recht.

'Dat zeg je nou wel, maar we zijn vast duur, hoor,' zei Bobbie hoofdschuddend. 'We zijn met een hele hoop hier.'

Haar woorden bezorgden Gwen nog meer wroeging. Beatrijs had alleen Leander. Gesmoord zei ze: 'Wat vreselijk lief van je, Bea, om zoiets aan te bieden terwijl je door toedoen van dat schorem van ons maanden buiten bedrijf bent geweest.'

'Maar daar zat Yaja achter. Vergis je niet, die kleine lamstraal is tot alles in staat. Wacht maar tot ik haar in mijn handen heb. Ik heb besloten niet meer met me te laten sollen.'

'Nee, allicht,' zei Bobbie verbaasd. 'Als je daaraan begint, lopen ze over je heen. Dat zie je aan Gwen. Die is ook veel te goed voor deze wereld.'

'Maar Gwen is geen doetje en ik wel, ik laat me de kaas van het brood eten door mijn eigen lease-kind.' Ineens brak ze uit in een glimlach die alle zenuwachtigheid van haar gezicht wiste. 'Hè, heerlijk om even mijn hart te kunnen luchten.'

'Praat dan ook gewoon meteen met ons!' Bobbie klopte op Beatrijs' hand. 'Ik en Gwen, wij zijn niet achterlijk, hoor.'

Beatrijs leek even te aarzelen. 'Maar zouden jullie het ook eerlijk zeggen als jullie vonden dat ik een fout maakte?'

Drie vrouwen rond een keukentafel: het bezorgde Gwen het gevoel dat er iets met een klap op z'n plaats viel en dat er, welbeschouwd, wel degelijk een zekere bestendigheid bestond, als je er maar oog voor had. Om Beatrijs niet te hoeven antwoorden stond ze op, alsof haar ineens iets inviel waarvan ze werk moest maken. Bijna botste ze tegen Leander aan, die de keuken weer binnenkwam.

Hij zag nog bleker dan anders. Terwijl hij zijn handen wrong, stootte hij uit: 'Er is iets met dat jongetje van Laurens. Hij ligt in de babykamer op de grond en hij reageert niet.'

Zonder een tel na te denken stoof Gwen langs hem de gang in. 'Toby!' riep ze, terwijl ze de trap met twee treden tegelijk nam. Boven rende ze Babettes kamer in.

In een plas braaksel lag Toby voorover op de geel geverfde houten vloer.

Met een kurkdroge keel van de schrik hurkte ze bij hem neer. Dat een kind in haar veilige huis iets overkwam! Maar wellicht was het helemaal geen veilige plek meer. Door haar toedoen woonde er bedrog onder dit dak. Naast het onverschillige kwaad dat zonder aanzien des persoons toesloeg, bestond er immers ook nog onheil dat je zelf op gang bracht. Waarvoor je zelf verantwoordelijk was.

Ze dwong zich tot kalmte. Handelen. Geen seconde verliezen. Toby voorzichtig op zijn zij leggen, dat was het, om de kots een kans te geven eruit te lopen. Met bevende handen wentelde ze het kind op zijn linkerzij. Tot in zijn neusgaten zat bruine smurrie, met witte stukjes erin. Ze wurmde haar vingers tussen de slappe lipjes en trok ze van elkaar. Braaksel golfde naar buiten. Alsjeblieft, God, alsjeblieft, doe dit Laurens en Niels niet aan. Nu meteen beginnen met beademen, dus op zijn ruggetje leggen. Proberen de positie van het hoofd zo stabiel mogelijk te houden. Wacht, eerst zijn hart voelen. Hartje, hartje, waar zit je? Hier. Het klopte. Het klopte nog. Klopte een kinderhart altijd zo oppervlakkig?

Opeens bleek Bobbie naast haar te zijn neergeknield, een trek van ontzetting op haar gezicht. 'Hou op met die poppenkast, Toby,' baste ze. 'Hoor je me? Je vader heeft maar één krokodil.'

'Wacht, ik ga hem mond-op-mond geven,' zei Gwen. Inwendig dure eden zwerend zoog ze haar adem naar binnen en boog zich voorover.

Toby hoestte. Zijn wimpers beefden. Zijn wenkbrauwen kwamen omhoog. En plotseling deed hij zijn ogen open. Lodderig keek hij haar aan. Zijn blik werd langzaam aan helder. 'Bah,' zei hij hartgrondig, terwijl hij een hand langs zijn mond haalde.

Pas na een moment was Gwen in staat om te zeggen: 'We gaan je zo lekker schoonmaken, hoor. Maar zeg eerst of je ergens pijn hebt.'

Met een vies gezicht schudde hij zijn hoofd. Hij ging huilen, dat stond vast.

'Het is geen gezicht,' zei Bobbie vol ontzag. 'Het zit overal, zelfs in je haar.' Met een zwiep schepte ze Toby op van de vloer.

'Bob-bie,' zei hij sloom, maar er begon alweer wat kleur op zijn wangen te komen.

Ook Gwen stond op. 'Ik ga Laurens roepen.'

'Hij krijgt een hartverzakking als hij Toby zo ziet.' Voortvarend liep haar schoonzusje naar de badkamer. Ze had natuurlijk gelijk. Gwen volgde haar om een dweil en een emmer te pakken.

Toby keek onthutst toen Bobbie hem met kleren en al in de douchecabine zette. Maar zodra de waterstraal hem raakte, schaterde hij het uit. Dit was pas stout. Geestdriftig spetterend begon hij in het rond te springen, meteen weer een toonbeeld van levenslust.

Met het gevoel dat ze een halve marathon had gelopen, keek Gwen toe, moed verzamelend voor het dweilen van de vloer.

'Werd je zomaar opeens misselijk?' vroeg Bobbie.

'Nee, ik moest van Yaja groen kotsen. Daarom draaide ze de hele tijd aan mijn hoofd.'

'Ga weg, zeg. Wat zijn dat nou voor spelletjes, elkaar aan het kotsen maken?'

'Groen kotsen,' verbeterde Toby. 'Maar het ging niet.'

'Ik snap er niks van. Waarom moest dat dan?'

'Dat had Yaja in een film gezien. Dat je groen kotst als je een duivel in je hebt.'

'Ik dacht dat je dan iets met knoflook moest. Maar hoe kwamen jullie op dat zotte idee? Jij bent toch niet van de duivel bezeten?'

'Jawel,' riep Toby verontwaardigd uit. 'Ik ook! Net als Babette.'

Met een ruk draaide Gwen zich om. In drie stappen was ze terug in Babettes kamer en bij de wieg onder het raam. Het dek was tot een dikke prop gefrommeld. Toen ze het wegtrok, keek ze in een leeg bedje. Van de schrik gaf ze een gil.

'Is er wat, Gwen?' riep Bobbie.

Maar ze was de trap al af. Met het hart in de keel vloog ze de keuken in. 'Waar is Yaja?'

'Gwen, is alles goed met Toby?' vroeg Beatrijs bezorgd.

'Ja, maar waar is Yaja?'

Met een rauwe klank in zijn stem zei Leander: 'Hoezo? Heb je haar ergens voor nodig?'

Nodig. Nodig. Hij zei heus 'nodig', maar ze hoorde 'godin'.

Ze voelde dat ze hysterisch werd. Ze had dromen en gedachten gehad waarin er voor Babette geen plaats was geweest. Dat kreeg je ervan, dat kreeg je er nou van als je je kind verzaakte! Ze smeet de deur open en rende naar buiten. Met steken in haar zij holde ze naar het bijenveld. Al van verre zag ze de rook en de gloed van het vuur dat Timo inmiddels had aangestoken.

'Hoe vind je onze fik, mama?' riep Marleen. Van enthousiasme sprong ze van het ene been op het andere. Timo zat, met zijn armen om Klaar en Karianne geslagen, op een boomstronk toe te kijken. Marise en Niels pookten met stokken in het vuur, zodat het vonken regende, bijna alsof er lichtgevende bijen rondzwermden.

Nu niet paniekerig doen. Met de rug van haar hand veegde ze het klamme zweet van haar voorhoofd. 'Super,' bracht ze uit. 'Maar kom op, jullie moeten Yaja helpen zoeken. Beatrijs en Leander willen met haar naar huis.'

'Nee, hoor!' riepen haar dochters in koor.

'Jawel, doen wat mama zegt. Dat vuur brandt echt nog uren,' zei Timo terwijl hij de kleintjes een duwtje gaf. Onder verongelijkt geloei droop het hele spul af.

Hij strekte een arm naar haar uit. 'Kom je even bij me zitten?'

Met een eigenaardige scherpte zag ze zijn brede schouders, zijn goedige gezicht. Het kale winterse licht maakte hem niet mooier dan hij was. Hij gaf geen wit, helder schijnsel af, zoals ze soms bij Leander had gedacht te zien. Hij was gewoon Timo. Solide en betrouwbaar.

'Yaja heeft Babette bij zich, denk ik,' zei ze, haar stem bevend van zelfverwijt.

Met beide handen zette hij zich af aan de boomstronk. Even verwachtte ze dat hij haar naar de keel zou vliegen. Maar dat deed hij niet. Evenmin zei hij: Ik heb je wel gezegd dat ik die meid hier niet over de vloer wilde hebben. Hij zei: 'Dan moeten we maar snel in actie komen. Ik fiets wel even een rondje. Misschien is ze naar de kolk.'

Achter hem doemde aan de grauwe hemel een vlucht smienten op. Ze vlogen zo laag dat hun felle geschreeuw hoorbaar was. Wiieuw, wiieuw, wiieuw! Veronica had altijd gezegd dat dat betekende: 'Alles veilig? Alles veilig?' Pal boven het bijenveld zwenkten ze even in een ordeloze formatie van links naar rechts. Toen balde de hele zwerm zich samen en zette zich doelgericht in beweging.

Terwijl ze de vogels met haar blik volgde, stamelde Gwen: 'Goed, dan ga ik de andere kant op.' Ze begon langs de lindenrij te draven. Dwars over de houtwal ging het, het smalle jaagpad op. Nu ze niet langer op eigen terrein was, ging ze nog harder lopen. De wereld was zo ontzettend groot.

Ver voor haar uit vlogen de smienten, als een kaarsrechte stippellijn, boven de weg langs het kanaal. Waarom was ze niet gewoon dankbaar geweest voor Babettes terugkeer? Doordat ze een verklaring had gewenst, houvast had gezocht, had ze alles wat haar lief was op het spel gezet.

Van het rennen begon ze stippels voor haar ogen te krijgen. Het landschap schudde in strepen en vlakken aan haar voorbij. Verderop schemerde een hemelsblauw vierkant, zo blauw als de bolderkar die Timo voor Babette had gemaakt, met in zilveren letters haar naam op de zijkant.

De bolderkar stond op de oever van het kanaal, naast het bankje waarop Yaja zat. Het meisje staarde werkeloos uit over het water, in plaats van verwikkeld te zijn in een poging Babettes hoofdje van haar romp te draaien. Ze merkte Gwen pas op toen die zich naast haar liet neervallen.

'Man, ik schrik me de pleuris,' zei ze schel.

Gwen hijgde zo hard dat ze niet kon spreken. Naar adem snakkend boog ze zich over de kar. Babettes grote ogen lichtten op. Ze brak uit in een zonnige glimlach.

Van opluchting begon ze te trillen. Ze pakte haar dochter op en klemde haar tegen zich aan, diep de geur van haar bolletje opsnuivend. 'Als je me dit nog een keer flikt, Yaja, dan...'

'Nou zeg! Ik mag toch zeker fucking wel een eindje met Babette gaan wandelen!'

'Niet zonder mijn toestemming.'

Yaja keek diep gekwetst. 'Ik wilde alleen maar iets goeds doen. Babette lag zich helemaal kapot te vervelen.'

'Terwijl jij bezig was Toby aan het kotsen te krijgen? Dat lijkt me sterk.' Ineens begaf haar zelfbeheersing het. 'Onverantwoordelijke snertmeid! Hoe háál je het in je hoofd om dat jochie in z'n eigen braaksel te laten liggen? Hij had wel kunnen stikken! Kijk me aan en geef antwoord!'

Yaja sprong op. Ze zette haar handen in haar zij. 'Jij hebt niks over mij te vertellen, bitch.'

'Je bent te ver gegaan. Dat weet je best!'

Er kroop een blos over Yaja's wangen. Ze sloeg haar ogen neer. Toen zei ze: 'Tjiezus! Ik dacht nog wel dat je blij zou zijn omdat ik tenminste wat leuks met Babette ben gaan doen.'

'Zo kom je er niet af.'

'Want van jou moet ze het niet hebben. Jij bent nog te belazerd om haar d'r flesje te geven. Wat een waardeloze kut-moeder ben jij, zeg. Je geeft geen reet om haar. Je bent gewoon een misdaad tegen de mensheid, weet je dat?'

Met strakke lippen bracht Gwen uit: 'Verdwijn uit mijn ogen. Ga naar huis, pak je spullen en zeg tegen je vader dat hij je meeneemt. Nu meteen. Ik geef je tien minuten.'

'Je wilt de waarheid niet horen. Krijg de tering.' Yaja gaf een trap tegen het bankje, zwiepte haar haren over haar schouder en stampte er met woedende passen vandoor.

Leander zou er onaangenaam van opkijken dat ze zijn dochter had weggestuurd, maar het liet haar onverschillig. Ze voelde zich verdoofd. Ze telde tot tien. Ze telde tot honderd. Maar al zou ze tot duizend tellen, het zou niets veranderen aan het feit dat van alle mensen op aarde uitgerekend dat egoïstische kleine kreng haar zo scherp had doorzien. Natuurlijk was het niet zo dat ze niet van Babette zou houden, maar vooruit, ze kon het zichzelf net zo goed toegeven: ze deed dat, uit lijfsbehoud, met een zekere reserve, altijd enigszins op haar hoede. Dat pubers op eigen houtje kwamen en gingen, was één ding. Maar een baby? Ze tilde haar dochtertje op en keek haar onderzoekend aan.

Het zou te bizar zijn om haar iets kwalijk te nemen. Maar het punt was dat Babette haar telkens opnieuw met een schok aan het ongewisse herinnerde. Ze kon haar niet in de ogen zien zonder te beseffen dat het leven stukken minder veilig en betrouwbaar was dan ze verdroeg. Sinds haar wonderlijke avontuur was haar dochtertje de belichaming van de ondraaglijkste van alle toestanden: onzekerheid.

Ze legde haar terug in de bolderkar en trok met een machteloos gevoel het dekentje op tot aan haar kin. Wiieuw, wiieuw, wiieuw! klonk het boven haar hoofd. De smienten waren teruggekomen. De eerste vogels daalden neer op het weiland aan de overkant van het water, terwijl de rest van de zwerm nerveus rondcirkelde. Alles veilig? Alles veilig?

Gwen keek ernaar. Het trof haar dat ook de vogels of de bijen geen enkele vorm van zekerheid was gegeven. Het ontbreken daarvan was blijkbaar een wezenskenmerk van het bestaan. Ze voelde zich ineens beschaamd. Je had je er maar mee te verzoenen dat je nooit wist waar je aan toe was. Als heel de natuur dat kon, zou het haar toch ook moeten lukken.

Babette kirde tevreden, alsof ze met haar instemde. Zo wijs als ze was, die kleine. Pas zes maanden oud, maar ze had al een heel deel van leven achter de rug waarvan haar mama nooit iets zou weten. Maar ze zou het zich zelf ook nooit kunnen herinneren. Dat was, gek genoeg, een troost. 'We komen er wel uit, samen,' zei ze zachtjes. 'Dat gaan we in elk geval proberen. Wat jij?'

Binnensmonds mompelend kwam Bobbie de keuken binnen, met Toby aan de hand. Zijn haar was nat en hij droeg het judopak van een van de Engelen, waarvan de zoom zowat tot aan zijn blote tenen reikte. 'Tante rolmops!' riep hij verrast uit.

'Nee maar,' zei Beatrijs terwijl ze haar armen spreidde. 'Wat zie jij er stoer uit.' Ze ving hem op en trok hem op schoot, een pijnscheut in haar knie verbijtend.

'Ik kon zo gauw niets anders vinden,' zei Bobbie. 'Al

z'n kleren zitten in de droger, samen met z'n gympen.' Ze zag er geagiteerd uit.

In de enorme mouwen grabbelde Beatrijs naar Toby's smalle handjes en kneep erin. 'Wat was er nou gebeurd, jochie?'

'Vertel het maar,' zei Bobbie. 'Vertel maar wat Yaja met je heeft gedaan.'

Geschrokken keek Beatrijs naar Leander. Maar ze voelde ook iets van triomf. Ging iemand eindelijk haar trekken thuis krijgen?

'De kleine baas heeft er in elk geval niets aan overgehouden.' Met een stroeve glimlach knikte hij Toby toe. 'Dat lijkt me het belangrijkste. Zo is het toch?'

De deur vloog open en Yaja stormde naar binnen. Ze zag witheet van woede. 'Zo!' riep ze uit, het gezelschap overziend. 'Zitten jullie lekker over me te roddelen? Heb ik het weer gedaan? Zijn jullie het daar allemaal over eens? Nou, ga je gang maar en have fun! Die kankerkut heeft me eruit gesmeten! Dat is toch je reinste...'

'Stel je niet aan,' zei Beatrijs. 'Je wilde hier zelf weg.'

Yaja vuurde een blik vol kille weerzin op haar af. 'Kun je dat mens niet uitzetten, pa? En trouwens, jij zou me dekken! En nou krijg ik toch nog de schuld! Jij zei zelf: Ga maar gauw met...'

'Ik heb meteen hulp gehaald,' zei Leander. Hij sprak zeer zacht, alsof er een migraineaanval naderde.

'En je zou ook tegen die Gwen zeggen dat ik allang weg was! Wat heb ik nou aan jou? Klepzeiker! Eerst moet ik per se hierheen omdat jij me niet bij jou thuis wil hebben, en dan kan ik weer oprotten omdat zij me niet moet. Ik ben geen zak aardappelen die iedereen maar van hot naar haar kan slepen. Ik wil ook ergens bij horen.' Zonder overgang begon ze te huilen.

Even bleef het stil.

Beatrijs keek strak naar Toby's natte kruin. Ze wist niet zeker of ze kon volgen wat Yaja allemaal uitkraamde, maar eigenlijk wilde ze dat niet eens. Iets zei haar dat ze er vreselijk ongelukkig van zou worden.

Terwijl hij een zakdoek uit zijn zak haalde, liep Leander naar zijn dochter toe. 'Niemand geeft je ergens de schuld van en niemand neemt je iets kwalijk. Er is per slot van rekening helemaal niets gebeurd.'

'O nee?' vroeg Bobbie op luide toon aan het fornuis. 'Dat lijkt me de omgekeerde wereld! Nu is de maat echt vol!'

Leander stond stil. Hij bracht een hand naar zijn voorhoofd. Met eindeloos uitgemeten geduld zei hij: 'Er is niets onherstelbaars gebeurd, Bobbie. Of wilde je beweren van wel? Dat doe je dan op eigen gezag. Maar wat ik eigenlijk vermoed, is dat je het gewoon niet helemaal snapt. Dat gebeurt wel vaker, nietwaar?'

Beatrijs' hart kromp ineen toen ze zag hoe Bobbies ogen wat dieper in hun kassen leken te zinken. Weet je wat ik wel eens zou willen, Beatrijs? Ook eens ergens heel veel van weten.

'Leander!' zei ze geschokt.

Hij sloeg geen acht op haar. 'Hier, Yaja, droog je tranen.'

Zonder een woord griste Yaja de zakdoek uit zijn hand en gooide hem op de grond. De tranen hadden zwarte sporen over haar wangen getrokken, waardoor haar gezicht ingevallen leek, zelfs vel over been.

Na een moment bukte Leander zich en raapte de zakdoek op. Gebelgd zei hij: 'Maar ik wilde je troosten.'

'Nou en? Ik wil helemaal niet door jou getroost worden, loser!'

'Nee, allicht niet!' Zichtbaar al haar moed verzamelend trad Bobbie naderbij. 'Op je sodemieter moet je hebben! Daar vraag je volgens mij al jaren om. Iemand zou het lef moeten hebben om jou een beetje op te voeden. Daar zou je geweldig van opknappen.'

Yaja stak haar middelvinger op. Toen kloste ze de keuken uit. Haar voetstappen weerklonken luid op de trap.

Leander bevochtigde zijn lippen. 'Wat staar je me nou aan, Beatrijs?'

Het zweet brak haar uit: ze was het helemaal met Bobbie eens. 'Ik weet het niet,' zei ze. Meteen walgde ze van zichzelf. 'Yaja moet inderdaad eens een keer worden aangepakt. Dat is in haar eigen belang. Dat zul je toch met me eens...'

'Indrukwekkend.' Hij wipte op zijn voeten heen en weer. 'Mag ik vragen waar deze deskundigheid opeens vandaan komt? Zelf kinderen, soms? O, daar is Yaja alweer.'

Haar versleten weekendtas met zich meeslepend kwam het meisje zonder op of om te kijken binnen. Leander wilde de tas van haar overnemen, maar zij klampte hem met een vlugge beweging tegen haar borst, alsof dat zwarte vod het enige was waarvan ze op aankon. Zijn hand bleef in de lucht steken. Hij kuchte even. 'We gaan. Beatrijs, kom je?'

Met een nog nasuizend hoofd zag ze Yaja naar de deur sjokken. Ze had gevonden dat Leander het voor haar tegen dat kind had moeten opnemen, maar ze had haar beter tegen hem in bescherming kunnen nemen. 'Ik blijf liever nog even hier,' zei ze, zichzelf verrassend.

Van ongeloof sperden zijn ogen zich open. 'Hoezo?'

Ze zweeg. Ze wilde wat tijd om na te denken, dat was alles.

'Je bent de hele dag al niet jezelf.'

'Ik blijf hier,' zei ze kalm. 'Ik bel je nog wel.'

Ze zag zijn lippen wit worden. 'Beatrijs, zo ken ik je helemaal niet. Jij bent geen vrouw die het zomaar, zonder enige verklaring, zou aandurven om...'

'Die dikke koe stuurt je weg, pa,' stelde Yaja vast. 'Dus let's roll. Als je alleen maar niet denkt dat ik de rest van het weekend met je ga zitten rummikuppen.'

'Wacht even, Yaja!' Leander keek alsof hij nu pas alle implicaties overzag.

Maar Beatrijs schoot hem niet te hulp. De waarheid zou wel zijn dat die twee elkaar verdienden. 'Ik bel je,' herhaalde ze, ditmaal met wat meer warmte.

Bruusk draaide hij zich om.

Ze zag zijn lange gestalte door Gwens deur stappen. Vreemd genoeg ging haar hart even naar hem uit. Ze was niet de vrouw die hij dacht te kennen. Maar misschien was ze de laatste tijd ook zelf wel een beetje vergeten wie ze eigenlijk was.

'Ziezo,' zei Bobbie. Het was aan haar gezicht te zien dat ze haar best moest doen om haar verheugde commentaar binnen te houden.

'Zeg het maar,' zei ze wrang.

'Niks. Niks,' haastte Bobbie zich. 'Maar zal ik niet even een taart gaan halen? Janna van de overkant maakt meesterlijke vruchtentaarten.'

Het was een lange dag voor zijn jongens geweest: toen Laurens eindelijk met hen naar huis reed, vielen ze achter in de auto allebei meteen in slaap. Van tijd tot tijd keek hij even in zijn spiegeltje. Toby's hoofd lag aanhankelijk op de schouder van zijn grote broer heen en weer te wiebelen. Niels, de maar half geboende wangen nog vol roetsporen, hield een arm om hem heen geslagen.

Op de stoel naast de zijne rolde de pot tijmhoning uit Bobbies winkel langzaam van links naar rechts. Dikke kans dat die honing afkomstig was van bijen die Veronica nog zorgeloos in Gwens tuin hadden horen praten en lachen. En nu waren ze even dood als zij. Hij moest bij gelegenheid eens aan Bobbie vragen of er een bijenhemel bestond, dan kreeg hij vast een geweldig verhaal.

Hij begreep zelf niet goed waarom hij zich zo vredig voelde. Bij zijn weten had hij niet iets tot stand gebracht waarvan deze serene stemming het resultaat kon zijn. Vroeger zouden de drie vriendinnen hem over zoiets duchtig aan de tand hebben gevoeld, terwijl Timo, Frank en hijzelf de glazen nog een keer bijschonken en de tapenade keurden. 'Laurens, sukkel! Ga nou eens bij jezelf te rade!' Maar moest je werkelijk alles van haver tot gort willen doorgronden?

Hij schakelde op en keek werktuiglijk in zijn spiegel. Hij glimlachte even: op Niels' snuit lag een gelukzalige, verliefde trek. Niet moeilijk om te raden over wie hij droomde.

Met een licht gevoel bedacht Laurens dat het vast een stevige basis gaf als je je eerste liefde met tweeëntwintig klasgenoten moest delen. Ooit zou zijn buster een volwassen man zijn, met volwassen gevoelens en dilemma's. Hopelijk bracht hij het er dan beter van af dan zijn vader.

Denk eraan, Niels, altijd het goede voorbeeld aan Toby geven.

Als Toby er lucht van kreeg dat zijn grote broer met Nicky naar Veronica's graf zou gaan, zou hij er natuurlijk ook meteen heen willen. Maar wat dan nog, dan nam hij hem zelf wel mee. Het werd tijd om eindelijk eens naar de begraafplaats te gaan.

Kijk Toby, hier ligt mama, in haar doos.

Hij wist niet of hij de plek nog zou kunnen vinden. Waarschijnlijk zou hij de beheerder ernaar moeten vragen. Ziet u, het heeft een tijdje geduurd voordat het tot me doordrong dat mijn vrouw werkelijk dood is. Wat u zegt, ja, heel vreemd. Maar misschien zijn er nog wel vreemdere dingen. Dat er bijvoorbeeld altijd weer iets is wat ons hart ondanks alles van hoop vervult, al is het maar de deemoedige hoop dat onze kinderen een verbeterde versie van onszelf zullen zijn. En het vreemdste van alles is dat dat meestal nog uitkomt ook.

In een opwelling die hij zelf niet begreep, sloeg hij af bij een parkeerplaats langs de snelweg. Midden op het uitgestorven terrein stopte hij. Om zijn zoontjes niet te wekken liet hij de motor draaien toen hij uitstapte. In de verte klonk het doordringende roepen van een uil, schor en weemoedig. Het was koud en donker. Zo donker dat iedere ster aan de hemel zichtbaar was. Met de handen in de zakken stond hij naast zijn zachtjes snorrende auto, het hoofd in de nek, en keek omhoog.

Zo, Laurens. En, wat denk je allemaal?

Ik heb tijmhoning voor je gekocht.

Als hij maar lang genoeg bleef kijken, zou hij haar vast en zeker zien.